21247

T-PIERRE

BIBLIOTHÈQUE DE PHILOSOPHIE SOCIALE ★ N° 1 :

Roman d'Education Civique et Professionnelle

PETIT-PIERRE

Histoire et Souvenirs d'un Apprenti

PAR

> A des générations nou-
> velles, il faut des livres
> nouveaux.
>> E. RECLUS.

Léon JAMIN

Ancien Ouvrier Menuisier

Auteur-Editeur de l'*Enseignement Professionnel du Menuisier*
et des *Profils de Style du XIe au XVIIIe Siècle*

Ex-Conseiller Prud'homme de Paris

~~~~~~~~~~~~~

Avec Illustrations

~~~~~~~~~~~~~

PARIS

LIBRAIRIE AUDOT

NICLAUS FRÈRES, SUCCESSEURS

34, Rue Saint-Jacques, 34

1912

Tous droits réservés

TABLE DES CHAPITRES

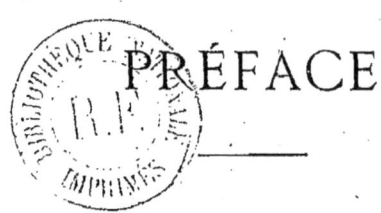

PRÉFACE

J'ai bien peur que l'auteur de Petit-Pierre n'ait eu une fâcheuse inspiration en m'offrant d'en être marraine...

Il ne manque point d'écrivains distingués, faisant autorité près du public et tout disposés à patronner cette œuvre noblement pensée et sincèrement écrite.

Mais M. Jamin s'obstinant à croire qu'une vive sympathie tient lieu de talent, j'accepte la mission — agréable d'ailleurs — de dire le bien que je pense de ces pages originales.

Si je n'ai que l'éloquence du cœur, peut-être, après tout, sera-t-elle à sa place pour parler de l'histoire d'un homme de cœur qu'un rêve généreux de justice et de progrès hante sans cesse.

L'auteur n'a certainement pas cherché à faire œuvre essentiellement littéraire et les dévots de la forme lui demanderaient en vain la correction parfaite et la pureté de style d'un Flau-

* *

bert ; en revanche, tous ceux qui aiment la pensée libre et son essor vers l'idéal d'un monde nouveau, en feront leur livre de chevet.

M. Jamin a voulu dans les aventures du courageux Petit-Pierre, qui « lui ressemble comme un frère », faire école d'énergie et montrer ce que peut une volonté opiniâtre en butte à tous les obstacles familiaux et sociaux qui nous oppriment du berceau à la tombe. Il nous apprend comment un petit paysan, par la seule puissance de sa fière ténacité, s'élève à la dignité de citoyen éclairé, affranchi.

Par lui, l'ouvrier prend conscience de ses droits et se pénètre de ses devoirs, sans préjudice d'une foule de notions professionnelles intéressant particulièrement les menuisiers.

A mon sens, toute la valeur d'un livre tient en deux mots : Instruire, élever... et celui-ci les porte moralement en épigraphe...

Etrépagny, août 1910.

Jeanne LONGFIER-CHARTIER.

A ma fille Vanda,

ces pages sont dédiées.

L. J.

INTRODUCTION

Un mien ami d'enfance est venu, un jour, frapper
à ma porte, me priant de recevoir diverses notes,
concernant, ajoutait-il, presque toutes les phases
de sa vie !

Je crus de mon devoir d'acquiescer à son désir.

Ces notes, me dit-il encore en les remettant, sont
écrites au jour le jour, dans un langage de sim-
pliste, à la portée de la classe ouvrière pour laquelle
elles ont été pensées !

Effectivement, leur simplicité, sans prétention
littéraire, attirèrent mon attention sur la sincérité
des récits de mon ami d'enfance.

Elles contiennent, ces notes, un véritable poème.
C'est le roman humain d'un ouvrier studieux sur
tout ce qui tend à élever l'âme humaine, soit au
point de vue de la pensée philosophique et sociale,

soit au point de vue strictement professionnel, voire même artistique !...

En me remettant ses notes, il me pria de vouloir bien me donner la peine d'en faire le classement !

Lui ayant donné ma parole d'amitié, je me suis chargé de ce travail qui, certes, me paraît assez intéressant pour voir le jour.

Cette réserve faite, l'auteur se décide à présenter ces pages au public qui, seul, est en droit d'en apprécier la valeur morale, ainsi que la *haute portée d'éducation civique* qui est le fond même, la pensée intime des notes, à lui remises, par son meilleur ami ; se contentant de mettre en action la formule exprimée par le puissant écrivain Gustave Flaubert, lorsque celui-ci dit :

« Écrire comme on sent, être sûr de ce qu'on sent bien, et se fiche de tout le reste sur la terre. » Autrement dit : Bien faire et laisser dire ! Telle est l'interprétation prêtée par l'auteur à la pensée de Flaubert, et qui est, aussi, la sienne en propre.

C'est pourquoi, étant animé de pareils sentiments, il se décide à éditer ce petit volume, certain que le public *pensant et agissant* saura apprécier les tableaux que contient : *Histoire et Souvenirs d'un Apprenti*, tant elle est, cette œuvre, fidèle, véridique et sincère !

C'est, en effet, une histoire vécue que feront bien de méditer les jeunes gens. Ils y verront un des leurs — Petit-Pierre — par sa conduite et l'étude arriver à aplanir bien des obstacles qui, à chaque instant, se dressaient sur son chemin, librement choisi.

Sans aucun doute, plusieurs, parmi nos lecteurs,

connaissant ce que l'on entend par ce mot Trimard, diront : mais ce n'est pas ainsi qu'il s'accomplit. Cela se passait il y a bientôt *un demi-siècle*, au moment où il existait encore des compagnons voyageurs qui se rencontraient sur les grandes routes en se livrant à des pugilats parfois sanglants, qui, souvent, entraînaient la mort. Ce qui était très regrettable.

Mais, à notre époque de transformations, dans le domaine des relations économiques et sociales, les jeunes gens n'accomplissent pas de la même façon leur Tour de France, du moins pour la plupart d'entre eux.

En effet, il demeure entendu que les jeunesses ne trimardent presque plus à pied ! Il y a, certes, un grand changement dans les habitudes. En raison des facilités de transport, celles-ci ne pratiquent plus ce beau Tour de France d'il y a plus de quarante ans. Ce qui, à certain point de vue, est assez fâcheux.

Quoiqu'il en soit, le fond reste le même pour les ouvriers qui vont d'une ville à l'autre. Et s'ils n'accomplissent, *pédestrement*, ces déplacements leur permettant d'avoir une plus rapide connaissance des choses de la nature, notamment dans la douce poésie que procure la *vie errante* sur les routes poudreuses et ensoleillées, il n'en reste pas moins acquis que, si cette jeunesse active et intelligente se déplace, c'est toujours en vue de se perfectionner dans la profession de son libre choix.

Aussi venons-nous, en toute indépendance d'esprit et avec le franc-parler qui nous a toujours caractérisé, exposer notre sentiment, bien que nous

n'entendons pas qu'il fasse autorité le moins du
monde ! Nous y joignons seulement nos raisons, ou,
du moins, ce qui nous apparaît tel ! afin que le lecteur en puisse peser le pour et le contre, et avoir,
ainsi, la possibilité de se former un jugement sur
les idées émises dans ce petit roman d'*éducation* civique et rationnellement professionnelle, c'est-à-dire
celles dont la vérité ou la fausseté importe, à tous
les jeunes gens, de connaître ; particulièrement de
ceux qui, par vocation, sont exposés, au cours de la
vie, à voir du pays; ce qui leur permettra de se fortifier chacun dans leur technique.

De ces idées peuvent dépendre ou leur bonheur
ou leur malheur ! De même qu'elles sont susceptibles, également, de déterminer, par leur vulgarisa-
tion, le sort du genre humain.

C'est pourquoi, selon nos vues, il devient indispensable de propager, *au sein de la jeunesse*, les
idées saines de progrès, de bonté, de justice et de
solidarité, qu'elle trouvera en fréquentant les cours
professionnels où les jeunes puiseront encore et
toujours plus d'habileté. Sentiments qui seront, évidemment, bien préférables à ces sortes de jalousies
mesquines, à cette haine stupide, parfois barbare,
allant jusqu'à pousser à s'entredéchirer assez bête-
ment, pour ne pas dire davantage, la plupart des
hommes, sans en savoir les raisons !...

Or donc, l'exemple donné, par Petit-Pierre, comme
il a été dit plus haut, peut, en quelque sorte, leur
être assez salutaire pour parfaire leur éducation
sociale et, partant, leur éducation corporative.

C'est là le but visé par ce petit livre. Car, quoi
de plus agréable, de plus captivant que de voir, le

long des chemins, à la belle saison surtout, d'inou-
bliables autant que de charmants paysages, parfois
si captivants qu'aucun jeune homme, à l'approche
de sa vingtième année, ne devrait les ignorer.

Rien, en effet, de plus profitable à l'esprit que de
contempler la Nature dans toute sa magnificence.
Ce qui lui permettra, nous le réitérons, d'en interpréter, en même temps, ses lois, ou tout au moins
se former un jugement sain, c'est-à-dire une appréciation toute personnelle qu'on ne peut acquérir
qu'à l'école du travail et en persévérant dans
l'étude, et non en dilettante !

Oui ! où est-il le temps de ce *joyeux Tour de
France pédestre* où certains entendaient, au
loin, l'écho répétant ces paroles reposantes dans
leur forme pittoresque et pleines d'encouragement
qui sortaient des robustes poitrines de quelques gais
et francs lurons aux allures de bon « Drilles », où
il est dit :

> *Pour éloigner de la route
> La fatigue, les ennuis,
> L'un chante, puis l'autre écoute.*

La suite se perd dans le souvenir de la nuit des
temps qui, à cette époque, était cependant remplie
d'une allégresse si charmante ! Cela malgré les fatigues endurées, assis sur le bord des chemins, en
rêvant aux étoiles, souvent le ventre vide.

Voilà comment la génération du héros de : *Histoire et Souvenirs d'un Apprenti* accomplissait,
d'un cœur léger, le beau Tour de France, ce qui ne
l'a pas empêché de grandir et de devenir un excellent

camarade et un bon citoyen parfaitement éclairé...

Or, Petit-Pierre, ainsi que le lecteur le pourra voir, est le prototype de l'ouvrier studieux, lequel, à force de volonté opiniâtre, réussit à gravir tous les sentiers de la science professionnelle, en le voyant, à vingt-deux ans, débuter comme contre-maître. *Ce qui est la preuve la plus évidente que pour agir il faut vouloir! et vouloir, c'est savoir!*

L. JAMIN.

PREMIÈRE PARTIE

I

ENFANCE DE PETIT-PIERRE !
SON INSTRUCTION ! SON ÉDUCATION !

Quelle que soit l'origine de l'instruction, tous en profitent, et le travailleur n'est pas celui qui en prend la moindre part.

ÉLISÉE RECLUS.

C'est souvent de très bonne heure que les fils du peuple désertent l'étude pour les champs ou l'atelier, et c'est ainsi, dès son bas âge, que le jeune producteur subit l'exploitation qui pèsera sur lui toute la vie.

HUBERT LAGARDELLE.

Dès sa plus tendre enfance, Petit-Pierre manifesta, à ses parents, le désir d'apprendre le métier de menuisier.

Il était le Benjamin d'une nombreuse famille, dont deux garçons et deux filles qui, avec le père et la mère, formaient un groupe familial de six grandes personnes.

Petit-Pierre montrait des dispositions toutes particulières pour les travaux du bois.

Malheureusement, pour donner libre cours à ses aptitudes, ses parents le considéraient beaucoup trop jeune et, surtout, beaucoup trop petit. On aurait cru voir un nain, tant sa taille était courte.

Or ses parents, malgré leur gêne, l'ayant persuadé

qu'avant tout il devait apprendre à lire, compter, et
écrire assez couramment, il comprit qu'ils avaient
raison, et accepta d'aller à l'école.

A cette intention, ils le confièrent aux bons soins
du maître d'école de la commune.

Hélas! ce maître d'étude faisait, en même temps,
fonction de secrétaire de mairie!

C'était, sans doute, un brave homme, mais peu
imbu d'art et de science pédagogiques; encore moins
d'observation psychologique!... et ne pouvait, de la
sorte, pénétrer les aptitudes virtuelles de chacun des
enfants à lui confiés.

Précisément, parmi ses élèves, au nombre de plus
d'une centaine, Petit-Pierre, alors âgé de sept ans
et demi, se signala de suite entre ses camarades de
classe par son assiduité au travail, puis aussi par
ses goûts spéciaux aux travaux manuels.

On le voyait, souvent, arriver à l'école avec des
jouets dans les mains fabriqués par lui, à l'aide d'un
vulgaire couteau de table. Ces jouets révélaient une
ingéniosité particulière.

D'où venait cette tendance? La question est bien
trop complexe et trop délicate pour que l'auteur se
permette de la résoudre lui-même. C'est une simple
constatation qu'il fait en passant, résultant seulement du fruit de ses observations sociologiques!

On voyait aussi Petit-Pierre, parallèlement avec
ses devoirs d'écolier, se livrer au tracé de lignes
schématiques, représentant des dessins rudimentaires : les uns des chalets, les autres des toitures
de maison; ou bien encore des cubes et autres
solides : tels des pyramides, des cônes droits et
inclinés; des cylindres, également droits ou obli-

ques ; même des figures représentant des ébauches de pénétration de corps !

Son frère, et aîné de dix ans environ, avait appris le métier de jardinier fleuriste, dans une ville de

l'arrondissement d'où dépendait la commune où résidait la famille Mijan et où tous les enfants avaient vu le jour !

Les deux sœurs, plus âgées que lui, également, avaient appris la profession de couturière. Ce qui leur permettait d'aider, un tant soit peu, les deux pauvres têtes blanches.

Le père Mijan, chef de cette intéressante famille, était un honnête et simple artisan toilier ! La mère, sans profession, se livrait aux travaux et entretien du ménage, sans en retirer d'autre profit que la fatigue qui avait fait naître une maladie de cœur, dont elle souffrait énormément !

On le voit, la famille de Petit-Pierre était plutôt dans une situation précaire; situation frisant, en quelque sorte, une gêne douloureuse.

Il fallait à la mère tout l'art d'une ménagère économe pour arriver, avec *deux ou trois francs par jour*, à donner la « pâtée » à toute la nichée, comme on dit dans le langage des artisans.

C'est pourquoi, malgré son jeune âge et l'acharnement au travail, Petit-Pierre comprit rapidement qu'il ne pouvait s'attarder à rester longtemps sur les bancs de l'école, où, du reste, le maître d'étude — l'auteur l'a déjà dit — ne possédait pas les qualités nécessaires pour cette délicate profession. Cela est tellement vrai que les leçons étaient, à cette lointaine époque, données souvent par le curé de la paroisse, en son lieu et place.

Petit-Pierre, après trois années d'études primaires, savait lire et écrire assez bien; sauf le calcul dans lequel il était plutôt faible. Il sentit, néanmoins, qu'il n'apprendrait plus grand' chose susceptible de lui être nécessaire au gain de sa vie !

Aussi réitéra-t-il à ses parents sa volonté d'être mis en apprentissage chez un patron menuisier, dont il semblait avoir toute la vocation !

Et comme toujours, ses parents le trouvaient encore

trop petit pour accéder à son désir, manifesté avec impatience. D'un autre côté, n'étant pas fortunés, ils avaient besoin que l'enfant leur rapporte, — si peu que ce fût, — ce serait une aide précieuse, qui les empêcherait de tomber dans la « noire misère », qui semblait tournoyer autour d'eux, en restant sans pain dans la « huche »; ainsi qu'ils le constataient chez des voisins qui, égale-

Le curé de la paroisse... (p. 6).

ment, se trouvaient dans une pareille situation, parce que les enfants, trop nombreux, en restant à leur charge, les avaient paralysés ! C'est ce que les Mijan voulaient éviter.

Or, à cette époque, le certificat d'études primaires n'était pas encore obligatoire comme il l'est actuellement !

Aussi, après avoir mûrement réfléchi, sur le désir exprimé par Petit-Pierre, alors à peine âgé

Sans pain dans la huche., (p. 7).

de dix ans et demi, lui proposèrent-ils, avec beaucoup de ménagement, — le sachant très volontaire

— d'être raisonnable et d'attendre qu'il grandisse
encore un peu.

Jusque-là, il serait bien gentil d'accepter d'être
placé dans une ferme, voisine de la commune,
comme petit pâtre. Ce qui lui permettrait de venir
souvent embrasser ses parents.

L'enfant s'inclina devant les raisons invo-
quées.

C'était la Saint-Jean. Le moment était propice
pour la location des domestiques.

Huit jours après on vit Petit-Pierre *conduire
paître le bétail de maître Jacques* qui habitait à

 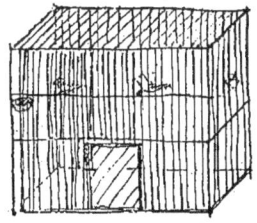

environ quatre kilomètres de la maison paternelle,
dans une ferme assez importante !

Les parents, d'origine vendéenne, avaient l'amour
du travail ; en même temps celui de la probité et,
par dessus tout, le culte de l'honneur qu'ils pous-
saient, parfois, à l'extrême.

Dans son nouvel emploi accepté, en maugréant
quelque peu, on voyait Petit-Pierre occupant ses
loisirs à fabriquer des cages en osier, ou bien en fil
de fer ; ou encore des jouets de plus en plus ingénieux ! qu'il offrait à ses nouveaux camarades de la
« vie au grand air », sans oublier ses petits camarades d'école, lorsqu'il lui était donné de les ren-

contrer, quand, chaque semaine, il venait rendre
visite à ses vieux parents.

Mais il était loin de se plaire dans cette ferme, où
il faisait alternativement fonction de pâtre ou de
petit berger !

Aussi quelle fut la surprise de ses parents, en le
voyant, par un beau matin de printemps, après un
séjour d'une année à peine, revenir au toît paternel,

Petit-Pierre chez maître Jacques... (p. 8).

portant son petit paquet de linge et d'effets sur le
dos et un bâton à la main !

On eût dit un vrai « petit chemineau ». Car il ne
pouvait plus, confia Petit-Pierre à sa mère en l'embrassant, attendre davantage : je veux être menuisier !

— Ah ! disait-elle, cet enfant nous fera mourir
d'ennuis, en le voyant impassible devant les reproches qu'elle lui adressait.

— Tu exagères, chère femme, répondait le père
Mijan, cherchant à concilier les choses, et qui se

1.

serait bien gardé de frapper l'enfant, jugeant inutile
ce châtiment de brute, bien qu'il fut extrêmement
peiné, au fond, de ce retour de l'enfant qui, peut-
être, allait leur rester longtemps à charge.

— Il est bien trop malingre pour le mettre en
apprentissage ! disait la mère qui, malgré son impul-
sivité, aimait trop son Petit-Pierre pour sacrifier ses
caprices à sa santé. Puis, en apprentissage, il ne
rapporterait rien de longtemps ! Comprends-tu
maintenant, dit-elle en le fixant, que nous ne pouvons céder à ce que tu demandes ?

— Oui, maman ! répondit-il timidement.

Or, tous deux se regardèrent et se mirent en
devoir de raisonner sur les désirs de l'enfant, lui
promettant que, dans *un* an ou *deux* ans au plus
tard, ils lui feraient apprendre le métier de menuisier tel qu'il le rêvait.

L'enfant, d'esprit méditatif et assez pondéré, malgré son âge et son grand désir d'être placé comme
apprenti menuisier, se laissa convaincre devant les
irréfutables arguments de son père et de sa mère,
et, forcément, il accepta, en attendant qu'il eût
grandi, un poste provisoire de « petit garçon de
café » qu'une personne s'intéressant particulièrement à lui, avait trouvé, disant qu'il ne comprenait
pas qu'on laissât son filleul « gardeur de vaches ».

Il est bon de faire remarquer, en passant, que son
parrain, — habitant la ville et exerçant la profession
de chapelier, — était très lié d'amitié avec les vieux
Mijan, en ce sens que la mère Mijan avait été sa
nourrice !

Seulement, là encore, les sentiments de Petit-
Pierre ne s'accordaient guère avec ce nouvel emploi,

où il ne pouvait donner libre cours à ses caprices manuels d'enfant ingénieux.

Et pour la deuxième fois, on le vit, un beau soir d'automne, abandonner son poste de « garçon cafetier » sans en avertir ses vieux parents.

Mais, redoutant leur courroux, surtout le courroux maternel, il alla se placer comme « petit groom » dans une famille de haute noblesse, par l'intermédiaire de cousins éloignés, dont il se souvenait. Ceux-ci, en raison de la précocité de sa jeune intelligence autant que pour sa nature aimante et enveloppante, s'empressèrent de le recommander chaudement au fils de la vieille comtesse que, depuis plus de vingt ans, ils servaient.

Le comte de la Trusquinerie, devant la recommandation des domestiques de sa mère, agréa de suite à son service Petit-Pierre, qu'il avait, par ironie, dénommé : « La Grandeur », parce qu'il était de petite taille.

Dans ce nouvel emploi, « le jeune arrivant » paraissait se faire estimer de tous ceux avec lesquels il allait se trouver en rapport. Car il fut, par tout le personnel de la maison, sympathiquement accueilli.

Son premier mouvement fut d'écrire immédiatement à ses parents, afin de les tranquilliser; puis aussi pour éviter leur courroux, surtout celui de sa pauvre mère à laquelle il ne voulait point causer de chagrin.

Mon cher papa et vous ma chère maman,

C'est de Nantes, où je suis actuellement, que je vous écris, afin de vous tranquilliser un peu, en vous mettant au courant de ma nouvelle situation.

Peut-être allez-vous jeter les hauts cris ! surtout vous, mère chérie. Cependant j'ose espérer que vous ne me gronderez pas trop d'avoir quitté le poste de « petit laveur de vaisselle » que m'avait procuré mon parrain.

Cet emploi, vous le savez bien, ne pouvait convenir ni à mes aptitudes ni à mon tempérament. Je suis rentré comme « petit groom » chez le comte de la Trusquinerie, le fils de la vieille dame où se trouvent les cousins Boudin et la bonne cuisinière Juliette, que vous connaissez bien !

Monsieur le Comte se trouvait précisément chez sa mère au moment de mon arrivée. Les cousins me présentèrent à lui, et dès le lendemain il m'emmena à Nantes où habite toute sa famille servie par quatre ou cinq domestiques, auxquels il m'a présenté en ces termes : « Je vous amène La Grandeur, en vous priant de lui indiquer ce qu'il aura à faire ! »

Que voulez-vous, je ne puis encore vous dire si j'y resterai, c'est un peu tôt ; en tout cas, je vous répète que je n'aurai de cesse que lorsque je serai occupé à apprendre le métier de mon oncle Secquot !

Je vous rappelle donc ma promesse d'être sage jusqu'à ma douzième année, pour être mis en apprentissage.

Votre enfant qui, bien tendrement, vous aime et vous embrasse du fond de son cœur.

PETIT-PIERRE.

N. — Je joins à ma lettre mon portrait que Monsieur le Comte m'a obligé de faire faire. C'est lui qui a payé !

P.-P.

Lorsque ses parents eurent pris connaissance de cette missive, qui les toucha jusqu'aux larmes, ils ne purent s'empêcher d'esquisser un sourire, en levant les épaules de stupéfaction, devant cette audace d'enfant qui, déjà, promettait une grande indépendance de caractère.

— S'il continue, dit la mère, que va-t-il devenir de quitter ainsi sa place sans prévenir personne ! Quelle tête volage ! Jamais nous n'en tirerons rien

Petit-Pierre

de bon. C'est là ma crainte. C'est là mon tourment.

— Mais si, femme, l'enfant est bien trop jeune encore pour le juger mauvais sujet !

— Je suis peut-être sévère dans mon apprécia-tion. J'en mourrais de chagrin si j'apprenais, un jour, que notre enfant tourne mal !

— Ah ! je suis bien tranquille de ce côté, car notre enfant n'a pas une mauvaise nature. Pour-quoi donc le tourmenter de la sorte ?

— Oui ! c'est entendu qu'il n'est pas méchant. Cependant tu avoueras que ce n'est guère rassurant de le voir quitter son poste. Ce qui me rassure un peu c'est parce que je sais que les cousins Boudin l'estiment beaucoup et que ce sont eux qui lui ont procuré cette place. N'empêche que ce n'est guère raisonnable de l'avoir envoyé si loin sans nous en prévenir.

— Mais ont-ils eu le temps matériel, seulement, de nous en avertir ? Ne te tourmente donc pas inutilement. Je suis bien sûr qu'il saura se tirer d'embarras, en voyant sa volonté s'affirmer de plus en plus !..

Telle était l'appréciation du père Mijan sur le caractère de Petit-Pierre qui était, en effet, doué d'une volonté d'airain, en même temps d'un bon caractère qui le faisait estimer de ses maîtres !

Du reste aucun reproche ne leur était parvenu des places qu'il avait occupées plus ou moins longtemps ; au contraire, son départ avait toujours été regretté.

Un point cependant était susceptible de retenir les nouveaux maîtres qu'il était appelé à servir.

Effectivement, le comte et la comtesse, professant des sentiment très religieux, avaient remarqué chez cet enfant de onze ans que son caractère ne se prêtait guère aux simagrées religieuses !...

Cela était vrai : Petit-Pierre, fils d'un pauvre artisan toilier, n'avait presque jamais — en dehors de sa communion — pratiqué sa religion, bien que dûement *baptisé catholique*. C'était précisément pourquoi il maugréait — sans trop comprendre encore la portée de ses protestations — contre l'ignorance ou la faiblesse de ses parents, d'accepter tout ce que leur racontait le curé.

Aussi ne comprenait-il pas que ses maîtres l'obligeassent à aller régulièrement à l'office Dominical, contre sa volonté, puisque d'instinct il n'y croyait pas ?

C'est pourquoi, au bout d'une année et demie passée à leur service, ses maîtres, notamment Mme la Comtesse, très pratiquante, lui signifièrent d'avoir, désormais, à assister, chaque dimanche, à la grande messe de Saint-Clément, leur paroisse.

Sur le refus énergique de Petit-Pierre de se plier à une pareille exigence, ses maîtres congédièrent la « grandeur » avec menaces d'informer les cousins de sa « mauvaise tête » qui, eux, se chargeraient d'en informer son père et sa mère. Comme il ne s'attendait pas à cette aventure, force fut donc à Petit-Pierre de rentrer à nouveau à la maison paternelle !

Sa pauvre mère, en voyant ce moutard renvoyé de sa place, eût un mouvement d'indignation nerveuse, qui alla jusqu'à verser des larmes, tout en giflant d'importance son Petit-Pierre qui, pourtant, avait grandi depuis dix-huit mois qu'elle ne l'avait vu.

Et sans l'intervention de ses deux sœurs qui aimaient bien leur petit frère, sa mère, dans son courroux, aurait été jusqu'à frapper son « petiot » plus que de raison, aveuglée qu'elle était, par la colère, en le voyant impassible sous les reproches qu'elle lui adressait !

Mais, cette fois, Petit-Pierre en avait assez d'être placé comme domestique. Il était bien résolu à être mis en apprentissage envers et contre tous. C'était sa volonté bien arrêtée ; et il entendait qu'elle fut respectée, ne se sentant nullement doué pour la domesticité.

Devant l'inébranlable résolution de ce gamin, à la veille de rentrer dans sa treizième année, son père, un beau matin, le fit appeler près de lui, pendant qu'il était occupé à nouer des fils de chaîne, avant de se mettre à pousser la navette pour tisser la pièce qui se trouvait installée sur son métier.

Après l'avoir embrassé avec beaucoup d'effusion, il dit à Petit-Pierre, qui se demandait pourquoi son père l'avait fait appeler, appréhendant d'être grondé, ce dont son brave père se garda bien, ce qui lui donnait une grande autorité morale sur ses enfants.

— Alors, fait-il, c'est bien vrai que tu t'entêtes à vouloir être apprenti menuisier ?...

— Oui papa ! c'est le métier de mon oncle Secquot que je veux apprendre. Vous savez cela, même avant mon entrée à l'école : mais surtout depuis que j'en suis sorti !

— Eh ! bien, c'est entendu ! mais avant il faut que tu me promettes d'être sérieux et bon avec le patron chez qui je vais essayer de te placer !

— Oui papa, je vous le promets. Mais je voudrais bien être placé chez le cousin Melvac, de Sainte-Gemme-la-Plaine. Je suis sûr que j'y resterai parce que je l'aime bien et cousine Estelle aussi.

— Dimanche prochain, s'il fait beau temps, nous irons le voir à son atelier. Car c'est à lui que je pensais, et s'il accepte de te prendre nous passerons un contrat.

— Inutile papa, de passer un contrat pour cela. Ce que vous conviendrez ensemble je vous jure que je m'y conformerai en tous points pourvu que je sois menuisier. Car je tiens à prouver que ma parole est plus solide que les verroux d'une prison.

— Tu en parles à ton aise petit. Mais ton cousin Melvac ne sera peut-être pas tout à fait de ton avis !

— J'espère que si, et je vous répète, à nouveau, que je tiendrai ma parole !

— Soit, nous verrons si tu te comportes bien !

— Et pourquoi pas !..

Ce qui fut arrêté, fut exécuté à la lettre suivant les parties contractantes. Cela verbalement à la grande satisfaction de l'enfant qui, déjà, avait son « amour-propre » très prononcé. Petit-Pierre en fut tellement ravi qu'il sauta au cou de son vieux père, de qui il n'avait jamais reçu la moindre « chiquenaude » à l'encontre de sa pauvre mère qu'il ne pouvait craindre, précisément parce qu'elle le grondait constamment sur tous ses actes et ses moindres mouvements ! Grondements accompagnés, souvent, de maîtresses giroflées à « cinq branches », comme elle le disait elle-même !

Ce qui démontre, péremptoirement, que, si les parents veulent se faire obéir et respecter, point n'est besoin de frapper leurs enfants, mais seulement les raisonner en évitant de les toujours menacer.

Il convient de dire que Petit-Pierre sauta, également, au cou de son patron d'apprentissage d'avoir accepté de le prendre avec lui sans contrat. Le cousin Melvac, du reste, n'ignorait pas les désirs de son jeune cousin, par son beau père, lequel l'avait mis, un peu, au courant des dispositions de Petit-Pierre. Car c'était lui-même qui avait suggéré, à son neveu, l'idée d'apprendre le métier de menuisier.

C'est pourquoi Melvac, bien que n'étant pas un maître ayant la réputation du père Secquot, accepta d'apprendre à Petit-Pierre son propre métier !

II

LA RENTRÉE EN APPRENTISSAGE DE PETIT-PIERRE ; DE LA RAPIDITÉ DE SES PROGRÈS PROFESSIONNELS !

> Le problème économique et social de l'apprentissage n'est pas un problème français, c'est un problème universel.
>
> Pierre BRIZON.

> La Vérité est saine. C'est dans le fumier du mensonge que poussent toutes les fautes.
>
> E. ZOLA.

En apprentissage.

En apprentissage. C'est donc là que nous allons suivre presque au jour le jour Petit-Pierre, dans les progrès qu'il va faire rapidement dans la profession que, depuis si longtemps, il avait désiré embrasser. Car il était enthousiasmé du raisonnement qu'avait tenu son cousin envers qui Petit-Pierre s'était engagé, sur l'honneur, de rester chez lui jusqu'à la fin de son apprentissage, ainsi que cela avait été convenu entre son père, Melvac et lui. Et de plus, remplacer tout le temps qu'il pourrait perdre au cours des *vingt-quatre mois* que durerait son apprentissage.

Six mois d'apprentissage ne s'étaient pas écoulés que, déjà, notre Petit-Pierre avait acquis une certaine habileté technique.

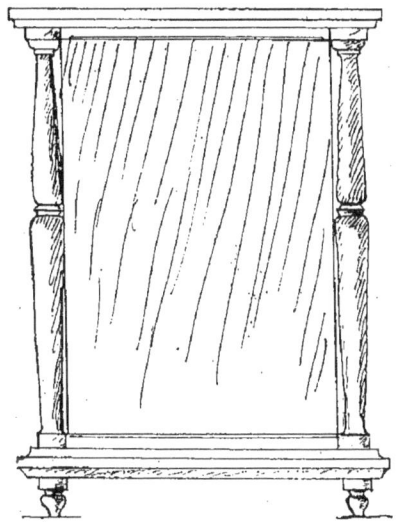

Petite vitrine.

C'était à ce point que — après avoir remarqué, d'une façon particulière, comment se tracent et s'exécutent les feuillures, tenons, mortaises et enfourchements — il conçut et exécuta seul, après ses premières ébauches de corroyage et de bornayage, sans demander conseil à son patron, des petites vitrines, dont il faisait commerce, pour avoir, disait-il, son « petit boursicot ».

Ces vitrines étaient, selon son idée, destinées à l'usage de « jeunes épousées », pour y déposer leurs fleurs « d'hymenée », dénommées par Petit-Pierre : « leurs bouquets et livrées de mariage ».

Elles étaient, du reste, ravissantes les vitrines fabriquées par Petit-Pierre, lequel ne tarda pas à avoir une clientèle d'admiratrices de choix.

Il faisait ses travaux le dimanche. Ce qui déplaisait assez à la Belle Estelle, la femme de son patron, sa propre cousine germaine, dont les sentiments

religieux étaient par-
fois exagérés, au déses-
poir de Melvac qui les
respectait par esprit de
tolérance tant il était
bon, par tempéra-
ment, et ennemi de
tout scandale.

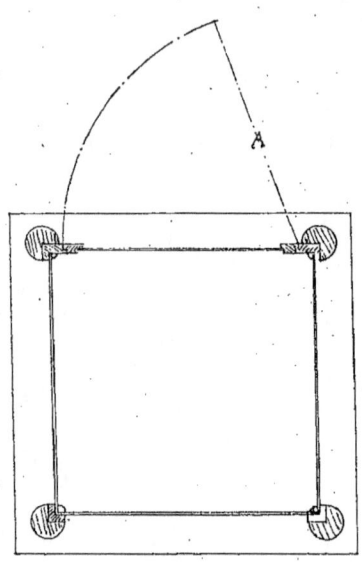

Mais Petit-Pierre
n'avait « cure » que
cela plaise ou dé-
plaise à sa cousine.
Son grand souci était
de se fortifier le plus
vite possible, afin de
venir en aide, lui
aussi, à ses bons
vieux parents.

Ces vitrines comportaient quatre petites colonnettes tournées. Aussi, avait-il organisé un petit

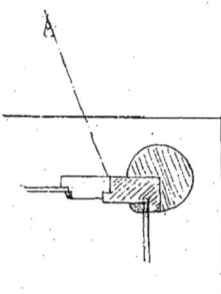

tour à pédale, d'une ingéniosité des plus rudimentaires
dans sa simplicité. Et on le
vit acquérir, également, une
certaine habileté dans la profession de tourneur sur bois.
Ce qui surprenait fort son
patron.

Il convient de dire qu'il
avait, au cours de quelques
visites, pris deux ou trois leçons de tour de son
oncle Secquot, dont la réputation de « bon maître.

menuisier » était appréciée de longue date. Réputation dûe aux travaux par lui exécutés dans les châteaux et églises des environs.

Ainsi qu'il a été dit plus haut, les vitrines de Petit-Pierre étaient parfaitement bien comprises et admirablement exécutées ; elles se composaient de quatre petites colonnettes d'angle, avec une petite porte ouvrante sur la face postérieure, tel que le représentent les figures.

L'idée du tour, nous l'avons dit, était venue à Petit-Pierre en voyant l'oncle Secquot tourner des colonnes de lit de campagne et des pieds de table d'une grande simplicité de profil.

D'autre part, au bout d'une année ou quinze mois d'apprentissage, nous voyons Petit-Pierre donner, pour ainsi dire, quelques leçons de trait à son patron. A cela, rien d'étonnant. On a souvent vu l'élève devenir plus fort que le maître, et c'est ici le cas.

Du reste, Melvac était un excellent ouvrier bûcheur, mais peu habile dans son métier, qui, pourtant, est une véritable profession d'art ! En ce sens qu'il a le pouvoir de transformer la matière brute en un joli meuble de salle à manger ou de chambre à coucher, tels : buffet, table, chaise, lit, ou bien encore en armoire à glace, etc., etc.

Donc, Melvac était plutôt un bon menuisier de campagne apte à faire quelques portes pleines, ou de communications qui, avec quelques volets pleins et croisées simples, formaient à peu près tout son savoir professionnel, toute sa science technique.

Mais, en revanche, c'était un brave, au cœur loyal et bon, d'un caractère doux comme un agneau.

Nous l'avons déjà dit : Petit-Pierre avait presque dépassé les connaissances du maître.

En effet, un jour un jeune fermier — seigneur de l'endroit — vint trouver Melvac, pour lui commander divers travaux de réfection qu'il désirait faire subir dans son château ; entre autres un escalier droit dit « échelle de meunier ».

Ce dernier travail était au-dessus des connaissances professionnelles de ce brave Melvac, lequel ne pouvait avouer son ignorance à son client qu'il désirait quand même conserver, comme étant un de ses meilleurs amis d'enfance, en dehors d'un excellent client qu'il avait en lui.

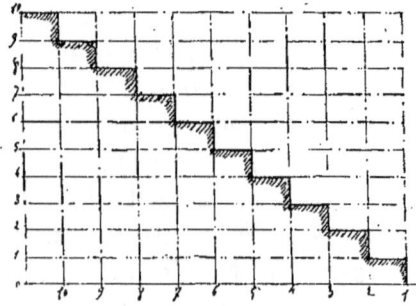

Aussi, un beau matin, par un ciel clair et pur, et après en avoir parlé à son jeune apprenti, Melvac se mit en devoir d'essayer de jeter l'épure dudit « escalier » aidé par Petit-Pierre, lequel suivait, d'un regard anxieux, les lignes projetées sur le plancher du premier et unique étage que comportait la maison d'habitation de Melvac ; plancher préalablement lavé à cette intention par Petit-Pierre.

Voyant l'embarras dans lequel se trouvait son patron, il lui tint ce langage :

— Mais, cousin, si nous jetions deux grandes lignes d'équerre ou perpendiculaire l'une à l'autre, nous arriverions, sans doute, à réussir plus facilement le tracé de cet escalier !

— Tu as peut-être bien raison ! tu sais, je n'ai pas voyagé comme le père Secquot.

— Eh bien, cousin, voulez-vous me laisser essayer ?

— Comment, mais volontiers, répond Melvac, qui était enchanté des dispositions professionnelles de de son jeune élève qui, certainement, lui ferait honneur !

Et Petit-Pierre de se mettre à la besogne armé d'un compas. On le voit faire des compartiments sur chacune des lignes projetées, dont l'une représente la hauteur des marches, et l'autre la largeur. Car Petit-Pierre avait accompagné son patron pour relever les mesures du dit escalier.

En voyant le schéma que produisait la rencontre de chaque ligne verticale et horizontale, Melvac prit l'enfant dans ses bras et l'embrassa avec toute l'effusion d'un cœur sensible et généreux en lui disant avec une joie de sincère contentement :

— Petit-Pierre, ce n'est pas moi qui suis le maître, c'est toi ! Qui donc t'a enseigné ce simple tracé ?

— Un jour, dit l'enfant, j'ai vu l'oncle Secquot occupé à jeter des lignes sur un carré qu'il avait formé ; il me questionna ! je ne pouvais lui répondre. Devant mon mutisme qui accusait mon ignorance, il me dit :

— Tu ne vois donc pas, mon neveu, que je suis en train d'essayer le tracé d'*un escalier droit*. Ce n'est pas très difficile !

— Ah ! mon oncle, comme je serais heureux d'en savoir autant que vous !

— Vraiment !

— Oh ! Oui !!

Voyant le désir manifesté, si naïvement, par l'enfant d'apprendre à tracer un escalier droit, l'oncle fit approcher Petit-Pierre et lui expliqua tout le mécanisme que produit la rencontre des lignes tirées de différentes largeur, mais à égales distances les unes des autres ; laquelle rencontre détermine effectivement le tracé d'une « échelle de meunier ». Voir figures.

Cette leçon avait suffi à Petit-Pierre pour saisir et comprendre, de suite, tout le parti qu'il en pou-

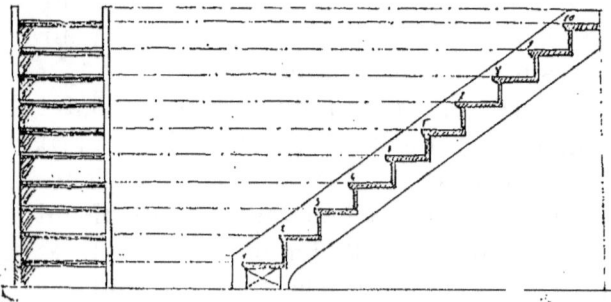

vait tirer, pour le cas où il se trouverait en présence d'un tracé semblable.

Mais, comme beaucoup de choses échappaient encore à son jeune cerveau, car il ne faut pas oublier que notre jeune « attrape-science » n'avait guère que quinze mois d'apprentissage ; dès son retour à l'atelier, et sans rien dire à son cousin, il se mit en devoir de réfléchir à la première leçon d'escalier qu'il venait de recevoir ; puis, afin de se rendre un compte exact par lui-même, il prit un bout de planchette qu'il rabota à cette intention.

C'était là, se disait-il, le seul moyen d'apprendre

2

plus sûrement, ainsi que l'avait recommandé son oncle Secquot, qui s'intéressait particulièrement à Petit-Pierre, plus qu'à son propre fils, François, qu'il avait mis à l'établi. Mais il voyait, avec peine, qu'il ne serait, comme son gendre Melvac, qu'un médiocre menuisier.

Tout autres étaient ses idées sur Petit-Pierre qu'il questionnait à chaque visite de son neveu.

Le prenant à part, son oncle avait plaisir, en cherchant à l'embarrasser, de le faire raisonner sur toutes les choses de son métier pour lequel Secquot *avait un véritable culte !*

Le donnant en exemple à son fils, dont il paraissait désolé du peu de goût pour le métier.

— Tu vois, lui, dit-il, un jour, ton petit cousin deviendra un meilleur ouvrier menuisier que ton beau-frère et toi !

— Que voulez-vous, père, que ça me fasse, tant mieux pour lui, j'en saurai toujours bien assez pour gagner ma vie !...

— Si ce n'est pas honteux ! d'entendre un pareil raisonnement. Tu as entendu, Petit-Pierre, ce que vient de dire ton cousin François !...

— Oui mon oncle. Cousin François a peut-être tort de répondre ainsi. Quant à moi je veux travailler sérieusement pour me perfectionner, afin d'arriver à être un jour contre-maître, et peut-être professeur !

— C'est bien mon neveu, fait le vieux Secquot ! qui, dans son for intérieur, se disait à lui-même : combien ç'eût été dommage de ne pas donner à Petit-Pierre pleine et entière satisfaction à ses désirs, et de l'empêcher de suivre ses penchants naturels qui,

dans la suite, lui permettront, de tirer avantageusement tout le parti de ses aptitudes virtuelles, s'il se
met à approfondir le dessin linéaire.

Sait-on jamais où peut s'arrêter le génie d'une
intelligence naissante ?

Effectivement, les déductions de l'oncle Secquot
étaient justifiées ! Est-ce que lui-même n'était pas
un exemple frappant de ce que peut une persévérante
ténacité. Ne sachant lire, ou à peu près ; ne connaissant pas grand chose à l'écriture, par conséquent
sans aucune instruction ! ne s'était-il pas formé,
pour ainsi dire, par la seule et libre volonté de son
énergie opiniâtre ? et de la sorte devenu le plus
habile menuisier de la contrée où il habitait, et d'où,
partout, on réclamait ses lumières !

Un jour, en rendant visite à son gendre, Secquot
apprit de la bouche de Melvac, les progrès accomplis par son jeune élève, dont il se montrait assez
fier.

Il se mit à lui raconter que c'était Petit-Pierre qui
avait fait le tracé de l'escalier que Secquot avait
devant lui. Ce dernier n'en fut pas étonné, car au
cours de sa dernière visite, Petit-Pierre lui en avait
touché quelques mots.

C'était donc toujours avec une nouvelle joie qu'il
quittait Melvac, lorsque celui-ci lui annonçait les
nouveaux succès de son élève, malgré sa pointe
d'espièglerie parfois assez prononcée ; espiègleries
qui, du reste, n'étaient susceptibles d'aucune répri-
mande de la part de son patron, dont souvent il
riait lui-même, les considérant, comme des gami-
neries sans importance.

C'est dire que, non seulement, Petit-Pierre accom-

plissait. dans son métier, de sensibles progrès ;
mais encore. grâce à son espièglerie : dans le domaine de la « pensée libre ». il acquérait quelques
connaissances préliminaires. Etant, par nature, un
esprit avide de savoir et un acharné studieux, il
lisait parfois quelques livres, entre autres les contes
de Perrault ; des œuvres de Victor-Hugo, particulièrement « Les Châtiments ». dont il apprenait, par
cœur, quelques fragments des meilleures poésies,
alternant avec les lectures des œuvres d'Emile Zola ;

Il lisait...

ce qui lui élevait l'âme et en
même temps fortifiait les sentiments de son cœur enthousiaste
des idées généreuses exprimées
dans ces livres.

Il lisait aussi quelques journaux républicains de nuance
assez avancée, quoique modé-
rée, au nombre desquels se
trouvait l'*Avenir de la Vendée*. Du moins il en parcourait
le contenu !

De sorte qu'insensiblement sa raison s'éclairait
sûrement. étant d'esprit réfléchi, ainsi qu'il a été
dit.

Il avait donc, de ce fait, toujours quelques anec-
doctes à raconter.

Melvac, chez qui il prenait pension, tel qu'il était
entendu, n'en revenait pas de son fécond et intarris-
sable bavardage, pendant les repas.

— Veux-tu bien te taire, lui enjoignait autoritai-
rement la femme de Melvac — Cousine Estelle —
comme l'appelait Petit-Pierre.

Celui-ci, malgré son jeune âge, et la douceur de son caractère, n'était pas d'humeur à se laisser imposer silence, surtout lorsqu'il était convaincu de ne pas sortir des limites et des bonnes règles de la politesse, non plus que de la courtoisie la plus élémentaire, bien que fils de paysan !

— Mais, cousine Estelle, je ne dis rien de mal, rien de médisant qui puisse blesser votre religion ! je raconte mes impressions, voilà tout !

— Enfin, tu conviendras, mon petit cousin, que tu es un bavard !

— Oui ! selon vous. Sans doute si, comme vous, j'allais écouter « un prêche » dans la maison d'en face — la maison d'en face était précisément l'Église — peut-être seriez-vous beaucoup plus tolérante?...

— Voyez-vous ce moutard qui a l'air de vouloir s'occuper de tout de ce qui ne le regarde pas !

— Parfaitement cousine, réplique avec vivacité Petit-Pierre, on n'en sait jamais trop dans la vie, qui sait ce qui peut vous arriver ! Par conséquent, ce n'est pas être inconvenant que de vouloir s'instruire sur tout ce qui se passe autour de soi !

C'est, à mon avis, préférable de se meubler l'esprit avec des choses sensées, que de se résigner à faire l'hypocrite ou des courbettes, comme on en voit tant. Vous-même, cousine, le savez !

— Tu as raison Petit-Pierre, dit Melvac, à son tour, lequel prenait plaisir à entendre raconter des nouvelles que lui-même ignorait, en ce sens qu'il ne lisait aucun journal !

— Ça c'est trop fort ! fait Estelle. Qui sait, tu vas peut-être donner raison à cet enfant.

— Ne vous fâchez pas cousine, répond Petit-

Pierre, à l'avenir je ne raconterai plus rien ! je serai muet comme une « Carpe ». Ça vous ira mieux, sans doute ?

— Tu feras aussi bien !

— Ah ! ah ! seulement, il faut que cousine Estelle sache bien qu'il ne rentre nullement dans le tempérament de son petit cousin de se résigner au mensonge et au servilisme. Il entend vivre en honnête garçon, pour devenir plus tard un bon citoyen et dire hautement sa pensée, toute sa pensée !

— Mais tu es bien trop jeune pour cela !

— Nous verrons, cousine, si, dans la suite, la pensée libre a des limites d'âge ?

A ce moment Petit-Pierre ignorait l'auteur de *La Servitude Volontaire* [1], qui n'était âgé que de dix-huit ans lorsqu'il composa cet ouvrage, véritable chef-d'œuvre de la pensée librement exprimée !

— Enfin, continua-t-il, quoi qu'il m'arrive, je vous répète que j'entends parler franchement et en restant toujours dans le domaine de la politesse. C'est pourquoi je veux apprendre encore et sans cesse.

— De ce côté, je ne peux que t'approuver, si toutefois, tu restes toujours un honnête garçon et un brave travailleur ?

— Eh ! pourquoi cela ! Pourquoi ne resterais-je pas honnête et brave ?... Sacrée cousine du diable ! Qui donc m'en empêcherait ? Croyez-vous que tous ceux qui vont à la messe et toutes les bigotes que vous fréquentez soient indemnes et sincères dans leurs croyances de vertus ? Allons donc !...

1. La Boétie.

— Je te l'avais bien dit, de te taire, Estelle, fit Melvac, lequel était ravi de la voir remettre à sa place par son apprenti dont il était si fier.

— Par exemple! tu ne voudrais pourtant pas que je donne raison à Petit-Pierre?

— Pourquoi pas? s'il a raison! Cet enfant, d'ailleurs, ne dit rien de mal! Tu as sans doute tes nerfs aujourd'hui!

— Oui! cousine, quel tort et quel mal fais-je en racontant à cousin ce que j'ai lu sur le journal? Je me le demande?

— Assez, tu entends! répliqua la belle Estelle.

Tu as raison... (p. 29).

— Ah! ça non, par exemple! s'écria Petit-Pierre.

— Encore, c'est toi, sans doute, qui veux avoir le dernier mot? O le vilain gamin. Si tu continues, je te prédis que tu feras un « vaurien ».

— Merci, cousine, de vos bons souhaits! L'avenir vous démontrera que vous êtes, sur mon compte, dans l'erreur la plus complète! Ainsi soit-il!

III

LA FIN DE L'APPRENTISSAGE DE PETIT-PIERRE
SON DÉPART POUR LE TOUR DE FRANCE

> L'enfant peut parfaitement acquérir les apti-
> tudes pratiques qui font l'ouvrier, sans perdre,
> faute d'exercice, les aptitudes intellectuelles qui
> font l'homme.
>
> Ferdinand BUISSON.

La fin de l'apprentissage de Petit-Pierre arrivait à grands pas. Il était même terminé. Mais ayant promis de remplacer le temps, qu'à diverses reprises, il avait été contraint de perdre au cours de son apprentissage, il se trouvait, d'après lui, redevable de près d'un mois à son patron, lequel ne voulait pas le retenir à son élève qui touchait à sa seizième année.

Petit-Pierre — qui avait étonnamment grandi en s'allongeant à pousser la varlope — lui rappela qu'il s'était engagé, lors du « contrat verbal » qu'ils avaient eu en présence de son père, qu'il entendait tenir jusqu'au bout son engagement, afin, disait-il, de faire honneur à sa parole donnée.

Melvac lui dit qu'il le laissait absolument libre d'agir à sa guise.

— C'est bien ainsi que je l'entends, fit Petit-
Pierre, avec son « franc parler » de toujours et sa
physionomie de plus en plus rayonnante, de plus
en plus ouverte de garçon raisonnable et décidé.

Par conséquent, mon cher cousin, je vous suis
redevable, d'après mon calcul, de vingt-sept journées de travail pour satisfaire mes engagements
moraux et matériels. Sommes-nous d'accord ?

— Absolument d'accord, puisque tu consens
à rester encore avec moi !...

— C'est bien naturel, cousin. Ce qui est convenu
doit être tenu ! fait Petit-Pierre avec un éclat de
rire. Et puis, ne m'avez-vous pas dit, il y a quatre
jours, que le travail était pressé ?

— Parfaitement.

— Nous voici bientôt à fin février. Le 1er avril,
je vous quitte pour aller faire mon « Tour de
France », afin de me perfectionner dans mon
métier, comme me l'a recommandé mon oncle
Secquot, en ajoutant qu'on ne le connaît jamais à
fond.

— Ton oncle a eu raison en te disant cela, fait
Melvac, et je ne puis qu'approuver ta décision.

On était au 27 mars. Aller chez M. le maire de la
commune où il avait fait son apprentissage et
obtenir son livret d'ouvrier, lequel était en usage à
cette époque-là, fut, pour Petit-Pierre, l'affaire d'un
ou deux jours.

Aussi, la veille de son départ, était-il muni de
cette pièce d'identité, où était transcrit en ces
termes son signalement :

Mijan, dit Petit-Pierre, âgé de 16 ans.
Cheveux châtains.
Sourcils châtains.
Yeux roux.
Nez gros.
Barbe naissante.
Bouche moyenne.
Taille 1 m. 64.
Menton pointu.
Visage ovale.
Teint coloré.
Signes particuliers : Néant.

Au jour dit, Petit-Pierre, après avoir embrassé, dans l'arrière-boutique, ser-vant de cuisine, sa cousine Estelle et souhaité le bonjour à Melvac, en lui serrant fortement la main, se mit en route pour la ville la plus prochaine. Ce fut Luçon — jolie petite ville d'une douzaine de mille âmes — qui l'éloignait d'en-

Au jour dit...

viron quatorze kilomètres de son pays d'origine.

Là, lui avait-on dit, les travaux allaient assez bien. Son patron lui-même l'avait, au préalable, tuyauté sur les meilleures et les plus sérieuses maisons où il serait susceptible de trouver de l'embauche.

Et voici Petit-Pierre sur la route, avec son léger balluchon sur l'épaule, enroulé d'un mouchoir, lequel était passé au bout d'un fort bâton. Il ferait venir sa malle par la diligence.

En arrivant à Luçon, dès la deuxième porte où il

frappa il fut embauché. Le patron lui demanda, au
préalable, ce qu'il savait faire, ainsi que son livret
d'ouvrier, car il paraissait bien jeune.

Après avoir répondu à ce qu'on lui demandait, le
patron lui dit qu'il pouvait venir commencer le lendemain. Ce qu'il s'empressa de faire.

Dans ce vaste atelier, Petit-Pierre se trouva tout
heureux d'être immédiatement en contact avec trois
ou quatre « trimardeurs » qui lui furent aussitôt
sympathiques. L'un d'eux était Angevin ; un autre
était Languedocien, se faisant appeler Dauphiné ! un

beau garçon au teint rose et
blond ; un troisième encore
s'appelait le Gros-Normand,
à cause, sans doute, de sa
corpulence démesurée ! mais
son véritable nom était le
grand Madeleine. Le qua-
trième était un nommé De-
bray, autant que les souvenirs
de Petit-Pierre le servaient.

Le « quand est-ce ? »

Ceux-ci s'empressèrent autour du nouvel arrivant
et, devant sa bonhomie, n'hésitèrent pas à lui rappeler qu'il existait une coutume appelée le : « Quand
est-ce ? », c'est-à-dire régaler les compagnons au
sujet de son embauche. Puis ils l'initièrent immédiatement aux habitudes de la maison et sur la
manière de s'y prendre pour qu'il puisse, sans difficultés, exécuter rapidement le lot de petites croisées
que lui confia le patron en lui remettant les plans
faits sur feuillets de sapin, auxquels plans Petit-
Pierre ne comprenait pas grand chose. C'était la
première fois qu'il en voyait et qui, paraît-il,

avaient été exécutés par le fils du patron qui avait
habité Paris pendant plusieurs années et employé,
comme commis aux plans, dans une importante
maison de menuiserie de la butte Montmartre.

C'est donc devant son hésitation à saisir ces
plans, qu'il avait beau examiner sérieusement, que
ses aînés s'empressèrent de les lui expliquer.

Cette réception amicale et fraternellement égalitaire émerveilla Petit-Pierre, qui ignorait totalement les mœurs de la ville, ainsi que les coutumes
et les habitudes des ouvriers trimardeurs entre eux.

A la suite de cette marque de fraternité, le nouveau « débarqué », avant tout commencement de
travail, se permit d'offrir à ses camarades d'aller
trinquer ! Ce à quoi ils acquiescèrent de gaieté de
cœur.

Aussi, dès cette première rencontre fraternelle,
ses camarades furent-ils les premiers à initier
Petit-Pierre aux habitudes du Tour de France, où il
rencontrera plus souvent des épines que des bouquets de roses, lui disaient-ils, ce qui n'effrayait
pas Petit-Pierre d'apprendre les dangers auxquels
il allait être exposé en voyageant, tant il avait le
désir de s'aguerrir contre les aventures de voyages,
où il irait voir, pour les étudier, les merveilles que
peuvent contenir certains musées ou bibliothèques,
ainsi que les monuments d'art et d'architecture
dans chaque ville où il serait susceptible de séjourner s'il y trouvait de l'embauche.

La petite ville où il débutait ne renfermait-elle
pas, elle-même, un véritable chef-d'œuvre d'architecture dans l'église principale de la ville, avec son
aiguille élancée dans les airs ? On dirait une den-

telle de pierre jetée dans l'espace, tellement elle est légère dans sa délicatesse.

Ce monument est dû au talent de l'architecte, M. Ballereau, le plus éminent du diocèse de Luçon.

Il en sera, sans doute, de même des villes où il ira pour apprendre à travailler. Du moins le pensait-il.

En attendant, la journée terminée, il sortait presque tous les soirs avec ses autres camarades, plus habiles que lui bien certainement, et aussi plus expérimentés !

Petit-Pierre éprouvait certains charmes à les écouter raconter leurs propres aventures. Surtout lorsqu'il lui fut donné d'entendre le dialogue suivant qui s'établit entre les deux camarades d'atelier vers lesquels allaient ses préférences :

« Pays Toulousain ».

— Dis donc, Dauphiné, disait l'Angevin, qui avait déjà parcouru la France en tous sens, te souviens-tu du petit Marseillais de la rue des Faures, à Bordeaux, quand il disait : « Si Paris avait une Cannebière, ce serait un petit Marseille ! »

— Comment, si je m'en souviens ! mais parfaitement, c'était le bouffon de chez la mère. Était-il drôle lorsqu'il se mettait à raconter ses aventures galantes ! Quel idiot, entre parenthèses..

Et toi, te souviens-tu du « pays Toulousain » à la voix chaude et harmonieuse, lorsque nous allions le voir rue Sainte-Colombe, chez la mère de l'Union des Travailleurs du Tour de France, avec ses chan-

sons favorites, entre autres *Les Peupliers*, suivie
de *La Promenade du Paysan*, qui, avec quelques
autres fariboles, formaient à peu près tout son
répertoire, lequel se terminait, inévitablement, par
une superbe et captivante Tyrolienne intitulée :
Les Montagnards ?

— Comment pourrait-on oublier un tel chanteur,
dont la voix était vibrante et si bien timbrée.

— C'était aussi un garçon à « bonnes fortunes »,
comme on dit vulgairement.

— Ah ! tu t'en rappelles ?

— Parfaitement. Je me souviens aussi de cet
autre « pays » qui habitait le même carré du
« garno » du troisième étage, et qui mangeait à la
même « gargotte ».

— Mais celui-là était un vrai contraste à côté du
« pays Toulousain », qui était tiré toujours à quatre
épingles.

— Comment l'appelles-tu ?

— Jean-Baptiste, dit « Champagne ».

— Ah ! oui, Champagne l'Arsouille ! Quel abruti !
Quel ivrogne invétéré. Je l'ai connu à Montpellier,
il y a cinq ou six ans. Il me répugnait tant il était
grossier dans ses expressions !

— C'était non seulement un ivrogne, mais aussi
un alcoolique sans pareil ! Pas un jour ne se passait
sans qu'il cherchât à se quereller avec d'autres
camarades ! D'où, souvent, des scènes de pugilat.
C'en était dégoûtant !

— Que veux-tu, fait Dauphiné, c'est là le résultat
de l'alcoolisme, qui a pour mission d'abrutir les
meilleures et les plus droites natures, lorsque des
camarades n'ont, *malheureusement*, pas la volonté

ni l'énergie de résister à cette tentation si pernicieuse et si dégradante, tout à la fois !

— Tu dis vrai. Il est, en effet, regrettable de rencontrer parmi la classe ouvrière, de pareils tempéraments !

— Oui, certes, cela est regrettable, comme tu le dis. Cependant, il faut convenir qu'il y en a peu du calibre de ce Champagne, en raison du nombre d'ouvriers qu'il y a sur le trimard, quoi qu'en disent les bourgeois, qui font chorus avec leurs amis, messieurs les patrons !

Aussi, poursuivait Dauphiné, s'adressant à Petit-Pierre, notre jeune camarade fera bien de fuir les tentations du cabaret. Car, à part quelques rares exceptions, ce sont toujours des foyers terriblement redoutables pour la santé physique et morale de la classe ouvrière.

— Tu as raison. Car on peut dire que le choléra lui-même cause moins de ravages à l'humanité que les « bistros », qui sont, partout, des officines de dégradation et d'empoisonnement de l'esprit tout autant que du corps.

— Marseille ! Bordeaux ! N'empêche que c'était le bon temps, répliqua Dauphiné, qui semblait plongé dans ses souvenirs d'antan. Oui ! ces deux villes ont été, pour moi, les meilleurs moments de ma vie de trimardeur. Surtout Bordeaux, avec ses jolies femmes au teint bistré, où je suivais les cours de dessin de menuiserie que donnait la Société philomatique, dont le professeur s'appelait Rochette, autant que je m'en souviens.

— Avec ça que La Rochelle était si désagréable l'année dernière, où, ensemble, nous avons débar-

qué ? fait l'Angevin, qui rappelait à Dauphiné
l'amour dont celui-ci s'était épris envers une charmante Rochellaise, aux yeux enjôleurs, appelée
Irma !

— Oui, j'en conviens, la Rochelle est, en effet,
une ville assez curieuse à observer, avec ses arcades
de la rue du Palais et son bel hôtel de ville ! Evidemment, je ne puis oublier la réception fraternelle
dont nous fûmes l'objet à notre arrivée chez la
mère, rue des Cloutiers, où nous fûmes, en effet,
servis par la belle et joyeuse Irma qui, de suite, me
subjugua tant elle parut
gentille et sérieuse. Je crois
bien que je serais arrivé à
en faire ma compagne, si
nous étions restés plus
longtemps à la Rochelle !

C'est sur ce point que
prit fin le dialogue entre
les deux amis : L'Angevin
et Dauphiné.

Une Rochellaise.

Lorsqu'ils rentraient tous les trois, il y avait
d'autres trimardeurs à une table plus loin que celle
où ils s'étaient assis, qui parlaient d'histoires
légendaires, légendes sans consistance en elles-
mêmes ; ainsi Petit-Pierre entendait deux plom-
biers parlant de leur séjour à Bordeaux. L'un d'eux
disait :

— Ah ! toi aussi, tu as travaillé dans la ville qui
possède cinq clochers et trois cents cloches ! dicton
à traduction libre à cause de « trois églises sans
clochers ».

Un autre soir, c'était la légende de « l'Ange pleureur » de la cathédrale d'Amiens, lequel est une merveille d'art sculptural.

Il en était de même à chaque repas du soir, où chacun avait quelques drôleries anecdotiques à raconter à son voisin.

Et c'est ainsi que Petit-Pierre fut rapidement mis au courant de la vie errante des trimardeurs.

Un soir d'automne on fêtait la conduite du « pays Tourangeau », qui partait à destination d'une ville importante du Midi. Le pays Tourangeau avait l'idée secrète d'aller se fixer dans la vieille cité phocéenne, l'importante ville de Marseille, à cause du nom que portait une curieuse pièce de menuiserie des plus intéressantes comme difficulté d'exécution. Pièce connue sous le nom « d'arrière voussure de Marseille », comme une autre également très intéressante connue sous le nom « d'arrière voussure de Montpellier » [1].

Il se proposait d'accomplir ce voyage à pied ! c'est pourquoi il n'était pas encore fixé s'il s'arrêterait à Montauban, Toulouse ou Perpignan, villes qui se trouvaient dans la direction où il avait décidé de séjourner plus ou moins longtemps, en raison de la f.oide saison d'hiver dans laquelle on allait rentrer, saison qui, d'après les prédictions des « astrologues », semblait s'annoncer assez dure !

Ou bien travaillerait-il à Béziers ou Montpellier seulement, villes également très réputées pour les jeunes gens qui sont appelés à trimarder.

Petit-Pierce en jugeait ainsi, d'après les conversations qu'échangeaient ceux des camarades avec les-

1. Voir notre important ouvrage de géométrie descriptive : *L'Enseignement professionnel du Menuisier*, pl. 164-165.

L'Ange pleureur de la Cathédrale d'Amiens (p. 41).

quels il se trouvait momentanément en relation et qui avaient séjourné dans ces villes, notamment Bordeaux, où son camarade Dauphiné avait suivi les cours de la Société philomatique; il ne désespérait pas d'y aller aussi.

Oui, ces conversations avaient fait naître, en Petit-Pierre, qui était devenu le confident de Dauphiné, le désir d'apprendre, lui-même, le dessin. Dauphiné qui professait, lui aussi, une réciproque et sympathique amitié, proposa à son jeune camarade de lui donner, gratuitement, quelques leçons élémentaires, leçons indispensables qui l'armeraient pour vaincre des difficultés pouvant se présenter dans les travaux qu'il serait chargé d'exécuter.

Arrière-voussure de Marseille (p. 42).

Petit-Pierre se garda bien de refuser cette occasion. Dauphiné le familiarisa donc rapidement avec les premiers éléments de géométrie, en lui exposant comment on peut obtenir le tracé d'une perpendiculaire : ainsi que le trait carré au bout d'une planche ; puis aussi la manière de faire passer une ligne courbe par trois points donnés, placés non en ligne droite, et à volonté. Sans oublier le tracé des oves, ovales et ellipses que l'on obtient de différentes manières [1].

Un autre soir, ce fut le pays l'Angevin, à qui on fit la conduite.

Celui-ci se dirigeait à pied également sur Nantes ; peut-être s'arrêterait-il à Bressuire ou Cholet, pour se rendre par petites étapes à Nantes, ville principale du tour de France, où chaque corps de métier a une mère, où tout trimardeur est à peu près assuré de trouver de quoi coucher plusieurs jours ; avec, aussi, un peu de crédit en arrivant, voire même du travail.

Arrière-voussure de Montpellier
(p. 42)

Le camarade l'Angevin pensait rentrer ensuite à Angers son pays natal ; d'où son nom « l'Angevin » tout court. Ce dernier tenta d'entraîner avec lui Petit-Pierre, dans ce « raid ».

Celui-ci se serait bien laissé séduire, car lui aussi voulait connaître la vie complète du trimard !

Seulement il se considérait encore trop ignorant dans sa profession et un peu jeunet. Il avait donc résolu d'attendre que ses dix-sept ans fussent révolus pour se lancer définitivement

1. Voir notre important ouvrage de géométrie descriptive : *L'Enseignement professionnel du Menuisier*, planches 1-2.

3.

sur le trimard, à moins de circonstances imprévues.

D'autres considérations d'ordre purement technique le retenaient : Dans l'atelier où il se trouvait,

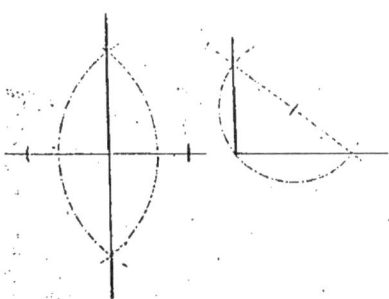

il n'était pas trop malmené. On y faisait des travaux assez soignés et présentant de grandes difficultés, il était donc certain d'y pouvoir acquérir plus d'habileté, professionnelle, d'autant que son meilleur camarade le « pays Dauphiné » restait encore près de lui.

Il ne croyait donc pas nécessaire de se séparer de lui, du moins pour le moment, en raison de sa capacité technique d'abord, et de son cœur de bon enfant ensuite. Ils restèrent donc tous les deux intimement liés après le départ de l'Angevin !...

Aussi résolurent-ils de passer leurs loisirs à discuter, alternativement sur toutes les questions professionnelles, et sur celles ayant trait aux questions de philosophie sociale !...

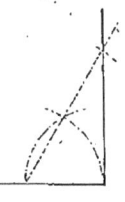 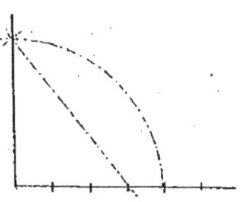

Il est bon de dire que Dauphiné était un homme de vingt-huit à trente ans. Il était assez « calé » sur toutes ces questions.

Petit-Pierre prenait plaisir à le voir discuter d'une façon pondérée avec d'autres trimardeurs

également assez forts pour soutenir la controverse.
C'était assez rare de rencontrer, chez les trimardeurs, des esprits assez respectueux et si tolérants de

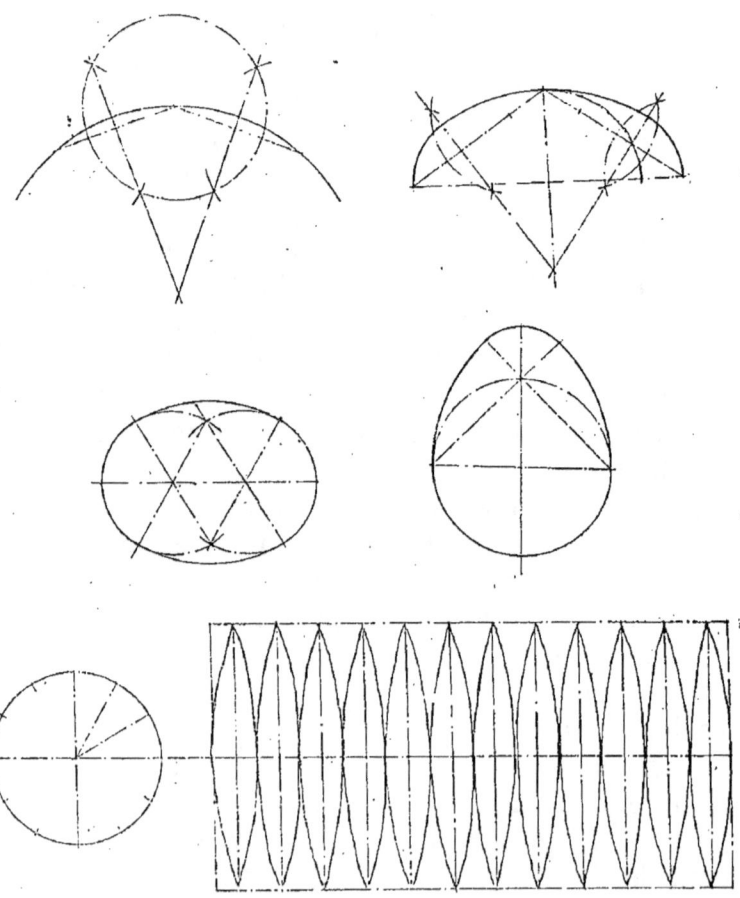

langage. — C'était, pour Petit-Pierre, d'autant plus
intéressant, qu'en sa qualité de « néophyte », il se
fortifiait dans toutes ces questions qui lui ouvraient,
ainsi, un nouvel horizon, sans nuire à l'étude préli-

minaire des éléments de géométrie descriptive dont
il avait entendu vanter les avantages, pour quiconque désire se perfectionner dans son métier, surtout
dans celui qu'il avait tant désiré apprendre.

Voilà pourquoi il semblait prendre goût à tout ce
qu'il entendait traiter par ceux de ses camarades
trimardeurs que le hasard avait mis en rapport
avec lui.

A la « gargotte » comme il entendait appeler le
restaurant, où tous prenaient leur repas, il semblait
préférable à Petit-Pierre de fréquenter ceux qui
discutaient, que de suivre ceux qui avaient le *triste
penchant* d'aller chez le mastroquet faire la partie
de manille.

A son avis, agir ainsi, c'était, non seulement
perdre son temps et son argent inutilement, sans
aucun profit, mais aussi ruiner sa santé, presque
de gaieté de cœur, en allant, chaque soir, prendre
des *apéros*, lesquels désorganisent l'économie
d'abord, ce qui entraîne à se livrer ensuite à
d'autres boissons aussi désastreuses au physique
qu'au moral !

Ajoutons que sur ce point Petit-Pierre avait
pleinement raison. Car non seulement la fréquentation du cabaret prédispose à l'alcoolisme qui, de ce
fait, prépare l'organisme humain à toutes espèces
de maladies, mais encore, il est prouvé, par l'observation scientifique, que l'alcoolisme est susceptible
de conduire ceux qui s'y livrent, à la folie, ensuite
au crime !

Or, Petit-Pierre s'était juré de ne suivre que les
sentiers où l'on étudie sérieusement tous les problèmes de la vie, qu'ils soient techniques et profes-

sionnels, ou purement d'ordre philosophique, seul
moyen de savoir résister à toute espèce de tentation pernicieuse pour l'esprit et la santé. Se

Salon de 1893. — *Soir de Paye*, par Jacorin.

souvenant du martyr de son aïeule maternelle,
en raison du caractère alcoolique de son mari
que, souvent, le père Mijan, aidé par l'un de
ses beaux-frères, allait relever le long des che-

mins pour le ramener, dans une brouette, à domicile.

C'est ainsi que la jeunesse ouvrière et travailleuse devrait raisonner et agir. Car il ne pouvait même pas concevoir que des ouvriers, ses propres camarades, se livrassent à l'abus du tabac, considéré, par ceux qui en font usage, comme une distraction, « *je ne puis arriver, à comprendre que vous acceptiez de faire des rentes à l'Etat en intoxiquant,* comme à plaisir, *votre tempérament.* »

Combien il avait raison de tenir un tel langage.

Le long des chemins...

Ce n'est point l'auteur qui lui donnera tort. Car lui, également, serait heureux de voir les ouvriers fuir les *cabarets* et *marchands de tabac.* Tant pis, pour l'Etat, s'il arrive à faire faillite ! Au moins on ne verrait pas augmenter le nombre de malheureux ouvriers dégénérés et usés bien avant d'avoir atteint l'âge d'homme.

Petit-Pierre était à la veille de rentrer dans sa dix-huitième année, par conséquent pareil raisonnement, chez un jeune homme de cet âge, n'avait, du reste, rien qui puisse surprendre ceux qui pensent et réfléchissent. Car il était sobre par nature ; studieux par caractère, et observateur par tempérament !

Ici, que le lecteur permette à l'auteur de faire une

petite digression à l'adresse de la classe ouvrière
du sein de laquelle, à l'exemple de Petit-Pierre, il est
sorti.

Au cours d'une grève du bâtiment, où il lui fut
donné de prendre la parole, envisageant de nouvelles et de plus décisives batailles économiques, il
s'écria :

« Mais pour que celles-ci soient vraiment fruc-
tueuses, je me permettrai un conseil à tous les travailleurs, mes frères de misère, lequel conseil serait
de fuir autant que possible le cabaret, ce « bourbier
de toutes les désagrégations. » Vampire cent fois
plus redoutable que la peste, car, *seul*, le cabaret
est la cause souvent, pour ne pas dire toujours, de
*la déchéance morale et intellectuelle de l'ou-
vrier*.

« Voyez ci-devant la gravure représentant une
œuvre d'art remarquable dûe au ciseau du sculpteur
Jacopin, œuvre démontrant les dangers de l'alcoolisme auxquels s'expose l'individu qui n'a pas assez
de volonté pour y échapper.

« Elle est, cette œuvre, non une leçon de morale,
mais une *leçon de volonté* que l'artiste cherche à
donner au prolétaire. Afin qu'elle devienne, cette
volonté, une force d'airain pour qu'aux jours de
lutte ses efforts soient couronnés de succès. Et en
effet, d'accord avec le vieux lutteur Blanqui, je suis
d'avis que « *celui qui fait la soupe doit la
manger.* »

« Il y a longtemps que les travailleurs produisent
pour le parasitisme patronal, cela en se serrant,
hélas ! trop souvent la ceinture. Ils commencent à
en avoir assez; comme le fait remarquer si excel-

lemment le poète Georges Bargas, dans son bel hymne révolutionnaire : *La Libertaire :*

> *Cent ans passés au milieu de l'orgie,*
> *Le peuple enfin lassé se redressant.*
> *Blasons dorés, faux-dieux et monarchie,*
> *Il brisa tout de son geste puissant !*
> *Mais depuis lors, faute à son inertie,*
> *D'autres seigneurs, par son bras enrichis,*
> *Des exploiteurs qu'on nomme bourgeoisie*
> *Ont arrêté l'essor des « Affranchis ».*

« Et voici le refrain aux accents mâles et puissants de ce bel hymne, en même temps, de Révolte et de Paix, pour la conquête de la liberté individuelle et l'affranchissement universel du Travail :

> *Serrons les rangs, ô force prolétaire,*
> *De la Concorde allumons le flambeau,*
> *Jetons au vent notre hymne libertaire*
> *Marchons, marchons, vers un monde nouveau.*

« C'est la transformation vers ce monde nouveau, chanté par le poète précité, que tout producteur doit avoir pour objectif. Laquelle transformation ne peut se faire que par la grande association des efforts mis en activité, selon les affinités et aptitudes variables à l'infini ! » [1].

Pendant que nous sommes sur cette grave question de l'alcoolisme et du cabaret nous ne saurions résister à l'envie de citer encore *ces beaux vers* du même poète Bargas lesquels sont extraits de « *Vers un Monde nouveau* », pièce en quatre actes :

---

(1) Voir notre brochure de propagande sociale n° 1 : *La Lutte pour les Huit heures.*

Je bois pour ne point voir que je suis un bétail,
Que le bât de la faim courbe sur le travail.
Oui, je bois, car mon cœur déchiré de tristesse
Trouve un constant refuge en la Constante ivresse!
Je bois pour oublier mes chagrins, mes soucis
Et qu'il serait méchant ce cœur s'il n'était gris.
Si l'on ne buvait pas, pourrait-on être esclave?

Ce dernier *vers* en dit, a lui seul, plus long que tout le poème !... Car, en effet, quand la *Classe ouvrière aura oublié complètement le chemin du Cabaret* elle pourra dire qu'elle aura fait un grand pas vers son émancipation intégrale, vers son éducation civique !...

Terminons ici notre digression, et revenons à notre Petit-Pierre que nous devons suivre pas à pas dans tous les actes de sa vie de trimard !...

IV

EN PLEIN SUR LE TRIMARD !

Nos parents et nos maîtres sont nos premiers
ennemis.

STENDHAL.

Par un beau soir de printemps, Dauphiné décida
d'aller rejoindre son camarade l'Angevin, de qui il
venait de recevoir une lettre lui faisant connaître
que le « boulot » allait très fort à Nantes. Que,
dans certaines bonnes maisons, on demandait des
« ouvriers sérieux et capables ». Alors, il pensa de
suite à en avertir son « vieux copain » Dauphiné !...

En même temps, il s'informait si Petit-Pierre
était toujours avec lui ?

Cette lettre décida Dauphiné à partir dans la huitaine ! Il allait, dès le lendemain, prévenir le patron
de cette décision... Petit-Pierre, un peu attristé de
cette nouvelle, qu'il était loin d'attendre de la part
de Dauphiné, lequel lui avait dit, deux ou trois
jours avant la réception de la lettre de l'Angevin,
qu'il se plaisait à Luçon où, sans doute, il allait
rester encore un ou deux mois environ. A cette date,
il dirigerait ses pas plus loin. Devant cette décision
imprévue, toute la nuit Petit-Pierre, pensant au
départ de son meilleur camarade, se mit à réfléchir

que, bientôt, il allait entrer dans sa dix-huitième année. Par conséquent, il était d'âge raisonnable où un jeune ouvrier peut, sans inconvénient, voyager ; c'est-à-dire trimarder à son aise, sans le consentement de ses parents.

Or, devant la résolution prise par son camarade d'établi Dauphiné, que Petit-Pierre avait pu apprécier à sa juste valeur, le lendemain, il annonça que, lui aussi, allait partir à Nantes en même temps que lui, si, toutefois, son camarade n'y voyait aucun inconvénient !

— Mais comment donc, au contraire, le trimard sera plus gai en voyageant à deux que tout seul !

— Eh bien ! je vais également demander mon compte et prier le patron d'avoir à préparer mon livret.

— Si tu veux ! Et dans huit jours, c'est-à-dire lundi matin, nous partons, ajoute Dauphiné. Mais avant, nous préviendrons tous nos « copains » du « garnot » de notre décision commune ?

La veille de leur départ, qui se trouvait le dimanche, il fallait voir les libations — libations permises en pareilles circonstances — de tous ceux qui restaient, à quelque corps de métier qu'ils appartiennent ; d'abord tous les compagnons menuisiers travaillant dans d'autres ateliers de la ville ; ensuite quelques plombiers-zingueurs, peintres, plâtriers, etc., etc., tous appartenant soit aux Sociétés compagnoniques, soit à l'Union. Car il n'existait plus, comme autrefois, de rivalités entre leurs adhérents ! Cela heureusement. Les sentiments de Fraternité les ayant remplacés !

Le lendemain, à sept heures et demie du matin,

nos deux compagnons s'engagent sur la grande route
poudreuse et toute ensoleillée que bordent de hauts
platanes, jetant, par ci, par là, quelque ombrage.

Le long de ces magnifiques arbres, suivaient de
fraîches et jolies haies, toutes bourgeonnantes de
blanches aubépines à peine écloses, au-delà desquelles se déroulent, à perte de vue, un tendre et
merveilleux tapis vert, recouvrant ainsi d'immenses plaines.

C'est au milieu d'un pareil et poétique cadre que
la nature offrait à
Petit-Pierre émer-
veillé, et à son ami
Dauphiné, la route
qui devait les con-
duire à Nantes.

D'après les calculs
de Dauphiné qui, lui,
avait l'habitude du
trimard, ils devaient
arriver à destination
le lendemain sur les

Sur la grande route...

six heures du soir, sans être trop harassés, ayant
dormi une nuit dans une ferme qui se trouverait
sur le bord de leur route.

— Mais où allons-nous descendre, demanda Petit-
Pierre à son compagnon ? en cours de la route qu'ils
arpentaient en chantant !...

— C'est vrai, tu n'as pas encore l'habitude de
trimarder !...

— Tu le sais bien !...

— Si tu veux, je vais te conduire chez le père
Berrod qui est le bureau de l'Union des Travailleurs

du Tour de France, où je t'engage à te faire inscrire en arrivant.

— Merci, camarade, je suivrai ton conseil que je suppose bon !...

— Petit-Pierre, tu me connais assez pour que tu puisses te fier à moi en pareil cas. Du reste, après l'Angevin, n'es-tu pas mon meilleur ami ?

— Crois bien que cette amitié est partagée ! Et toi, où iras-tu ?

— Moi, j'irai chez la mère des Compagnons du Devoir de Liberté — rue du Marchix, près la place Bretagne, — Société à laquelle je suis initié depuis de longues années ! A moins que tu ne préfères venir avec moi ? Cependant, ainsi que je te l'ai déjà dit, maintenant que toute acrimonie — entre les diverses Sociétés du « Tour de France » — a cessé, je t'engagerais plutôt à rentrer à l'Union des Travailleurs du Tour de France, où tu trouveras, je le répète, beaucoup plus de jeunes gens de ton âge que dans la mienne.

— C'est bien, je me ferai inscrire, dès notre arrivée, à la dite Société.

— Du reste, si tu le désires, je peux t'y accompagner ! Peut-être y trouverais-je quelques anciens camarades du trimard qui peuvent, eux aussi, habiter rue du Port-Maillard !

— Tiens, tu connais donc l'adresse ?

— Certainement. Tous ceux qui trimardent connaissent l'adresse des mères du lieu où ils descendent, et y prennent souvent nourriture et logement. Ce n'est pas la première fois que je travaillerai à Nantes. J'y ai séjourné environ sept mois, il y a de cela cinq ou six ans. C'était à la maison Baranger,

si je me rappelle bien ! Une maison où l'on faisait
du bon et beau travail, notamment des travaux
d'Eglise. Non parce que les patrons étaient bigots,
mais parce que c'était la clientèle ! j'ai aussi travaillé dans une autre maison assez importante : la
maison Vannier-Pécaut, située sur la route de
Rennes.

— Ah ! c'est ce que j'ignorais. Mais sois tranquille,
mon cher Dauphiné, si je suis encore un « néophyte »,
comme tu le dis, je ne le serai pas longtemps. Surtout, si j'ai la chance de rencontrer des camarades
d'établi ou de « garnots » tels que l'Angevin et toi !

— Oh ! mon jeune ami, je ne suis pas en peine,
je suis même sûr que tu rencontreras des sympathies près des camarades qui se trouveront à tes
côtés, et, de la sorte, tu seras vite au courant de la
vie errante que l'on mène sur le trimard !... Tiens,
avant d'arriver, je vais te chanter une chanson !
Le Tour de France :

I

Les ouvriers sur le beau Tour de France
Ne trouvent pas toujours le vrai bonheur,
Car pour ma part j'en donne l'assurance,
Plus d'une fois j'ai trouvé le malheur ;
Pendant l'hiver il nous faut du courage,
Car sans le sou souvent nous voyageons,
Pendant longtemps nous restons sans ouvrage,
Et du crédit bien souvent nous manquons. (bis)

II

Dans chaque ville nous avons une mère,
C'est pour nous un bien triste soutien.
En arrivant, l'on nous fait l'inventaire,
C'est du guignon pour celui qui n'a rien.

La mère nous dit : vous connaissez l'usage,
C'est de partir quand on n'a pas le sou.
A son bâton l'on remet son bagage
Pour s'en aller, hélas ! sans savoir où. (bis)

III

Sur le chemin, malgré la lassitude,
Il faut souvent se priver de repos,
Et de claquer, c'est là notre habitude,
De mettre au clou ce que l'on a sur le dos ;
Après cela viennent les gendarmes,
D'un air hautain inspecter nos haillons.
Fraternité, viens essuyer nos larmes,
Et que nos pleurs deviennent des chansons! (bis)

— C'est tout à fait plaisant, dit Petit-Pierre, lors-qu'eut terminé son compagnon.

Enfin, nos voyageurs approchaient du but qu'ils convoitaient, et bientôt ils aperçurent les grosses masses qui composent les tours carrées de la Cathédrale, ainsi que la plupart des aiguilles dont sont surmontées les autres Églises paroissiales que contient la ville de Nantes, aux rues tortueuses et aux quais sales.

Nantes, où se perpétrèrent les noyades ordonnées et commandées par le conventionnel Carrier. Ces noyades furent, peut-être, une faute de la Convention !...

Mais, passons. Il ne nous appartient pas d'apprécier un fait qui se passa sous la grande Emancipatrice de quatre-vingt-treize.

On le voit c'est une ville historique, par excellence, qui renferme un magnifique château féodal. Sa population est assez dense. Aussi toutes les Sociétés compagnoniques la considèrent-elles, avec Angers, comme la plus importante ville du Tour de France de la région de l'Ouest !

Nos deux voyageurs, selon les prévisions de Dauphiné, firent leur entrée dans cette ville, vers les cinq heures et demie, et à six heures ils se trouvaient chez la mère de l'Union, n° 2, rue du Port-Maillard. C'est là, qu'à cette époque, se trouvait la dite adresse de la mère de l'Union.

Après s'être rafraîchi, un brin, sur le zinc, et fait connaître leur identité, Petit-Pierre manifesta le désir d'avoir une chambre ; puis d'être inscrit membre adhérent à la Société de l'Union !

— Jeune homme, répond le chef de l'établissement, pour se faire inscrire à la Société, il faut attendre l'arrivée du « pays Delarbre », secrétaire-trésorier qui, incessamment, va arriver. Et dès qu'il sera là je le préviendrai de votre intention.

— C'est bien ; je vous remercie, fit Petit-Pierre. En attendant nous allons, mon camarade et moi, dîner.

— Le dîner est prêt, mes enfants, vous pouvez vous mettre à table, dit le « gargotier » en cotte et veston bleus, revêtu d'un long tablier qui avait été blanc !...

Une demi-heure ne s'était pas écoulée que le « caboulot » du père Berrod se trouvait au complet.

Au nombre des arrivants, nos voyageurs aperçurent, la silhouette de l'Angevin ; lequel, souvent, passait serrer la main à quelques-uns de ses amis appartenant à l'Union. Alors que lui appartenait, comme Dauphiné, au Devoir de Liberté.

Ce fut un tolle général, lorsque l'Angevin serra fraternellement la main aux deux arrivants. Ils se

4

mirent en devoir de se raconter leurs impressions
mutuelles, depuis bientôt quatre mois qu'ils ne
s'étaient vus.

Un moment après arriva le secrétaire Delarbre
qui fut de suite mis, par le père Berrod, au courant du désir exprimé par l'un des nouveaux arrivants : Voyez-vous le « jeune » là-bas, en désignant
Petit-Pierre, qui prenait part à la discussion
échangée entre Dauphiné et l'Angevin.

Delarbre alla aussitôt se présenter à eux, et après
cinq minutes d'entretien, il pria Petit-Pierre de le
suivre jusqu'au premier étage où se trouvaient les
registres d'inscription !

Lorsque son inscription fut terminée, ce qui ne
dura pas moins d'une demi-heure, en descendant,
Petit-Pierre fut tout surpris de ne pas rencontrer
Dauphiné à la table où il l'avait quitté.

Dauphiné, qui avait suivi l'Angevin, eut le soin de
prier le père Berrod, de dire au « jeune arrivant »
de ne pas se tourmenter de son départ ; il reviendrait le chercher le lendemain pour lui procurer de
l'embauche.

Petit-Pierre fut donc rassuré. Mais il ne connaissait personne encore dans la société. Il semblait
ahuri du bruit des conversations qui, de toutes parts,
se manifestaient, se demandant ce que cela signi-
fiait.

Enfin, il alla se rasseoir pour terminer son dîner,
et au moment de se lever pour payer, au comptoir,
son repas, quel fut son étonnement lorsqu'il entendit
dans le réfectoire, parmi ses nouveaux camarades :

— Dis donc « pays Toulousain » tu vas nous en
envoyer une, car il y a des « arrivants » qui seront

charmés d'entendre ta voix limpide et harmonieuse.

— Pas tant de « chiqué ! » je ne suis pas habitué
à tant de pommade ? je chanterai si ça me convient !..

— C'est bien ainsi que nous l'entendons ! lui
répond l'assistance.

— Tout de même tu ne peux refuser de chanter en
l'honneur du nouvel inscrit à notre société fait
Delarbre en désignant du doigt Petit-Pierre qui se
souvenait du nom de « pays Toulousain ».

— Effectivement, argua timidement Petit-Pierre.
Il y a longtemps que j'ai entendu parler de vous,
sans vous connaître, fait-il, en s'adressant au célèbre
chanteur.

— Comment toi aussi ! tu me connais sans
m'avoir vu !

— Voici comment : je travaillais à Luçon, dans
la Vendée, avec deux camarades l'un appellé l'Angevin, et l'autre Dauphiné qui sont devenus mes
meilleurs camarades. Et si je suis ici à Nantes, que
je connaissais déjà, c'est parce que j'ai voulu y
accompagner mon ami Dauphiné !

— Comment, fait le « pays Toulousain », Dauphiné
ici ; il savait donc que l'Angevin y était.

— Parfaitement. Il y a huit à dix jours que ce
dernier avait écrit à Dauphiné, l'avertissant que le
« boulot » allait fort ici ; et comme il venait, je me
suis décidé à venir avec lui. Voilà comment je me
trouve, ce soir, au milieu de vous, où j'espère rester.
Dauphiné vient de partir, mais il m'a fait prévenir
qu'il reviendrait me prendre demain pour aller
chercher de l'embauche.

— De l'embauche ! fait le « pays Toulousain » ;
mais tu n'as pas besoin, pour cela, de Dauphiné.

Demain matin tu viendras avec moi, et tu seras aussitôt embauché, je te le jure.

— Merci camarade ! Mais je ne puis laisser mon « copain » Dauphiné.

— Ne te tourmentes pas ! j'arrangerai l'affaire. J'ai connu Dauphiné à Bordeaux, rue Sainte-Colombe ; nous avons aussi travaillé côte à côte, dans le même atelier. C'est un brave cœur et un habile ouvrier. Je suis content d'apprendre qu'il est ici. Est-ce que tu couches, ce soir, chez la mère..

— Oui !

— Eh ! bien si tu veux « pays Vendée » allons le voir de suite. Car il me tarde de lui serrer la main.

Cette accueil fraternitaire ne surprenait pas, outre mesure, Petit-Pierre, qui avait été, préalablement, mis au courant du sans-gêne des trimardeurs entre eux. Cependant il n'en revenait pas de la facilité de ce « tutoiement », malgré qu'il en avait l'idée !

Aussitôt qu'ils eurent terminé leur dîner, Toulousain proposa à Petit-Pierre de partir chez la mère des compagnons rue du Marchix...

Là ils furent accueillis avec une joie délirante.

— Justement on parlait de toi fait le « pays l'Angevin » s'adressant à Petit-Pierre.

— Et moi, dit Dauphiné, je te prie de m'excuser de n'avoir attendu la fin de ton inscription.

— Tu es tout excusé mon ami !

— Et moi je suis heureux également de te rencontrer là, fit le « pays Toulousain ».

— Moi aussi je t'assure, j'espère que tu vas nous chanter une romance de ton joli répertoire, par exemple notre préférée ?

— Toi aussi, « sale rosse » ! Mais vous vous êtes

donc tous donné le mot d'ordre, ce soir, pour me mettre à contribution d'une corvée ! Tout à l'heure c'était à l'Union, maintenant c'est ici !

— Oui ! Oui, firent tous les compagnons présents.

Devant pareille unanimité, cette fois le « pays Toulousain » ne se fit pas plus longtemps prier. Il débuta par : Sé Canto, qué Canté.

I

Dessous le pount de Nantes
Il y a un bel acharrat
Qui toute la neyt canto
Cantot comme un fal

Refrain

Sé canto, qué cantos
Cantés pas per you,
Cantos per ma miyo
Qu'es al prèts de you.

II

A quélos montagnos
Qué ton aoutos tous
M'empêchetcha, de veyre
Mas amours ouent sons

Refrain

III

Al founá dè la prado
Y a un piboul traoucat
Lé concut y canto
Noslà amour passat

Refrain

IV

Davant ma fénêstro
Y a amélié
Qui fa dè flours blanchos
Comme a dé papié

Refrain

4.

Voici la traduction littéraire du dit chant : S'il chante, qu'il chante...

I

Sous le pont de Nantes
Il y a un beau pierrot
Qui toute la nuit chante
Chante comme un fol.

Refrain

S'il chante, qu'il chante,
Il ne chante pas pour moi,
Il chante pour ma mie
Qu'est auprès de moi.

II

Là-bas en montagnes
Qui, si hautes sont
M'empêchent de voir
Où mes amours sont.

Refrain

III

Au fond de la prairie
Est un peuplier creux
Où le coucou chante
Nos amours passés.

Refrain

IV

Devant ma fenêtre
Est un amandier,
Qui fait des fleurs blanches
Comme du papier.

Refrain

Lorsque Toulousain eut terminé, éclatèrent de nombreux et enthousiastes applaudissements, avec prière d'en chanter une autre.

— Ah ! fait-il, c'est assez pour ce soir. D'autant

que je ne suis venu que pour serrer la main aux
amis, et non pour chanter. Du reste il se fait tard,
et il est temps d'aller se mettre au « pieu » ! n'est-ce
pas « pays Vendée », fait-il à Petit-Pierre, lequel,
malgré sa joie de se trouver au milieu des trimardeurs, se sentait, lui-même, un peu fatigué, à la
suite d'une marche assez longue faite dans la journée.

— Dis donc, Petit-Pierre, fait Dauphiné, demain
j'irai te chercher à la chambre, pour, de là, aller
à l'embauche !

— C'est inutile de te déranger pour ça, dit Toulousain ; j'amènerai avec moi notre camarade, et le pré-
senterai au « contre-coup Pasbois », qui, j'en suis
sûr, l'embauchera, ainsi que je lui disais avant de
venir ici.

— Et toi, fait l'Angevin à Dauphiné, tu en feras
autant : tu viendras avec moi à l'atelier où tu seras
sûrement embauché, puisque mon « conduit » m'a
demandé, encore ce soir, s'il y avait des flâneurs chez
la mère.

— Tout va bien alors ! Et vivent les trimardeurs,
s'écrient-ils tous à la fois !...

De cette façon Petit-Pierre était on ne peut plus
heureux d'avoir fait la connaissance avec le « pays
Toulousain », qui jouissait, près de ceux qui le connaissaient, d'une excellente réputation en tant que
beau et bon garçon, sérieux et distingué.

Ensuite, par sa voix de diamant, il charmait tous
ceux qui avaient le plaisir de l'entendre chanter.

Maintenant que Dauphiné et lui avaient du travail, il se promit d'aller, chaque dimanche, faire tantôt une partie de campagne sur les bords de l'Erdre

par exemple; tantôt à Trentemoult, localité en face
Sainte-Anne, manger de la bonne friture; ou bien
encore à Chantenay, dite « la ville en bois » !

Et c'est ainsi qu'il s'accoutuma à connaître et à
aimer davantage la ville de Nantes et ses environs,
beaucoup plus rapidement qu'à une époque où il y
était venu comme « petit groom » quelques années
auparavant !

C'est là qu'il sentit le bien-fondé de l'indépendance, *de la vie libre et agissante*, à travers
laquelle il éprouvait une grande satisfaction morale !...

Le long de la semaine, à l'atelier, le « pays
Toulousain » le charmait. Car il ne se lassait
pas d'entendre les chants de fraternité, d'union et
de paix que son nouveau camarade produisait
envers tous.

Cela, en effet, égayait tout l'atelier, en ce sens que
ces chants produisaient comme un délassement
nécessaire à encourager les ouvriers au travail, au
lieu d'être un bagne, comme ça se passe souvent,
hélas ! dans la plupart des maisons industrielles
ou d'entreprises modernes, où il y a presque toujours « le garde-chiourme » qui épie tous les mouvements.

Il ne se passait guère de jours que le pays
Toulousain ne chantait à pleine voix la belle
Tyrolienne des Pyrénées à l'atelier, et procurait
à chacun un grand amour pour l'accomplisse-
ment de la tâche quotidienne de chaque ouvrier.
Cette belle Tyrolienne est maintenant connue de
tous les coins de la France sous le nom : « Les
Montagnards ».

I

Montagnes Pyrénées
Vous êtes mes amours,
Cabanes fortunées
Vous me plairez toujours.
Rien n'est si beau que ma patrie,
Rien ne plaît tant à mon amie.
O montagnards (bis), chantez en chœur (bis)
De mon pays (bis) la paix et le bonheur.

Ah ! Ah !...
Halte-là, halte-là, halte-là,
Les montagnards (bis)
Halte-là, halte-là, halte-là,
Les montagnards sont là,
Les montagnards (bis)
Sont là !

II

« Laisse là les montagnes ! »
Disait un étranger ;
« Suis-moi dans mes campagnes,
« Viens ne sois plus berger ! »
Jamais ! jamais ! quelle folie !
Je suis heureux dans cette vie,
J'ai ma ceinture (bis) et mon béret (bis)
Mes chants joyeux (bis) ma mie et mon châlet !

Ah !...

III

Sur la cime argentée
De ces pics orageux,
La nature domptée
Favorise nos jeux.
Vers les glaciers, d'un plomb rapide,
J'atteins souvent l'ours intrépide !
Et sur les monts (bis) plus d'une fois (bis)
J'ai devancé (bis) la course du chamois !

Ah !...

IV

Déjà dans la Vallée
Tout est silencieux ;
La montagne voilée
Se dérobe à nos yeux...
On n'entend plus dans la nuit sombre
Que le torrent mugir dans l'ombre...
O montagnards ! (bis) chantez plus bas (bis)
Thérèse dort (bis) ne la réveillons pas !
  Ah !...

Et c'est ainsi que se passait agréablement le temps, tout en accomplissant joyeusement sa tâche sans être trop fourbu à la fin de la journée de labeur. On eût dit en quelque sorte un lieu de délice, de délassement, lorsque chacun retirait, presque avec regret, son tablier, à la fin de la journée, qui s'était passée comme une lettre à la poste.

Telle sera, toujours, l'influence morale sur l'esprit des travailleurs ! quoi qu'en disent certains docteurs en septicisme social !!!

V

SUR LA ROUTE DE NANTES A ANGERS

Ce qui se conçoit bien, s'énonce clairement,
Et les mots pour le dire arrivent aisément.
BOILEAU.

Détournons-nous du passé. Tout en est pire.
Marchons à la franchise, à la bonté, à la lumière,
à la vie.
PAUL ADAM.

Petit Pierre, après un séjour de onze mois, qu'il passa assez fraternitairement avec les nombreux trimardeurs qui le considéraient comme l'un de leur meilleurs camarades avec lesquels ils sortaient, paraissait décidé à quitter Nantes dont il avait exploré toutes les curiosités : ses musées, ses églises et autres monuments, sans oublier le passage Pommeray, la rue Crebillon, la place Graslin, ainsi que l'inoubliable quai de la Fosse ! sur lequel viennent aboutir des rues étroites et montantes !

Mais avant de quitter la région — fasciné par l'amour des voyages — il résolut de pousser une pointe jusqu'à Saint-Nazaire, ville dont il avait entendu parler par sa réputation pour ses immenses ateliers de constructions navales, puis aussi par la beauté poétique des environs.

On le vit donc aller à la gare prendre le train à

destination de Saint-Nazaire qu'il parcourut seul pendant plus d'une heure et demie. Il revint à l'hôtel ou il était descendu peu enthousiasmé. Car à part la mer, la vue des bassins, celle des ateliers et chantiers de la Loire, il ne se sentait nullement attiré dans cette localité, laquelle présente, en effet, un aspect plutôt morne sinon lugubre !

Mais il en était tout autre de ses environs, qui le séduisirent merveilleusement, dont il apercevait la silhouette à droite en bordure de l'Atlantique.

Il se décida à pousser une pointe jusqu'à Pornichet ! La Baule ! Le Pouliguen ! Bourg-de-Batz ! Le Croisic ! etc. Localités dont il avait lu les belles descriptions dans d'admirables pages d'écrivains de haute valeur, notamment dans les livres de Guy de Maupassant.

Aussi ne regrettait-il pas son voyage à Saint-Nazaire, lequel lui avait permis de contempler un horizon de beauté majestueuse, qui le plongeait dans une douce rêverie !

— Comme c'est beau la nature ! Comme c'est agréable et bon de se trouver dans un cadre aussi grandiose, se disait-il à lui-même !

Quelle savoureuse et féerique émotion produit, sur l'homme, l'horizon infini, au milieu de ce silence éloquent ! où l'on n'entend que le bruissement de la la vague !

Il en fut tellement séduit que ce jour-là, il s'était attardé jusqu'à la nuit tombante, afin de pouvoir y goûter la vue poétique et inimitable d'un magnifique « coucher de soleil » aux rayons empourprés, venant se refléter dans la mer calme et limpide, dont les flots argentés arrivaient jusqu'à ses pieds, assis, qu'il était, au bord d'un tumulus.

Il quitta donc, à regret, cet endroit où il venait d'éprouver de si intenses sensations. Il rentra à Saint-Nazaire; il y coucha, et attendit le lendemain où il prendrait le deuxième train qui le ramènerait à son « garno » de la rue du Port-Maillard, à Nantes !

Or, on le voit, Petit-Pierre, aimait se trouver en contemplation des beautés qu'offre la bonne mère nature dans toute sa magnificence.

Outre cette inclination vers la beauté des paysages émotionnants, il avait également une prédilection très prononcée pour tout ce qui relève de l'art, au point de vue archéologique. Mais c'est surtout vers *l'art* essentiellement *architectonique* qu'il se sentait de plus en plus attiré, tant cette branche de l'art des connaissances humaines renferme de trésors tous plus séduisants les uns que les autres.

Il en était de même des choses de la Pensée, qu'il considérait à bon droit comme la plus belle faculté de l'homme, lui permettant d'exprimer clairement ses idées et impressions.

Enfin, le soir de son retour à Nantes, il fit part de ses impressions à ses camarades et aussi de son idée de quitter la ville de Nantes dont il était, maintenant, saturé. Il allait diriger ses pas sur Angers, sans doute, puisqu'il n'y à que quatre-vingt-dix kilomètres environ qui séparent les deux localités : « Ce n'était pas la « mer à boire » il y en a juste pour deux jours, en se reposant en route », disait-il !

Avant, il allait prévenir le « singe » de sa décision; et, sans tambour, ni trompette, il se tirerait des pieds, après avoir été serrer la main à son vieux

5

« copain » Dauphiné, qui, lui aussi, se préparait à quitter Nantes pour se diriger vers le Languedoc, son pays d'origine ! où probablement il allait se marier et ensuite s'établir.

Petit-Pierre annonça sa résolution à ses camarades qui se trouvaient avec lui chez la « mère », parmi lesquels était un jeune trimardeur, serrurier de son état, et *natif de Rennes*, qui, lui aussi, manifesta son désir de quitter Nantes où il était depuis près d'une année.

Tous deux convinrent de partir ensemble pour Angers ! ce dont Petit-Pierre fut ravi, se promettant ainsi d'explorer les bords de la Loire aux rivages enchanteurs par d'exquis paysages aux tons harmonieux.

Cela se passait aux environs de fin avril. Ils décidèrent, en principe, d'attendre jusqu'au 15 mai ; la saison promettait d'être assez favorable à leur projet, et même d'être assez chaude !

Enfin le 15 arriva, et, ainsi qu'il était convenu, munis chacun de leur livret d'ouvrier qu'ils dûrent faire viser au commissariat central, après avoir régler leurs comptes avec la mère et la société, ils dirent bonjour aux camarades qui se trouvaient là au moment de leur départ.

On vit ensuite nos jeunes et gais trimardeurs franchir la porte du restaurant de la rue du Port-Maillard et prendre la direction de la route de Paris qui les conduira directement à Angers, en passant par Ancenis, Houdan, Ingrandes, Champtocé où ils dûrent coucher dans une écurie, sur de la paille fraîche, que leur offrit un fermier de cette dernière localité.

Le fermier n'était, du reste, pas surpris de les voir s'adresser à lui, car souvent il recevait et logeait ainsi les chemineaux qui avaient l'habitude, à la bonne saison, de passer et de coucher dans la ville de Champtocé où Petit-Pierre tomba en extase, avec son compagnon de route, devant les ruines imposantes d'un vieux château féodal dit « château de Barbe Bleue ? »

Le lendemain, se sentant de nouveau disposés à la fatigue, ils se levèrent tôt et allèrent remercier leur hôte de son hospitalité.

— Inutile, mes braves. C'est que nous, paysans, avons le cœur sensible. Dites-moi donc, mes jeunes amis, serait-il indiscret de vous demander la profession que vous exercez ?

— Nullement !

— Moi je suis menuisier, fait Petit-Pierre.

— Et moi serrurier, répond le Breton.

— Avant de partir vous accepterez bien de venir trinquer un brin et casser la croûte, j'espère.

— Mais volontiers.

— Avez-vous bien reposé.

— Oui assez, merci, presqu'aussi bien que lorsque nous couchons dans un lit.

Après avoir pris une tartine de pain graissée d'une couche de bon beurre frais, et avalé un verre d'excellente piquette, en guise de vin, nos deux compagnons remercièrent de nouveau et cordialement le vieux paysan qui semblait s'intéresser à leur sort !

— Pauvres jeunes gens ! On n'est pas toujours heureux en voyageant à pied, hein ?

— Nous ne nous en plaignons pas ! Puisque c'est de notre propre volonté.

— C'est le seul moyen de voir du pays, fait Petit-Pierre, en serrant amicalement la main à leur hôte qui lui paraissait sympathique, tant sa figure reflétait une bonhomie sincère de bon vivant.

Ainsi lestés, ils reprirent leur chemin qu'ils continueront, sans interruption, jusqu'à Angers où ils devront arriver dans l'après-midi, avant la tombée de la nuit.

Au bout de trois heures de marche, ils aperçurent dans le lointain les aiguilles de la cathédrale. Cette vue leur donna du courage.

— Nous approchons, maintenant. Dans une heure, nous serons, sans aucun doute, à la place de la Laiterie, chez la mère, fait Petit-Pierre.

A quatre heures et demie, en effet, ils étaient arrivés. Après avoir fait connaître leur identité en montrant leurs livrets d'ouvriers et celui de la société, où le « père » constata qu'ils étaient en règle, de suite il leur offrit de s'asseoir et de se restaurer un peu en attendant le dîner.

En même temps il leur annonça que, précisément, la veille, il était venu des demandes au bureau de la société, et il croyait se rappeler que c'était : l'une une demande de menuisier, et l'autre de serrurier.

— Ça tombe à pic, firent-ils, en se regardant, car nous sommes, comme la plupart de ceux qui voyagent : sans un sou vaillant ! Nous avons même dû faire les mendigots en cours de route.

— Qu'à cela ne tienne, fait la mère. Ici vous trouverez le gîte et la table. Vous êtes de braves garçons, c'est plus qu'il n'en faut pour avoir du crédit !

— Merci, la mère, répondent nos jeunes trimardeurs.

— L'heure de la sortie des ateliers approche et les camarades vont bientôt arriver.

Effectivement, nos jeunes arrivants virent déambuler, sur la place, de nombreux ouvriers ; les uns passant devant la porte, en saluant la mère ; les autres s'empressant d'y rentrer, afin de se rafraîchir.

Aussitôt ils furent présentés au trésorier de la société qui, de suite, les informa de la demande d'embauche arrivée la veille au bureau ; c'était l'embauche dont leur avait parlé le « père » en arrivant.

— Il y en a une pour aller chez un petit entrepreneur de menuiserie, qui demeure rue du Mail !

— Je la prends pour moi, dit aussitôt Petit-Pierre, qui était enchanté d'avoir du travail.

— Il faudra, « pays », te trouver chez lui avant sept heures demain matin.

— Je n'y manquerai pas, mon pays !

— L'autre est arrivée également, hier soir, mais c'est pour la campagne, chez un entrepreneur de serrurerie, qui habite aux Ponts-de-Cé. Cette localité n'est pas très éloignée.

— Je l'accepte également, fait le « pays breton » ; j'en ferai mon affaire.

— Alors, tout va bien, répond le trésorier. Ça se trouve à merveille, car, en ce moment, il n'y a pas un seul chômeur chez la mère. C'est une chance !

— Merci, camarade, répondent ensemble les nouveaux venus.

Trois mois à peine de séjour à Angers. Petit-Pierre avait déjà visité presque toutes les curiosités artistiques de la ville. Et malgré qu'il ne s'y déplaisait, il serait tout disposé à la quitter s'il trouvait autre part de l'embauche! même si c'était pour aller à la campagne.

Précisément, un dimanche matin, comme il se trouvait dans la salle du restaurant, se présenta, chez la mère, un entrepreneur des environs de Beaufort. Cet entrepreneur était un menuisier à qui il fallait un jeune ouvrier ; c'est pourquoi il passait voir si, par hasard, il s'en trouvait un parmi les chômeurs qui serait disposé à aller chez lui.

Il offrait table, logement et blanchissage, plus un franc cinquante de fixe par jour.

Petit-Pierre qui avait entendu la demande, tout en lisant le « Rêve » d'Emile Zola, dit à la mère qu'il accepterait bien d'aller chez cet entrepreneur, à condition qu'il veuille lui permettre de prévenir le patron.

L'entrepreneur, après l'avoir écouté, lui dit que c'était tout naturel de prévenir le patron chez lequel on travaille. Et comme Petit-Pierre lui était sympathique, ils convinrent tous les deux qu'il attendrait deux ou trois jours. Ce qui fut entendu fut exécuté, en tous points!

Trois jours après, on vit Petit-Pierre, toujours avec son léger baluchon sur le dos, arriver à Brion, petite localité dépendante de Beaufort-en-Vallée, ville où se trouvent, sur un promontoire, des vestiges de ruines d'un vieux château féodal que Petit-Pierre contempla en passant.

Celui-ci se plut de suite avec son patron qui lui parut un brave cœur et très habile dans sa profession, si l'on en jugeait d'après des tableaux représentant des ouvrages de menuiserie par lui exécutés.

C'était plus qu'il n'en fallait pour l'engager à y rester. Son patron et lui devinrent, au bout d'un mois, plus sympathiques encore l'un à l'autre. Au point que son patron l'engagea à faire venir un petit manuel de trait portant comme titre : *Nouveau Vignole à l'usage des menuisiers*, par A.-G. Coulon, dont le prix ne dépassait pas un louis.

Dès qu'il eut l'adresse, il écrivit à la maison Dunod, éditeur à Paris, et, cinq jours après, Petit-Pierre était en possession de cet ouvrage.

Immédiatement il se mit à en parcourir le contenu, et apprit par cœur, au fur et à mesure, comme une leçon, tout le texte explicatif de chaque planche et de chaque figure représentées. Il se munit, de même, d'une petite pochette pour pouvoir dessiner. Et c'est ainsi qu'il arriva à se fortifier, seul, sans le concours d'un professeur.

Tout en apprenant à dessiner, il se mit en devoir de modeler les objets qu'il représentait. A ce sujet, il lui arriva souvent d'avoir recours à l'expérience de son patron, qui se faisait un plaisir de lui donner d'utiles conseils.

Pendant le court séjour chez la mère, à Angers, il avait rencontré beaucoup de trimardeurs qui avaient déjà passablement voyagé, la plupart venant de Paris où, disaient-ils, on faisait de bons et beaux travaux.

A les entendre, il n'y avait que là où l'on pouvait réellement apprendre son métier à fond.

Le même langage lui était tenu par son patron qui, lui aussi, avait travaillé à Paris pendant plusieurs années.

Petit-Pierre lui manifesta son intention d'aller à

Tours, chez la mère du 7 de la rue de la Dolve.

— Si j'étais à votre place, je filerais directement à Paris ! lui dit son patron.

— J'en ai bien aussi l'idée. Car, quoiqu'il n'y ait pas bien des années que je voyage, beaucoup de trimardeurs, parmi les copains, m'ont fortement engagé, comme vous, à y aller le plus tôt possible. Je crois bien que je suivrai votre conseil, en vous quittant. Car je tiens essentiellement à approfondir mon métier qui me plaît énormément, et désirerais, si possible, arriver à être maître de trait, afin de gagner davantage pour venir en aide à mes parents.

— Et vous aurez raison, mon ami, c'est pourquoi je me permets de vous parler ainsi, ayant découvert en vous un garçon sérieux et correct. Cela m'a encouragé de vous pousser à vous procurer le petit manuel que vous possédez, certain que j'étais que vous en feriez votre profit.

— Je ne regrette pas un seul instant d'avoir suivi votre bon conseil. Je préfère avoir dissipé mon argent à cela que de l'avoir dépensé au cabaret ou chez les marchands de tabac.

— Je vous le répète, en vous donnant le conseil d'acheter votre livre, j'étais certain que vous arriveriez rapidement, et seul, à vous perfectionner dans *l'art difficile du trait*, puisque, déjà, je vois que vous en êtes à l'étude des escaliers. Si je vous disais, mon ami, que c'est en suivant les leçons contenues dans ce petit livre, que j'ai appris moi-même tout ce que je sais !

— Encore une fois merci, de votre bon conseil !

— Je reviens à ce que vous m'avez dit tout à l'heure au sujet de votre intention de diriger vos

pas soit sur Tours, soit sur Paris. Mais j'espère
bien que vous n'allez pas encore me quitter ?

— Oh non, pas encore de sitôt, à la fin de l'année,
peut-être, si vous pouvez me garder avec vous !

— Je ne puis vous promettre que j'aurai du travail
pour pouvoir vous occuper jusqu'à la fin de l'année ;
mais je peux vous en assurer jusqu'à la fin de l'été
ou le commencement de la saison automnale.

— C'est entendu, je vous remercie de nouveau. A
ce moment je m'arrangerai en conséquence. Si je me
décide à aller directement à Paris, ce sera la bonne
saison, d'après ce que j'ai entendu. Une fois dans la
capitale j'espère bien arriver rapidement à me pouvoir caser. Car, chez la mère, il est bien rare qu'il
n'y ait pas de demande d'embauche.

— C'est ce que je vous souhaite.

— Merci encore une fois de vos bons souhaits de
réussite, qui, dans un avenir prochain se réalise-
ront, je l'espère.

Par sa conduite et l'acharnement qu'il apportait
dans l'étude du dessin linéaire, dans l'étude de la
géométrie descriptive surtout, depuis qu'il avait fait
l'acquisition de son livre, où il puisait, chaque jour,
des connaissances de plus en plus étendues dans
« l'art du trait », Petit-Pierre se faisait estimer, non
seulement de toute la famille de son patron —
laquelle était composée de trois enfants : deux garçons, dont l'aîné âgé d'une douzaine d'années s'appelait Isidore, le cadet Ernest sept ans et la fille Sophie
dix ans — mais, outre les trois enfants et la mère,
la grand'mère maternelle, vieille bigote qui habitait
également chez son gendre et qui était plutôt désagréable, alors que le patron était un brave homme

5.

malgré ses idées rétrogrades, qui ne répondaient en rien aux sentiments et à la manière de voir de Petit-Pierre, lequel en raison de sa « prime-jeunesse » n'osait pas trop s'aventurer et essayer de lutter brusquement contre les idées préconçues de son patron et celles exprimées par sa famille, qui, en somme, était assez bonne et prévenante envers lui, tant il était travailleur et complaisant vis-à-vis de tous !

Aussi, devant cette divergence d'affinités de vues, ne tarda-t-il pas à se lier d'amitié avec un excellent artisan serrurier qui, bien que cousin et voisin en même temps de son patron, professait, lui, les idées de démocratie sociale dans toute leur intégrité.

Cet artisan serrurier avait également une femme des plus charmante et des plus instruite qui, en même temps partageait les idées émancipatrices de son mari. Il convient de dire qu'elle descendait d'un père qui, empreint de justice, avait combattu sur les barricades pour le Droit méconnu et la Liberté pendant les journées de juin, en 1848.

De sorte que leur fils, un peu plus jeune que Petit-Pierre, se lia de camaraderie avec lui.

Aussi voyait-on ces jeunes gens sortir souvent ensemble. Ces sorties n'empêchaient nullement Petit-Pierre de faire de rapides progrès dans son éducation professionnelle. Cela, grâce à son intrépidité de bucheur exemplaire !

Parfois il lui arrivait de passer plusieurs heures, la nuit, à étudier soit l'escalier, soit des travaux cintrés en plan et en élévation, ou soit encore des arrières-voussures, alternativement aux soirées qu'il allait passer chez le serrurier pour y pouvoir discuter sur les avantages que présentent, pour la liberté commune, les idées démocratiques et sociales.

Ce genre de conversation était loin de déplaire au tempérament de Petit-Pierre, en ce sens qu'il se sentait attiré, par ses sentiments de droiture et d'équité, prêt, qu'il était, à s'enthousiasmer vers ce qui présente un caractère de noblesse, de justice et de générosité, tant il avait l'âme avide de savoir.

Il convient de dire que le talent de Petit-Pierre devenait de plus en plus réel, et il ressentait le chatouillement de satisfaction que peut éprouver un cœur sensible et généreux, constatant, lui-même, la marque de sympathie morale et d'estime profonde que lui témoignait son entourage, ainsi que ses camarades et amis plus âgés que lui!

Bientôt, aussi, il subit l'influence de l'art, ce qui était naturel dans cette âme de jeune homme aux allures candides et ardentes, susceptible de métamorphoses mobiles, comparables à des nuages légers d'un beau ciel d'azur au matin.

Toujours réservé, Petit-Pierre gardait dans sa gravité austère une expression de joie sérieuse et profonde qui n'échappa point à l'amie sur laquelle, invinciblement, ses yeux se reportaient.

Evidemment, on voyait dans cette expression un trouble de volupté qui trahissait son émotion. Que se passait-il dans ce cœur d'artiste, sans s'en douter? Personne ne le pouvait deviner.

Sans aucun doute, son esprit était préoccupé à l'élaboration d'une pièce de trait qui devait réunir toutes les qualités de la science professionnelle, en même temps que toutes les difficultés d'exécution. Car, quoiqu'il en fût, c'était toujours le côté technique qui, présentement, le remportait en tout et sur tout dans ses rêves.

Néanmoins, malgré les préoccupations professionnelles, son âme ne pouvait renoncer à son noble idéal de l'humanité en fleurs, venant briser cette chaîne de misère, misère résultant de l'esclavage du Travail moderne.

Il n'en pouvait être autrement puisqu'il agitait partout le flambeau d'Equité, de Justice et de Vérité, tant un air de franchise, doublé d'une éloquence naturelle, produisait sur tous ceux qui l'approchaient une profonde influence, influence qui devenait comme une fluidité magnétique, comme une sorte de fascination.

Cependant, nous l'avons dit, l'amie qui, à son insu, veillait sur lui, épiait tous ses mouvements, de façon à pénétrer le secret désir de son âme, afin de se livrer à lui entièrement tant elle était éprise de Petit-Pierre, si celui-ci arrivait à répondre à ses avances.

Mais Petit-Pierre était bien trop occupé de sa technique pour s'adonner aux plaisirs voluptueux de l'amour, et, malgré la tendresse de son âme, il pensait qu'il avait le temps de ce côté.

C'eût donc été pour cette jeune femme peine perdue de chercher à le détourner, pour le moment, de ses études professionnelles et sociologiques.

Elle le comprit si bien, qu'étant à peu près de même âge, elle attendait le moment opportun. Car déjà elle l'aimait éperdument et bien sincèrement.

D'ailleurs, de ce côté, ainsi que cela a été dit, Petit-Pierre n'était nullement tourmenté par les caprices des sens génésiques.

Cependant il ne faudrait pas croire qu'il en ignorât les sensations, car un jour il fut entraîné dans un vénustère de la rue des *Trois-Matelots*, à Nantes, avec d'autres jeunes gens de son âge. Ça, c'était inévitable !

C'est pourquoi, trop absorbé par l'étude, ses camarades le considéraient sage comme une jeune fille.

En effet, il faisait exception à la règle. C'était un penseur précoce qu'il y avait dans Petit-Pierre. Nous n'en voulons pour preuve que le passage suivant qui se trouve dans une petite causerie qu'il fit un jour sur la science :

« Oui, la science nous procure toutes les jouissances intellectuelles. C'est elle aussi qui, un jour, donnera à l'humanité le bien-être et les satisfactions matérielles indispensables à la conservation de notre espèce. Car elle s'empare de tout, elle pénètre partout, elle envahit tout, elle perce, crève et dissipe les nébulosités chimériques de notre éducation première.

« La puissance de la science est indestructible. Elle est plus redoutable que la puissance des armées réunies de tous les despotes de la terre, qui, elles, ne sont instituées que pour entretenir les ambitions criminelles de quelques centaines d'aventuriers, que pour maintenir les privilèges de quelques milliers de conquérants au détriment des peuples.

« Et ce sont les peuples, par leurs travaux : agriculture, industrie, commerce, littérature, poésie, arts, sciences, etc., qui payent les frais de ces armées innombrables et ruineuses, toujours prêtes, à l'exemple de l'épée de Damoclès, à abattre leur tranchant sanglant sur quiconque aurait le malheur de redresser la tête.

« Aussi, pouvons-nous dire que le rôle des armées, derniers vestiges de barbarie, est prêt de finir ; il faut, à tout prix, les rayer du Code des civilisations modernes et jeter le bronze des canons et l'acier des fusils dans les creusets pour en faire des instruments et des machines propres à l'industrie et à l'agriculture.

« Alors, mais alors seulement, apparaîtra, dans sa resplendissante beauté, l'âge d'or de l'humanité, avec son auréole surmontée de cette devise éloquente : *L'Universel bonheur de chacun, dans le bonheur universel de tous...*

« Telle doit être l'unique pensée, l'unique formule de l'idéal civilisateur sorti des flancs de la *Révolution Française* ! C'est cet esprit que l'on doit porter partout à travers le monde ! Suprême mission, dont le but est de rapprocher tous les hommes, dans une douce et harmonieuse fraternité !... »

Comme il allait bientôt entrer dans sa dix-neuvième année, et grâce à un certain nombre de lectures de philosophie sociale dans les bibliothèques publiques, puis aussi des ouvrages prêtés par le « Républicain Rouge », comme son patron qualifiait son cousin le serrurier, Petit-Pierre avait pu de la sorte acquérir un raisonnement sain et équitable.

Du reste, il avait pris de lui-même pour devise cette belle formule : « Marcher droit devant soi, ne médire contre personne, être bon vis-à-vis de tous, et se moquer de tout le reste !... »

D'autre part, comme il voyait l'automne arriver,

et se souvenant des paroles de son patron, de ne
pouvoir le conserver par devers lui que jusqu'à
ce moment, il le lui rappela, en lui faisant part
de son intention de se rendre à pied à Paris en passant à Tours, ville qu'il désirait connaître avant
d'entrer dans la capitale !

VI

DE L'ÉVOLUTION SOCIALE DE PETIT-PIERRE
SON ARRIVÉE A PARIS

> Les convictions ne méritent le respect qu'en
> raison de l'esprit de dévouement qu'elles ins-
> pirent.
>
> ELISÉE RECLUS.

> Suis-nous, artiste, et toi, savant ;
> Nos marteaux forgent la lumière.
>
> EUGÈNE POTTIER.

Ainsi qu'il vient d'être dit dans le précédent chapitre, nous avons vu Petit-Pierre manifester son
intention de se diriger sur Paris. A cette occasion,
il se mit en devoir des démarches à faire près de
« mossieu » le Maire de la jolie commune de Brion,
afin d'obtenir le visa officiel sur son livret d'ouvrier,
pour être en règle avec la loi !...

Comme c'est bête la loi, se disait-il tout bas. Quel
chi-chi que l'administration. Dire que tout ça c'est
pour embêter les trimardeurs. Oh ! la la ! nous ne
sommes pourtant pas des vagabonds.

Enfin, tout en accomplissant ces démarches plus
ou moins agréables, il alla rendre visite aux personnes avec lesquelles il s'était trouvé en relations
d'amitié et de parfaite estime.

Il quitta presque en pleurant, et comme à regret, la famille du « Rouge » qui, également, lui témoigna mille marques de profonde sympathie, mille regrets, tout en l'encourageant à persévérer dans la route qu'il avait jusqu'à ce jour suivie : la route du Travail qui rend *fortes les âmes tendres !* Tel fut le conseil donné qu'il se promettait de suivre.

De même qu'il ne manqua pas d'aller, le dimanche précédant son départ à Angers, faire viser son livret de sociétaire pour Tours, en payant en même temps ses cotisations en retard avec trois mois d'avance.

— Enfin, dit-il encore à ses amis, avant de se séparer d'eux complètement, qui sait? Il se peut qu'un jour nous nous rencontrions dans la capitale. Ou moi, peut-être, repasserai-je dans ces jolis parages ! dont toute ma vie je garderai une bien douce souvenance !

Bien que le passé, comme le dit un écrivain, « ne se restaure », l'avenir, lui, peut réserver à l'homme beaucoup d'agréables surprises, en faisant se rencontrer des amis, des bons amis de longue date !

— Sans doute, ce n'est pas impossible, fait le Rouge.

— Donc, je m'en remets à l'avenir du soin de mes espérances.

— Alors, courage et espoir nous vous disons !

Or, après avoir serré la main et prodigué force embrassades à ceux qui, particulièrement, lui avaient témoigné des marques d'affection plus ou moins sincères, on vit Petit-Pierre, toujours accompagné de son léger baluchon, s'engager sur la route pour la direction de Tours où il débarqua le surlendemain au 7 de la rue de la Dolve ; ensuite il ferait

viser, chez la mère, son livret de sociétaire pour
Paris, car il avait réfléchi qu'il serait plus sage et
plus prudent d'arriver à Paris avant la mauvaise
saison.

Après avoir reposé une nuit, chez la mère, et visité
la ville de Tours, il reprit sa route, en passant par
Blois, Orléans, ensuite Paris.

Sans nul doute, il serait obligé de coucher, en
cours de route, dans une auberge, ou, peut-être, dans
une écurie ?

Ce dernier endroit serait d'ailleurs plus économique. Du reste cela ne l'inquiétait nullement. N'était-
il pas, maintenant, familiarisé entièrement avec les
aventures de toutes sortes? Les unes plus ou moins
agréables, plus ou moins douces, les autres un peu
plus déconcertantes, un peu plus amères! mais où il
y avait toujours certains côtés pittoresques, voir
même poétiques. C'est ce qui fait le charme des
voyages pédestres !

En tout cas, Petit-Pierre ne serait pas obligé, cette
fois, de faire le « mendigot », puisqu'il avait quitté
son patron de Brion, le « gousset » assez bien garni.
C'est pourquoi il était enchanté de faire ce long
voyage à pied et par étapes, comme des chemineaux
de profession, se souvenant de la belle formule d'un
savant, dont il ne se rappelait plus le nom qui, en
l'occurence lui importait peu. Seul le souvenir de ses
paroles lui était resté dans l'esprit :

« *La vue de la nature et des œuvres humaines,
la pratique de la vie, voilà donc les collèges où
se fait la véritable éducation des sociétés contemporaines* ».

Il se souvenait, aussi, combien les bords de la

Loire étaient hérissés de magnifiques châteaux, véritables chef-d'œuvres d'architecture, dont il avait lu les belles descriptions dans certains ouvrages où les choses d'art de la renaissance sont admirablement narrées, tels les châteaux de Blois, Chenonceau, Amboise, Chambord, Azay-le-Rideau, et d'autres encore.

C'était donc l'espoir de contempler, de visiter quelques-unes de ces œuvres, sinon toutes, qui encourageait Petit-Pierre à voyager en véritable touriste, presque en touriste amateur.

A son arrivée à Blois, il ne manqua pas d'aller rendre visite au magnifique château où il y a trois phases des plus distinctes dans sa construction architecturale. La partie du milieu qui remonte à Gaston d'Orléans ; puis la partie Louis XII qui se trouve à droite, et enfin la partie de gauche qui a été construite sous le règne de François Ier. Cette partie comporte un magnifique escalier renaissance du plus charmant effet.

De même en passant à Orléans ; mais dans cette ville si historique, il se contenta de visiter la cathédrale, œuvre appartenant au style mi-mauresque, mi-flamboyant.

Il examina aussi la statue équestre de celle qu'on nomme « la Pucelle d'Orléans », puis une autre statue de la même héroïne qui, représentée à pied, est placée à l'une des extrémités d'un magnifique pont.

Tout cela n'arriva pas à séduire l'esprit de Petit-Pierre autant que la vue des châteaux qu'il avait aperçus et visités avant d'arriver à Orléans. Entre autre celui de Chambord où il remarqua le magnifique escalier.

Château d'Azay-le-Rideau (XVIᵉ siècle). Décoration architecturale d'une fenêtre au-dessus de la porte de la façade principale.

Il semblerait, en effet, que les architectes aient concentré tout leur talent, tout leur génie dans la décoration de celui-ci. Il en est de même des combles, lesquels sont, bien certainement, les plus étonnants qui existent comme forme, comme élégance, comme grâce et aussi comme richesse décorative.

C'est une vraie forêt de lucarnes, de tourelles, de clochetons, de dômes. Le tout, se jouant à travers un beau ciel bleu, est d'un effet ravissant.

« Dans cet escalier compliqué, remarque André Lefèvre, dans son beau livre : *Les Merveilles de l'Architecture*, plusieurs personnes peuvent monter et descendre en même temps sans se voir. Son couronnement est formé de quatre ordres. Le premier est un élégant portique circulaire décoré de colonnes et pilastres corinthiens ; à travers les cintres très élevés on voit fuir la spirale de l'escalier. Les archivoltes sont surmontées d'une corniche, d'un entablement et d'une balustrade. Au second étage, la tourelle de l'escalier, percée de fenêtres carrées, s'élance hardiment, soutenue par des arcs-boutants en forme de demi-arcades et que raccordent, à l'étage supérieur, de fortes consoles retournées. Le demi-cintre des arcs-boutants est couronné d'un entablement et d'une corniche. Le pilier carré corinthien qui le flanque à l'extérieur s'élève au-dessus et en retrait des colonnes du premier étage, et sa naissance est marquée par une statue.

« Il se termine par un ornement aigu, pinacle ou clocheton. Les arcs-boutants et les consoles portent enfin deux lanternes complètement à jour, superposées, flanquées de statues assises ou debout, ter-

minées par une fleur de lys qui a été épargnée par
la Révolution » (voyez ci-dessous).

Les cheminées de Chambord mériteraient également une mention spéciale mais ne rentrent pas
dans le cadre que nous nous sommes tracé. Disons
seulement qu'elles sont, à l'exemple de celles con-

Château de Chambord (xvie siècle). Les combles.

ques et exécutées dans les œuvres d'architecture de
cette époque, d'une grande délicatesse !

Effectivement, les œuvres de la Renaissance, où
l'art se porta plus particulièrement dans le domaine
civil, étaient plus susceptibles de parler à l'esprit
curieux de Petit-Pierre.

Du reste, ce simple mot : « Renaissance » n'invo-
que-t-il pas tout un monde ? Ne signifie-t-il pas

rajeunissement de l'âme humaine, en même temps que celui de l'affranchissement de la Pensée ?

C'est l'effort joyeux et puissant de l'humanité en marche qui la poussait, afin d'échapper aux froides ombres du cloître, que le sombre « moyen-âge » avait fait planer sur elle. Alors qu'avec la Renaissance elle retrouvait, partout, le grand soleil, la vaste étendue des champs, en un mot, la santé, la liberté, la vie !

C'était ce grand sentiment de bonheur et de joie qui semblait guider le ciseau des artistes, lesquels, peu à peu, abandonnent le culte religieux pour porter leurs efforts et plus de lumière dans l'architecture civile.

Pareilles œuvres étaient plus qu'il n'en fallait pour retenir l'attention de Petit-Pierre qui semblait plongé dans les réflexions artistiques :

— Comme c'est merveilleux, s'écria-t-il, l'art architectonique !...

Cependant, tout en méditant, en sortant de la cathédrale d'Orléans, qu'il comparait à ce qu'il avait vu, il reprit sa route pour se rendre à Paris, dont 122 kilomètres le séparaient encore...

Or, d'après son calcul, dans trois jours il ferait son apparition dans le cœur de la capitale, chez la mère qui se trouvait au numéro 9 de la rue Chapon, où il arriva dans une après-midi.

Comme d'habitude, il déclina ses qualités et demanda s'il pouvait avoir une chambre.

— Malheureusement vous tombez mal, lui répondit le « père Michel » ; tout, en ce moment, est au complet. Mais qu'à cela ne tienne, vous ne coucherez pas à la belle étoile. Venez avec moi, on va vous en procurer une dans un hôtel qui se trouve à côté, rue des Gravilliers, même numéro qu'ici !

Il suivit le père Michel en traversant le passage des Gravilliers. Et là Petit-Pierre, en effet, en trouva une au premier étage, assez proprette.

Après un brin de nettoyage, il fit un petit tour, en attendant le dîner qui devait avoir lieu à sept heures.

Enfin, vers les sept heures moins un quart, il rétrograda et dirigea ses pas chez la « mère » où, immédiatement, il rentra s'asseoir devant une table. Juste au moment où il s'apprêtait à commander son dîner, quel ne fut son ébahissement en voyant rentrer dans l'établissement le « pays Toulousain », qu'il croyait toujours à Nantes !

— Ah ! par exemple, fait ce dernier, si je m'attendais à une surprise ! ce n'était pas celle-là ! Quoiqu'il en soit, je tiens à te faire remarquer que la surprise m'est des plus agréables !

— Ah ! et comment ?

— Je m'explique. J'étais loin de m'attendre de te voir là. Non que je t'ai oublié, ainsi que les autres camarades, mais je te croyais toujours à Angers. C'est bien là que tu es allé, en quittant Nantes ?

— Oui, mais il y a longtemps que j'en suis parti. Je ne suis resté à Angers guère que trois mois. Non que je m'y déplaisais, car je considère que c'est une ville charmante, plus propre et plus gaie que Nantes. Puis les Angevines ne sont pas déplaisantes ?

— Tiens ! tiens, est-ce que tu t'émanciperais, par hasard ?

— De ce côté, je suis comme les copains. En tout bien tout honneur.

6

— Oh ! Petit-Pierre, je ne te demande pas tes secrets ! Enfin raconte-moi où tu as dirigé tes pas en quittant la ville d'Angers ?

— Eh ! bien, voilà ! Figures-toi qu'un dimanche matin, est venu, chez la mère, place de la Laiterie, un petit entrepreneur de menuiserie, des environs de Beaufort-en-Vallée, pour voir s'il ne rencontrerait un jeune ouvrier « frais débarqué » qui serait disposé à aller travailler chez lui.

« Comme je connaissais à peu près la ville, ayant visité la plupart des curiosités qu'elle contient, entre autres le superbe hôtel Pincé, ainsi que le château du Roi René, j'acceptai d'y aller, d'autant que les conditions me paraissaient assez avantageuses !...

« Je t'assure que je ne regrette pas d'y avoir été, en ce sens que le patron, tout en étant dévot, était prévenant et bon pour moi, puis très habile dans son métier. De plus, on y faisait de jolis travaux ; c'était une intéressante restauration de vieilles boiseries dans un château pour la famille du marquis de Montesquiou ; puis aussi des lambris d'appuis et des stalles en chêne teintés et cirés, pour une église des environs.

« Tu le vois, cela ne pouvait que m'intéresser. C'est chez ce patron, depuis que je suis sorti d'apprentissage, où vraiment j'ai appris à travailler. Sur ses bons et judicieux conseils, j'ai fait venir, d'ici, un livre de trait, sur lequel j'ai appris moi-même l'escalier, les travaux cintrés en plan et en élévation, tels que des croisées et chambranles ; puis, également, les principes des arrière-voussures pleines et d'assemblages. (Voir pages 44-45.)

— Sais-tu, Petit-Pierre, que ce que tu me dis là

est tout à ton avantage. Tu as fait de rudes progrès depuis que tu m'as quitté là-bas à Nantes ; si tu continues, tu deviendras un excellent professeur de trait !...

— Si l'occasion s'en présente, je verrai ce que j'aurai à faire. En tous cas, j'ai encore beaucoup de choses à apprendre avant de devenir professeur ! L'avenir seul en décidera.

— Oh ! toujours le même ! tu es vraiment par trop modeste. Enfin, continue. Ce n'est pas moi qui te désapprouverai d'approfondir ton métier. Il y a assez de sabots qui ne veulent pas se perfectionner dans le dessin, surtout dans les ateliers de Paris.

Le Toulousain pouvait se permettre pareille réflexion, car il était bon ouvrier.

— Certes, les travaux que nous faisions ensemble à Nantes étaient autrement soignés ! Tu verras par toi-même. Saches cependant qu'il se trouve des compagnons qui savent couper à merveille un morceau de bois. Oui, il y en a beaucoup qui savent travailler sur plans. Ceux-là sont casés dans des maisons de premier ordre où il se fait de riches et intéressants travaux en chêne poli, telles, par exemple, la maison Matérion, rue Chaptal ; la maison Haret, rue de Bruxelles ; la maison Simonet, avenue de Breteuil [1], qui, avec quelques autres, forment le noyau intéressant des entrepreneurs de menuiserie de Paris. Mais il est excessivement difficile d'y être embauché. C'est un personnel sédentaire qui abandonne rarement la place. Enfin, tu verras dans la suite, lorsque tu seras un peu au courant.

1. Cette maison qui fut, plus tard, transférée 70, boulevard Garibaldi, est aujourd'hui disparue.

— Oui, comme tu dis si bien, je verrai.

Pendant ce dialogue, le restaurant se remplissait, au point que bientôt il n'y aurait plus une seule table de libre. Aussi nos deux amis se firent-ils servir à dîner à celle où ils s'étaient assis. Tout en dînant, ils continuèrent à échanger leurs impressions. Petit-Pierre, nous l'avons vu, qui était d'un esprit très avancé, ayant énormément lu, dit, à un moment de la conversation :

— La question que tu me poses rappelle, à mon esprit, la judicieuse sentence que le célèbre mathématicien Euclide [1] fit en réponse à la demande d'un potentat le priant d'aplanir, en sa faveur, les difficultés qu'il rencontrait dans les mathématiques : « *Non, prince*, lui fut-il répondu, *il n'y a point de chemin particulier pour les Rois !* » Or, pour répondre à ta question, je crois, d'après mes observations et réflexions personnelles, qu'il n'y a qu'un moyen pour arriver à triompher du mensonge et de la lâcheté humaines : celui de mettre en pratique les principes de bonté envers autrui, soutenus qu'ils doivent être par la séduisante fée « Vérité » dont le flambeau étincelant rayonnera tôt ou tard, éclairant ainsi le monde en le sortant des ténèbres de l'obscurantisme ! C'est là la seule et unique voie de salut que je vois !

A son tour, Petit-Pierre se mettait en devoir de poser une question purement professionnelle de ce que pensait « Toulousain » sur le bien-fondé et les avantages de la géométrie descriptive, lorsqu'au fond de la salle on réclamait de ce dernier de bien

1. 300 ans avant Jésus-Christ.

vouloir chanter une de ces captivantes romances.

— Dans un instant je saurai vous donner à tous satisfaction, tas de *rosses* que vous êtes !

— Merci, parrain.

— Il n'y a pas de quoi !

— Enfin nous attendrons que ta mauvaise humeur soit apaisée !

— Mais je ne suis nullement de mauvaise humeur, je cause avec un « arrivant » avec qui j'ai travaillé à Nantes, j'espère que vous m'accorderez bien que j'ai terminé mon dîner !

— Nous te l'accorderons « pays Toulousain » nous savons qu'avec toi on n'est jamais en retour !

— Eh ! bien, attendez. Du reste, ce soir, j'aurais chanté, ne fusse que pour souhaiter la bienvenue parmi nous, de mon ami Petit-Pierre, que je vous présente comme très « calé » sur le trait. Car depuis que nous nous sommes séparés, à Nantes, il n'a pas fait comme vous. Soyez tranquilles il saura vous en montrer, le gaillard.

— Tant mieux si le copain en sait plus que nous ! nous lui demanderons de bien vouloir nous éclairer de ses lumières.

— Je ne demande pas mieux, mes pays, d'essayer également de vous donner pleine satisfaction, dans la mesure de mes connaissances. Toutefois, il faut attendre pour cela que je sois au courant et habitudes des travaux de la capitale. Après, nous verrons ! Telle fut la réponse de Petit-Pierre à ses interrogateurs !

— Enfin tout le monde avait terminé son repas. Ce fut au tour du « pays Toulousain » d'exécuter sa promesse, ce que, du reste, il fit de bonne grâce.

— Eh ! bien, y êtes-vous maintenant ?

— Oui.

— Alors, je débute par la chanson des Peupliers.

— C'est ça ; vas-y, bouffi !

— Hé ! toi, là-bas, *sale maigrichon*, je vais t'en fiche de la bouffissure !

— Tu ne vois donc pas qu'il est malade ?

— C'est pourquoi je lui pardonne.

— Tu fais aussi bien ! Allons, commence, pays.

— Ah ! vous y êtes ? Eh bien ! je vais vous envoyer *Les Peupliers*. Ce sera tout pour ce soir, étant un peu fatigué.

— Oui ! oui, nous t'écoutons !

I

Le soir descend sur la colline,
La lumière monte aux cieux,
Et les bois fleuris d'aubépine
Sont pleins de bruits harmonieux !
Quelle est cette voix qui soupire,
Dans la brume, au déclin du jour ?
On dirait une immense lyre,
Préludant à des chants d'amour !

Refrain

Le vent souffle dans les ramures,
Dans les genêts, dans les sentiers...
Entendez-vous ces doux murmures ?
C'est la chanson des peupliers ! (bis)

II

Voici le chœur errant des brises,
A leurs accords il vient s'unir,
Se mêlant aux voix indécises
Des soirs d'été près de finir !
La nuit a déployé ses voiles,
Les peupliers, pleins de frissons,
Vont à la lueur des étoiles
Moduler leurs frêles chansons !

III

J'entends au fond de la vallée
Les peupliers causer entre eux.
La lune un instant s'est voilée,
Tout redevient silencieux!
Mais un murmure au loin s'élève
Plus doux que le son du hautbois;
C'est peut-être un oiseau qui rêve,
Qui rêve à la fraise des bois!

IV

J'ai pour amante la nature,
Qui fait, parmi les verts roseaux,
Couler la source fraîche et pure,
Où boivent les petits oiseaux!
C'est elle qui, sur les bruyères,
Egrène les papillons bleus,
Et fait chanter, dans les clairières,
Les peupliers mélodieux!

Lorsque Toulousain eut achevé cette magnifique romance, au milieu d'un silence recueilli, éclata un tonnerre d'applaudissements et de *bis... bis...* parmi les assistants.

Devant le refus, par un signe caractérisé du chanteur, de recommencer, une voix s'écria:

— A toi, Bayonnais, de nous envoyer la belle romance : *Les Bœufs!* de Pierre Dupont.

— Ah! je veux bien, répondit-il, m'exécuter de bonne grâce, si les copains l'exigent, malgré que depuis quelques jours ça ne va pas.

— C'est très bien, pays Bayonnais! D'avance, nous t'en remercions!

— Eh bien! je commence, mais n'oubliez pas de m'accompagner au refrain!

— C'est entendu.

I

J'ai deux grands bœufs dans mon étable,
Deux grands bœufs blancs marqués de roux,
La charrue est en bois d'érable,
L'aiguillon en branche de houx.
C'est par leurs soins qu'on voit la plaine
Verte l'hiver, jaune l'été.
Ils gagnent dans une semaine
Plus d'argent qu'ils n'en ont coûté.

Refrain

S'il me fallait les vendre
J'aimerais mieux me pendre ;
J'aime Jeanne ma femme,
Eh ! bien, j'aimerais mieux la voir mourrir
Que voir mourrir mes bœufs.

II

Les voyez-vous les belles bêtes,
Creuser profond et tracer droit,
Bravant la pluie et les tempêtes,
Qu'il fasse chaud, qu'il fasse froid.
Lorsque je fais halte pour boire,
Un brouillard sort de leurs naseaux
Et je vois sur leur corne noire
Se poser les petits oiseaux.

III

Ils sont forts comme un pressoir d'huile,
Ils sont doux comme des moutons ;
Tous les ans on vient de la ville
Les marchander dans nos cantons
Pour les mener aux Tuileries,
Au mardi gras devant le Roi,
Et puis les vendre aux Boucheries,
Je ne veux pas, ils sont à moi.

IV

Quand notre fille sera grande,
Si le fils de notre Régent
En mariage la demande
Je lui promets tout mon argent ;

Mais si pour dot il veut qu'on donne
Les grands bœufs blancs marqués de roux
Ma fille laissons la couronne
Et ramenons les bœufs chez nous.

Après un toast chaleureux, en signe de gratitude et de sincères remerciements à la santé du chanteur, qui, ainsi qu'il l'avait dit avant de commencer, semblait, en effet, avoir des troubles nerveux.

Néanmoins rien ne faisait pressentir ce soir-là que, trois semaines après, quelqu'un viendrait chez la mère de la rue Chapon annoncer la triste nouvelle : la mort prématurée du petit Bayonnais qui, habitant le Faubourg Saint-Martin, se serait jeté par la fenêtre de sa modeste chambre située au cinquième étage, de sorte que la mort fut instantanée. Personne n'y voulait croire.

Cependant c'était la vérité dans toute sa brutalité ! Mais le pourquoi ? Mais la cause de ce suicide ? qui paraissait stupéfier tous les sociétaires qui le connaissaient assez intimement ?

Serait-il dû, ce suicide, à des chagrins d'amour ? personne ne pouvait le supposer. Cela ne pouvait-être, on ne lui connaissait aucune relation suivie.

Sans doute, Bayonnais était comme tous les jeunes gens de son âge — il avait 24 ans — il ne pouvait vivre d'abstinence de plaisir que procure la volupté exigée par la sève montante dans l'arbre humain ! Enfin, c'était pour tous une véritable énigme ?...

Ce qui, après enquête, paru la cause la plus évidente de ce suicide bête, était que ce pauvre Bayonnais se trouvait contaminé par une avarie des plus grandes. Cela sans en avoir parlé à aucun

de ses copains, pas même à ses plus intimes. Ce
qui explique les idées noires qui le rendaient parfois irascible depuis quelque temps. Et, évidemment, cela le mettait au désespoir de ne jamais
guérir, ce qui le conduisit à sa résolution extrême
d'en finir avec la vie !

Enfin dès le lendemain de cette terrible nouvelle
Petit-Pierre se rendit, avec d'autres sociétaires, au
domicile du pays Bayonnais, qui jouissait aussi
de l'estime générale.

Il avait été remonté dans sa chambre, par ordre
des autorités qui, en pareil cas. ne laissent pas
traîner les choses en longueur. De sorte que ses
camarades le trouvèrent étendu sur son grabat la
figure toute meurtrie ! Il avait le crâne fracassé. La
cervelle apparaissait toute sanguinolente encore.

Ce fut un spectacle si affreux qui se présenta
devant les visiteurs, qu'aucun d'eux n'eût le courage d'en vouloir faire la narration aux copains
qui la leur demandaient.

— Oh ! non, c'est trop affreux à décrire un pareil
tableau, dit Petit-Pierre.

Quoiqu'il en soit, le lendemain à dix heures du
matin, devait avoir lieu la dernière cérémonie.
Heure fixée par les autorités !

Ce fut dans un silencieux et profond recueillement
de sympathiques hommages, que tous les sociétaires, prévenus à temps, accompagnèrent Bayonnais à sa dernière demeure ! Son nom était Casting.

— Qui eut dit cela, le soir qu'il envoya, chez la
mère, il y a à peine trois semaines, sur la demande de
quelques pays, sa chanson favorite : « Les Bœufs »,
fait l'un des assistants.

— La dernière fois que nous l'entendîmes, dit Toulousain !

— Et pour toujours, ajoute un autre pays.

— Ce qui prouve que la vie des humains, comme, du reste, la vie de tous les autres animaux qui peuplent la terre, tient souvent à peu de choses, fait Petit-Pierre, qui avait écouté les conversations qui se déroulaient autour de lui, en pareille circonstance.

C'est pourquoi, ajouta-t-il, j'ai envie d'aller suivre les cours d'anatomie pathologique qui ont lieu de l'autre côté de l'eau : afin d'éviter, si possible, les dangers vénériens. En tous cas, pouvoir être armé contre ces terribles fléaux qui guettent l'espèce humaine !

— Ça, c'est une riche idée que tu émets-là ! remarqua Toulousain. Si tu veux, je t'y accompagnerai ?

— Comment ! je ne demande pas mieux, mon ami ! Du reste, si je suis bien renseigné, les cours sont libres et gratuits. C'est donc pour tout le monde !

VII

PETIT-PIERRE SE SÉPARE RADICALEMENT DES « CRAPAUDS VERTS »

Travail, justice, amour,
Régnez, c'est votre tour !
EUGÈNE POTTIER.

Un penseur a écrit quelque part : « L'homme libre qui, de plein gré, unit sa force à celle d'autres hommes agissant de par leur volonté propre, a *seul* le *droit* de désavouer les erreurs ou les méfaits de soi-disant Compagnons. » Et c'est ici le cas de Petit-Pierre qui, nous avons pu le constater, se sentait invinciblement attiré, par l'ardeur de son âme rêveuse, vers l'étude dans l'art de connaître les difficultés que présente sa profession dans toute son étendue.

Et c'est ainsi qu'aux environs de sa dix-neuvième année, c'est-à-dire trois ans à peine après avoir terminé son apprentissage, qu'eût lieu son arrivée à Paris, où, de suite, son tempérament se porta vers les arts qui devenaient, pour lui, un véritable culte, notamment pour tout ce qui touchait à son métier. Il en fut de même pour les questions de philosophie sociale, pour lesquelles il se passionnait fortement.

7

C'était presque un sentiment d'artiste, encore ignorant du beau, qui le poussait rapidement dans les sentiers de la suprême beauté esthétique, autrement dit, vers tout ce qui tend à ennoblir le cœur et l'esprit de l'homme dans ses diverses sensations.

C'est pourquoi à côté de ces sensations élevées, il en était d'autres non moins séduisantes, non moins belles, toutes imprégnées de haute noblesse et de générosité.

Cette dernière évolution s'accomplissait, un peu, à son insu, dans le domaine de l'observation philosophique et rationnelle du milieu ambiant qu'il fréquentait et aussi par l'influence de ses lectures qu'il choisissait parmi les meilleurs écrivains de son temps, entre autres : Force et Matière, de Louis Büchner; La Philosophie, d'André Lefèbre; La Descendance de l'Homme avec l'Origine des Espèces, de Charles Darwin; Science et Matérialisme, du docteur Charles Letourneau, ainsi que la Physiologie des passions du même auteur. De même qu'il n'ignorait pas l'Emile, ni le Contrat social, de Jean-Jacques Rousseau.

Toutes ces lectures, de haute portée scientifique et sociale, avaient inspiré chez Petit-Pierre le désir, encore imprécis, de connaître davantage, afin d'arriver à comprendre plus facilement le mouvement intense de la vie sociale qu'il observait autour de lui, dans les ateliers ou dans les réunions corporatives et autres !

Etant donné cet état d'esprit, il se mit à suivre attentivement toutes les réunions publiques, chaque fois qu'il en avait l'occasion !

Au cours de ces réunions, il avait retenu les paro-

les qu'un orateur avait citées ; lesquelles paroles
n'étaient autres que celles si profondes et si vraies
du grand encyclopédiste Diderot, lorsque ce dernier
écrit :

*« J'admire le fanatique, quand, par hasard, il
rencontre la vérité, il l'expose avec une netteté et
une énergie qui brise et renverse tout. »*

Ces paroles avaient frappé profondément l'âme de
ce cœur d'apôtre à l'esprit combatif, au point qu'il ne
se lassait de les répéter, au fil de ses conversations, avec d'autres camarades de son âge.

Petit-Pierre comprit aussitôt qu'il était maintenant de son devoir de s'affilier à l'un des groupe-
ments syndicaux de sa corporation qui répondait le
mieux à ses aspirations de sincère et vaillant lutteur. La suite de ses actions démontrera le bien-
fondé de ses inspirations !

Ces réflexions l'amenèrent à donner sa démission
de la Société de l'Union des Travailleurs du Tour de
France, pour se faire inscrire, comme membre
adhérent, à l'Union de la Fédération des Ouvriers
Menuisiers en Bâtiment. Ce qui ne l'empêcherait
nullement de conserver, par devers lui, les bonnes
sympathies et les solides amitiés qu'il avait trouvées
dans la société de laquelle il allait démissionner !
Bien au contraire.

Voici en quels termes fraternitaires était rédigée
sa démission :

*Mes braves et loyaux compagnons de trimard et de la
Société de l'Union des Travailleurs du Tour de France,
je vous prie de bien vouloir transmettre ma démission
au bureau de votre fraternelle Société, où, pendant
près de trois années, j'ai été membre actif ! Je prie*

tous les sociétaires, dans la plus prochaine assemblée générale, de la ratifier.

En remettant ma démission, je tiens à proclamer hautement les excellents rapports qui ont toujours existé entre tous ses adhérents et moi; et au milieu desquels j'ai commencé mon évolution sociale de tri- mardeur, m'étant trouvé, jusqu'à présent, dans une parfaite communion d'idées de mutuelle solidarité, d'esprit de dévouement.

Puissent continuer ces marques de déférence et d'en- couragement parmi vous tous, qui avez été mes meil- leurs camarades! mes meilleurs amis!...

Mais actuellement, me trouvant depuis près de qua- tre mois dans la Capitale, je crois nécessaire, à mon évolution de combatif, de prendre un autre sentier que celui de la mutualité, afin d'apprendre à lutter, d'une manière plus efficace encore, contre tous ceux qui, de près ou de loin, oppriment les travailleurs.

Votre *ex-collègue*,

MIJAN, dit PETIT-PIERRE.

Ce qui détermina Petit-Pierre à démissionner de la Société de l'Union des Travailleurs du Tour de France, ce fut surtout la conduite déplorable, à son avis, que tenaient quelques-uns de ses membres qui étaient venus, à son grand désappointement, habiter sous le même toit que lui.

Effectivement, malgré qu'il s'en était écarté, il y avait à l'Hôtel des Vertus quelques unionistes qui se réunissaient là, presque chaque soir, dans le but d'élaborer le projet d'une société de « pouffeurs » qui se dénommaient, par avance, « les crapauds verts » dont l'initiateur était un ouvrier zingueur, dont les allures déplaisaient fortement à la droiture de Petit-Pierre qui se sépara d'eux aussitôt, préférant se livrer à la propagande sur les problèmes sociaux.

Cet initiateur, un fort beau gars du Midi, se faisait appeler le Beau Achille, à cause, sans doute, de son abondande chevelure crépue au noir d'ébène. De plus, grand blagueur. Mais cette faconde n'eut été rien, si ce n'eut été sa théorie d'estampeur. Cela répugnait d'autant plus à Petit-Pierre que ce genre de vie, se faisait au détriment d'un pauvre vieux travailleur — cordonnier de son état — qui avait eu beaucoup de peine à amasser quelques maigres économies lui ayant permis de sous-louer cet hôtel du 9 de la rue des Gravilliers.

Chaque soir, lorsqu'il rentrait, Petit-Pierre voyait le brave père Bayeux derrière son comptoir, assis sur la banquette, devenir de plus en plus triste, avec ses grosses lunettes bleues sur le nez, ce qui faisait un contraste étrange avec sa tête blanchie sous le poids des ans.

Il en était de même de sa malheureuse compagne qui, elle, était assez gaie, sous l'influence de l'*ivresse*. C'était là l'œuvre du Beau Achille, le fondateur des « Crapauds verts », qui prenait plaisir à cette basse manœuvre de griser la « maman Bayeux », comme il l'appelait, afin de tromper, à la porte de sortie, sa surveillance, au moment où filaient les bagages de quelques-uns d'entre eux, afin de partir sans payer leur nourriture. C'était, disaient les « Crapauds verts », la manière de déménager à la « cloche de bois » et de poser un fort « tasseau chez le bistrot ».

Non que Petit-Pierre en eut été offusqué, du moins aurait-il compris ce genre d'estampage si, à la rigueur, il s'était pratiqué sur le dos de plus gros marchands de vins, restaurateurs ou gros proprié-

taires qui auraient eu le moyen d'en supporter les
conséquences ?... Et encore !...

Mais là, c'était la ruine certaine de ces pauvres
vieillards qui allaient misérablement à la cul-
bute en continuant de faire du crédit à plusieurs
« Crapauds verts » dont l'intention, par trop voyante,
était de ne pas payer !

Parmi eux étaient de nombreux menuisiers qui,
maintes fois, avaient tenté, sans succès du reste,
d'entraîner avec eux Petit-Pierre dans leur manœuvre déloyale !...

— Non, mes amis ! je ne saurais vous suivre sur
un terrain où je ne puis vous approuver. Je préférerais labourer la terre avec mes ongles que d'écouter
vos pernicieux conseils, en ce sens que ces procédés
ne peuvent servir en rien la cause que j'entends
défendre : celle de l'Humanité. Seuls, en effet,
les actes de solidarité je les accepterais avec toutes
leurs conséquences ! Alors que les vôtres me paraissent empreints d'un égoïsme étroit, tant ils sont
vulgaires !

— Imbécile, va ! fait son camarade de lit Moizon.

— Soit ! En tous cas, je me refuse net à vous suivre !... Et, de ce jour, je me sépare de toi, ainsi que
de tous les « Crapauds verts ». J'aime mieux me
livrer à l'étude des problèmes économiques et
sociaux, qui, parallèlement aux questions professionnelles et artistiques, me paraissent de beaucoup
plus dignes et plus profitables à l'Humanité que de
pousser à la ruine de pauvres têtes qui ont blanchi
à la peine.

— Ah ! moraliste ! ajoute à nouveau Moizon qui,
lui aussi, avait eu soin de faire filer, à la cloche de

bois, sa malle et autres menus bagages lui appartenant en propre ; cela sans en prévenir, bien entendu, Petit-Pierre.

Celui-ci ne s'aperçut de la manœuvre qu'en rentrant se coucher.

— Non, je ne suis pas un moraliste, au sens que toi et tes comparses attribuez à ce mot. En tous cas, avoue que c'est honteux de chercher, chaque jour, le moyen de griser cette pauvre vieille, infirme de corps et aussi d'esprit, dans le but de leur faire perdre nourriture et loyer ! A quoi ça vous avancera-t-il, s'adressant à Rideau, un autre membre de la Société des « Crapauds verts », qui assistait à la conversation ?...

— Tu as peut-être raison, camarade, ripostent Rideau et Moizon, acculés par la logique irréfutable des arguments de Petit-Pierre. Mais que veux-tu, tout n'est pas rose dans la vie. Puis ce n'est pas un crime que de poser un « fort *tasseau* d'un mètre » sur le nez d'un bistro ! Tant pis si ça tombe sur les *caboches* du père et de la mère Bayeux !

— Si ce n'est pas un crime, en tous cas c'est une honte. Vous êtes tous des sans-cœur ; allez-vous en. Vous me dégoûtez tous ! Vous entendez. Vous me faites horreur, vous dis-je !

— Est-ce que, par hasard, tu serais devenu un censeur ? clame un autre « *crapaud vert* » qui, assis près d'eux, avait entendu le dialogue échangé ?... Ce dernier est devenu, par la suite, un important bistro, à qui il ne faisait pas bon de demander un crédit, ni même un acte de solidarité, maintenant qu'il est à son tour empoisonneur public !...

— Ah ! fous-nous la paix, avec tes principes

d'honnêteté, fait Langlais, dit « gueule de bois », un autre « crapaud vert » qui, également, avait entendu la discussion.

— Eh bien ! vous aussi, je vous prie de me « foutre » la paix avec toutes vos sales histoires à dormir debout. Car, ainsi que je vous l'ai déjà dit, à dater de ce jour, vous entendez, jamais vous ne me verrez avoir des rapports avec vous !

— Pas même avec nous, Petit-Pierre, fait une charmante et délicate petite blonde, à la mine éveillée, avec son nez en « pied de marmite », laquelle faisait son apparition, au moment où il prononçait les derniers mots de sa phrase.

— Avec vous ! comme avec tous les autres « crapauds verts », dont vous et votre ami Emile faites partie. La rupture entre tous les « crapauds verts » et moi est irrévocablement définitive. Je saurai vous démontrer la puissance de mon inébranlable volonté !...

Petit-Pierre avait le droit de tenir ce langage à tous les « crapauds verts », dont il ne pouvait, par droiture, approuver les actes et théories d'estampage ! C'était plus fort que lui.

Aussi, à dater de ce jour, les « crapauds verts » ne virent plus Petit-Pierre accepter de sortir avec eux. Mais il n'avait pas renoncé pour cela au travail qu'il préparait pour sa nouvelle société corporative où il s'était fait affilier ! Souvent on le voyait partir aux *réunions-conférences*, qui se tenaient au Quartier Latin, à la salle d'Arras plus particulièrement, alternant avec celles données par l'Union de la Fédération des Ouvriers Menuisiers du Bâtiment, dont il devint bientôt l'un des membres les plus actifs.

C'est ainsi qu'il arriva à meubler rapidement sa
mentalité, en l'éclairant, ainsi qu'il a été dit, sur
tous les problèmes d'économie sociale.

Il avait, depuis longtemps déjà, l'intention de
préparer un petit travail sur deux sujets différents,
qu'il avait entendus traiter par des conférenciers,
mais qui, selon ses impressions, étaient, ou simplement ébauchés ou incomplets.

Il se proposait donc d'aborder, en première ligne,
celui ayant trait à l'esprit des syndicats, sujet, dont
à la suite du Congrès de Marseille, en 1877, on s'en-
tretenait beaucoup dans les milieux ouvriers, et
même parmi les patrons. Surtout dans son atelier,
ou plus particulièrement le compagnon Janot s'occu-
pait beaucoup de la question sociale.

Puis, en seconde ligne, sur la participation aux
bénéfices ! Ces deux sujets, malgré sa jeunesse, ne
l'effrayaient pas. Car, Petit-Pierre avait déjà lu
passablement de volumes et, de la sorte, était assez
« calé » sur ces deux questions.

Aussi proposa-t-il aux administrateurs de
l'Union de la Fédération de faire sur ces questions une ou plusieurs causeries. Ce qui fut agréé
aussitôt avec plaisir. Notamment, par Papin et
Larcher avec lesquels il travaillait dans la même
maison, qui, eux, poussèrent immédiatement à
l'organisation d'une réunion spéciale. Cette réunion aurait lieu un samedi soir, salle Horel, 13, rue
Aumaire.

Or, à l'heure exactement fixée, on vit Petit-
Pierre arriver, un rouleau à la main. C'était un
rouleau contenant une trentaine de feuillets, qu'aussitôt il scinda en deux parties.

7.

Dès que fut formé le bureau, il monta à la tribune pour exposer à ses camarades comment il comprenait le fonctionnement des syndicats, et le devoir des syndicalistes envers eux-mêmes !

Il débuta en ces termes :

— N'ayant pas l'habitude de la tribune, j'ose espérer, mes chers camarades, que vous serez assez indulgents, en m'accordant votre bienveillance, qui, pour moi, sera une marque de solennelle fraternité, en même temps qu'un précieux encouragement !

— Nous vous l'accordons, camarade, lui fut-il répondu par tous les assistants !

— Merci, mes amis.

Or, devant ce témoignage de sympathie, laissez-moi vous exprimer ce qu'à mon humble avis doit-être un syndicat, ou plutôt comment doivent fonctionner tous les syndicats et tous les syndiqués ?...

Vous le savez comme moi, et certainement mieux que moi-même, que c'est une institution remontant à une époque déjà lointaine, mais que nos gouvernants ont voulu rendre toute moderne ; quoiqu'il en soit, le but doit-être d'opposer une résistance énergique à l'empiétement du « prétendu droit patronal » et en même temps un groupement d'équitable solidarité envers tous les camarades d'une même profession, autrement dit une marque de déférence entre tous les syndiqués ?...

— Mais c'est parfait, fait Larcher, en applaudissant Petit-Pierre.

En d'autres termes, reprend l'orateur, le syndicat a pour mission principale, comme je viens de le dire à l'instant, de tenir tête aux exigences de plus en plus arbitraires des caprices de Monsieur « Veau d'Or », comme le disait il n'y a pas bien longtemps dans une réunion, d'un autre groupement, le citoyen Jules Guesde. C'est-à-dire le « dieu Capital », lequel sans le concours du « Roi Travail ! » ne pourrait guère être utile, s'il n'était livré qu'à lui-même !

C'est pourquoi, il est du devoir de tout salarié d'une même profession d'une industrie quelconque ; en un mot le devoir de tous les exploités de se grouper fortement dans leur syndicat respectif d'abord, et de se fédérer ensuite, afin de se mieux connaître pour étudier d'un commun accord les moyens efficaces et susceptibles d'obtenir un peu plus de liberté encore !

Lesquels moyens peuvent être : ou pacifiques ou violents ? Selon la clairvoyance ou le degré d'intelligence des détenteurs de ce même dieu « Capital-Argent » pour que cesse, au plus vite, la *hideuse exploitation de l'humanité par elle-même !...*

Pour y arriver lentement peut-être, mais sûrement, le moyen qui me paraît le plus pratique et le plus rationnel à la fois, consisterait, selon moi, *à organiser le Travail de façon telle, qu'il soit une nécessité obligatoire pour la santé, une sorte de gaieté physique qui est la loi même pour tous !* au lieu d'être une fonction tyrannique, brutalement imposée aux producteurs considérés jusqu'à présent comme des mercenaires que l'on écrase sans pitié ; comme des bêtes de somme se débattant, sans cesse, au milieu des souffrances morales et des tortures de la faim.

Oui, c'est toi, Roi Travail, qui, dans un avenir prochain, deviendras le fécond inspirateur !... Et par ton

suprême génie créeras tous délassements ! C'est
pourquoi il est bon de te consacrer toutes nos pensées ! toutes nos actions !..

Oui, sous ton égide royale, viendra un moment
où tu seras organisé de telle façon que tous les producteurs accepteront d'accomplir librement et avec
joie la tâche quotidienne qui incombera à chacun,
parce qu'alors elle répondra, cette tâche, aux goûts
et aux natures diversifiées à l'infini ! et permettra,
ainsi, d'instituer un mieux-être, d'où naîtra une
part de bonheur inconnu des nécessités de la con-
sommation. Ce, dans le domaine industriel d'abord !

Il en sera de même de la production du sol ! en ce
sens que la bonne mère nature peut donner de quoi
nourrir au moins quatre fois plus que la vie
humaine n'en exige. Et cela actuellement, où la
science, notre grande émancipatrice, n'en est encore
qu'à son « berceau ».

Oui, le travail savamment organisé établira
l'harmonie, entrevue et rêvée par des penseurs, dans
les rapports économiques, et fera cesser les divisions intestines qui existent au sein de ces immenses
ruches humaines à mentalités si différentes, en faisant disparaître des oisifs comme on en voit dans
notre *belle* société actuelle !...

Quoi de plus grandiose, de plus attrayant : le
libre et utile Travail où l'on verra chaque individu
accomplissant avec courage et gaieté de cœur sa
tâche sociale pour le bien de Tous par Tous !

Voilà, camarades, ce que pourront les forces
organisées du syndicalisme. C'est pourquoi j'en
appelle à tous les prolétaires. Ce, dans l'intérêt
général de la classe ouvrière, dont nous sommes, de

s'unir de plus en plus étroitement dans ses syndicats, car il serait grand temps que les hommes
vivent en harmonie. Cela, ils le peuvent, s'ils le
veulent, en s'abreuvant aux sources fertilisantes,
pures et fécondes, aux riches et *puissantes mamelles*
de notre mère à tous : la Terre où il serait si doux
de vivre en frères amis, et non en ennemis comme
dans le présent, sans savoir pourquoi !

Un mot encore avant de terminer sur ce sujet : Je
viens de dire que le plus grand ennemi de l'homme
était l'homme lui-même. Et pourtant, ce n'est pas là
le but de l'existence de vivre constamment en
chiens de faïence, alors que cette existence les con-
vie à la fraternité, ainsi que le fait remarquer Léon
Metchnikoff, quand il dit :

« Que faire pour triompher de tous les éléments
hostiles qui nous entourent et pour voir couler nos
jours en toute sérénité ? La foi enfantine en une pro-
vidence tutélaire étant écartée, la croyance naïve en
une nature clémente qui nous caresse ayant disparu,
comment arriverons-nous à *fonder une vraie
morale scientifique* dont l'accomplissement nous
donne toutes les joies compatibles avec notre
nature ?

« La seule voie qui nous soit ouverte *est de nous
associer* pour discipliner toutes les forces sauvages,
cruelles, contradictoires de la nature brute, et les
*mettre au service d'un monde nouveau d'utilité
commune, d'équité et de bonté mutuelle.* »

— Mais, c'est parfait, répondit l'assemblée
lorsque Petit-Pierre eut terminé ce premier exposé.

Avant qu'il fut descendu de la tribune, l'un des
organisateurs, se trouvant au bureau, demanda :

— N'avez-vous pas dit, camarade, que vous aviez aussi préparé un autre travail ?

— Oui ! je l'ai là, également. Seulement je craindrais d'abuser de votre patience. Puis ce serait peut-être un peu trop long !

— Mais non ! mais non, vous avez largement le temps, il est à peine dix heures. Par conséquent, vous pouvez continuer, camarade !

— Oui ! oui ! fait en chœur l'auditoire.

— Bien, je vous remercie de votre bienveillant accueil. Mais ce second travail que je vous ai apporté a trait, lui, ainsi que je l'ai dit aux camarades Larcher et Papin, à la question non moins délicate : De la Participation aux Bénéfices !

— C'est une question intéressante que vous abordez là ! fait un des assistants.

— En effet, vous avez raison d'étudier tous ces problèmes ! fait un autre.

— C'est pourquoi je vous demanderai la même indulgence pour cette deuxième partie que pour la première !

— C'est entendu, nous vous l'accordons avec plaisir.

Petit-Pierre, étalant ses feuillets, qu'il met en ordre, débute ainsi :

« Chers camarades,

« Si nous envisageons les vastes et complexes problèmes économiques et sociaux, dans leur ensemble, il est bien évident — du moins à mon point de vue — que la question de la participation aux bénéfices n'en peut résoudre aucun complètement !

« Cependant qu'il me soit permis de poser la question suivante : Un homme ne peut-il devenir patron sans, pour cela, exploiter scandaleusement ceux qu'il emploie et qui, de ce fait, contribuent puissamment à lui assurer plus d'aisance, à lui et aux siens ?

« C'est là, sans doute, qu'apparaît le point délicat, me souvenant des éloquentes paroles de Chateaubriand, quand ce grand esprit dit : « *Le salariat est la dernière forme de l'esclavage.* »

« Mais, en attendant que se réalise cette admirable et humaine prophétie, je ne crois pas que le problème d'amélioration des producteurs soit aussi impossible que d'aucuns le peuvent supposer *a priori !*

« Il suffit que les patrons aient le sentiment de solidarité fraternelle ainsi qu'une mentalité de leurs devoirs, assez élevée, pour comprendre la belle formule d'un grand manufacturier de Mulhouse lorsqu'il dit *que le fabricant doit autre chose que le salaire à ses ouvriers.*

« Effectivement, si je ne crois pas que la participation aux bénéfices, tel que le peuvent concevoir beaucoup de nos concitoyens atteints, peut-être, de cécité morale, du moins, en attendant que se puisse réaliser ce rêve supérieur : *l'organisation scientifique* du travail, c'est-à-dire la transformation de la société capitaliste de l'heure actuelle en société où *les efforts de chacun seront utilement et avantageusement employés, en créant des coopératives de production à bases essentiellement fraternitaires ;* je pense, dis-je, que ce n'est qu'en s'inspirant de la haute formule émise par le manufacturier Dolfus, rapportée plus haut, que les patrons, quelle que soit leur profession, peuvent arriver, s'ils l'appliquaient avec discernement et intelligence, à *pallier* à ce *Dualisme* aigü, sinon à le faire disparaître complètement, entre ouvriers et patrons, redevenus à de meilleurs sentiments de devoirs réciproques, dont l'avidité du capitalisme, seule, les en a éloignés depuis longtemps déjà. C'est une des causes, sinon la principale, de cette haine à l'état encore latent qui existe entre le Capital et le Travail !... ces deux facteurs devenant de plus en plus incompatibles, alors que la raison devrait leur dicter qu'ils ont intérêt à se mettre d'accord pour collaborer à toute œuvre utile et vraiment sociale !

« C'est pourquoi les patrons doivent plus de considérations à leurs employés et ouvriers, lesquels, dans la circonstance, sont de précieux collaborateurs, puisque tous, de près ou de loin, contribuent à la réussite d'une entreprise publique ou privée.

« Or, à tort ou à raison, les ouvriers en général considèrent qu'il y a de mauvais, de très mauvais patrons, comme il y a de très « mauvais bergers ! »

« De ce point de vue, je ne serais pas éloigné de dire qu'ils sont plutôt dans le vrai. Car il y en a, en effet, qui ne valent pas cher. Cependant il peut y en avoir de bons et d'humains dans le nombre. Ceci me paraît incontestable !

« Tout à l'heure, je vous disais que la réalisation des ardents et brûlants problèmes que comportent en *elles* les questions sociales, s'opéreraient sans grandes difficultés, ni grandes secousses, par le travail savamment organisé, économiquement parlant s'entend.

« Cela, dès le jour où l'éducation intense, sur ce point, sera faite dans les classes laborieuses, et chez les patrons de bonne volonté.

« Preuve que cela n'est pas impossible, permettez-moi de rappeler ici les sages et prophétiques paroles, qu'en 1880, Godin, organisateur du Familistère de Guise (Aisne), lequel réunissant tous ses employés, leur tint ce langage :

« Le temps de la petite industrie est passé, leur
« dit-il, celui de la grande industrie commence ;...
« il faut aujourd'hui travailler *tous ensemble et*
« *même les uns pour les autres.*

« Regretter le passé serait perdre son temps,
« mieux vaut s'accommoder du temps présent et
« l'arranger du mieux possible. Pour arriver à ce
« résultat, je veux vous associer et vous livrer la
« propriété et la direction du Familistère et de ses
« usines... Le dernier *mot de cette organisation*
« *nouvelle, serait de remplacer l'arbitraire du*
« *patron, tantôt bienveillant, tantôt exploiteur,*
« par la direction de la masse elle-même, pour le
« plus grand bien de tous ».

« Je viens de citer le Familistère de Guise, mais il me serait sans doute facile d'en citer d'autres exemples, tous inspirés d'après les théories émises par cet homme de bien, et de hautes conceptions sociales et humanitaires, qu'a été Charles Fourrier, chef de l'école phalanstérienne, né à Besançon (1772-1837).

« Puisque je suis en train de faire des citations, je vous demande la permission de vous en citer une autre, où il est dit :

« La coopération est internationale. Elle voit en

« tous les hommes, de toute couleur, de toute race,
« des frères dont elle n'a pas à se méfier. *Son sym-*
« *bole n'est pas l'épée où l'aigle des Imperators,*
« *mais une main dans une autre — le symbole de*
« *la solidarité !* »[1]

« C'est donc, on le voit, par le travail humaine-
ment organisé je le répète, en y insistant, et non
par la seule participation aux bénéfices, que les
hommes arriveront à s'entendre et édifieront un
monde de délices et de paix, venant remplacer les
conflits se manifestant de temps à autre.

« Je conclus en disant : je considère que messieurs
les employeurs doivent arriver à se mettre d'accord — c'est leur intérêt et leur devoir — avec *tous*
leurs employés, sans distinction de sexe, de natio-
nalité même, pour assurer une équitable répartition
des bénéfices réalisés.

« J'estime, toutefois, que ce ne serait là qu'une
légère amélioration, à l'état de chose actuel ; *attendu*
que les problèmes économiques ne se peuvent
résoudre que par la grande association scien-
tifique du travail en commun ; ainsi qu'il ressort de cet exposé sommaire, lequel permet, cependant, d'étudier sérieusement les besoins de l'humanité, et les moyens économiques de les satisfaire
par l'aisance pour Tous, qui se peuvent également
résumer par cette belle formule : Chacun pour Tous,
Tous pour chacun !... »

Un tonnerre d'applaudissements et une chaleu-
reuse ovation accueillirent cette déclaration de

1. *Le Coopératisme,* par A.-D. Bancel.

principe, dans sa forme de communisme intégral du travail savamment organisé.

Il n'en pouvait, du reste, être autrement, en ce sens que Petit-Pierre était allé se documenter à une source limpide et pure dans les livres des illustres penseurs Fourier, Proudhon et autres Robert Oven. Ce qui lui avait permis d'ébaucher le canevas de son exposé.

VIII

TIRAGE AU SORT DE PETIT-PIERRE
SON DÉPART DE PARIS

> La Science a fait de ton sol
> L'atelier de toutes les gloires.
>   EUGÈNE POTTIER.

Petit-Pierre entrevoyait avec peine que bientôt allait arriver le moment où il serait contraint d'interrompre ses études... toutes ses études...

S'il l'avait oublié, ses parents, en effet, se seraient chargés, eux, de lui rappeler son inscription sur la liste de conscription, pour son tirage au sort, lequel devait avoir lieu dans le premier mois de l'année suivante.

Ils le supplièrent de rentrer au plus tôt, pour être là, près d'eux.

Il trouverait bien à s'embaucher dans le pays, chez les menuisiers où les travaux marchaient fort, ils manquaient presque partout d'ouvriers.

D'un autre côté, en supposant qu'il ne voudrait pas travailler près d'eux dans la commune, il y avait Melvac qui, volontiers, l'occuperait jusqu'à son départ pour le régiment. Et, à défaut de Melvac, son oncle Secquot qui était, lui aussi, débordé de travail, son fils François l'ayant quitté brusquement, à la suite d'une observation.

Mais Petit-Pierre ne l'entendait pas ainsi. Il était tout disposé à aller au pays, pour tirer son numéro. Il en profiterait pour rester quelques jours parmi ses parents; mais sitôt son tirage effectué son intention était de rappliquer à Paris.

C'est pourquoi il retardait son départ jusqu'en janvier, mais il se gardait bien de préciser la date à ses vieux parents qui, toujours, se lamentaient. Il répondait d'une façon évasive sur ce point. Cet acte était loin de lui sourire, sentant qu'il allait perdre un temps précieux, lorsqu'il serait obligé de se rendre définitivement à la caserne.

Si, encore, il avait chance d'avoir un bon numéro, il en tirerait pour une année. Et quoique regrettable, il en prendrait vite son parti en s'écriant :

« Tous les Français sont volontaires, quand les gendarmes viennent les chercher. » Tel est le refrain que maintes fois il avait entendu en pareille circonstance.

Mais s'il tire un bas numéro qui l'oblige à devenir soldat ou marin pour cinq ans, autant partir dans une autre contrée où il pourra continuer ses études.

Du moins le pensait-il, oubliant qu'un obstacle insurmontable aurait empêché son rêve de se réaliser, ne connaissant d'autre langue que la sienne.

Enfin les derniers jours de décembre semblaient filer avec une rapidité vertigineuse.

Chaque jour il recevait une missive nouvelle que, sur les instances de sa mère, écrivait son camarade Alexandre qui habitait en face la demeure paternelle !

Dans ces missives elle le priait de venir au plus
vite ; désireux, qu'ils seraient tous, de le revoir.
Depuis si longtemps qu'il était parti pour son tour
de France, il devait bien en avoir assez de « rouler
sa bosse ! »

C'était surtout elle, sa pauvre mère, qui semblait
inquiète, peut-être n'allait-elle pas le reconnaître
puisqu'il avait laissé pousser toute sa barbe, alors
qu'au moment de son départ il était encore imberbe,
ou à peu près !

Elle sentait bien que, par la teneur des lettres de
« son gars », quoique très affectueuses, il n'avait
aucun goût pour le métier des armes ! Souvent elle
en versait des larmes !

— Ah ! le pauvre petit, s'il savait combien sa
vieille maman serait heureuse de le revoir, de le
choyer ! disait-elle chaque jour ! Comment se fait-il
qu'il ne daigne même pas répondre à nos lettres ?
Cela me tourmente ! s'il était malade et qu'il nous le
cache ?

— Je crois connaître notre gars assez, pour affirmer que, l'un de ces jours, il va nous surprendre
répondait le père Mijan avec sa tranquille bonhomie !

— Oh ! qu'il se dépêche donc d'accourir pour que
je le serre dans mes bras.

— Vous ne sentez donc pas, mère, que notre petit
frère, devenu un grand et beau garçon, veut, comme
le dit papa, nous surprendre. C'est pourquoi il ne
répond pas aux lettres que son camarade, notre voisin Alexandre, lui écrit presque chaque jour.

— Que voulez-vous, mes chers enfants, je ne dis
pas non. Malgré tout ce que votre père et vous, me

racontez, je ne suis pas tranquille, j'ai toujours peur qu'il nous cache quelque chose.

— Mère, je suis sûre, moi, que Petit-Pierre sera là pour nous donner nos étrennes, fait l'aînée des filles, qui répondait au joli nom de Rose.

— Certainement, puisque le tirage au sort n'aura lieu qu'à la fin janvier, par conséquent il n'y a pas de temps perdu ! fait le bon papa Mijan, tout guilleret !

— Puissiez-vous, tous, dire vrai.

— Vous verrez maman, que nous ne nous trompons pas !

— Soit, je me résignerai à attendre. En tous les cas, que son camarade lui écrive demain, en lui disant que s'il ne vient pas bientôt sa pauvre mère en mourra d'ennui, et ne peut attendre plus longtemp la venue de son « gars »... de son pauvre gars... qu'elle aime bien...

Effectivement, le père et les filles Mijan ne se trompaient pas dans leurs pronostics, car trois ou quatre jours après l'émotion de la bonne vieille maman, la famille recevait une lettre de quatre pages, en écriture fine et serrée, annonçant la venue de Petit-Pierre tout exprès pour accomplir la formalité de son tirage au sort, mais surtout pour embrasser toute la famille aussi tendrement que le désire son cœur qui jamais n'a oublié les siens dans ses nombreuses périgrinations, depuis quatre ans bientôt qu'il était parti de chez Melvac !

Il était occupé à travailler à certaines études professionnelles. Aussitôt terminées il prendrait le « cheval d'airain » qui le débarquerait un beau matin près d'eux. Il espérait en leur bonne santé, celle surtout de sa pauvre maman qui semblait toujours s'inquiéter, plus que de raison, de la sienne, qui était des plus satisfaisantes !

Ce fut un soupir de soulagement chez la pauvre vieille Mijan, en entendant la fin de cette lettre si impatiemment attendue !

On se trouvait aux approches de la Noël. Petit-Pierre avait à cœur de terminer les derniers travaux que lui avait confiés son patron, le « père Basset », un petit entrepreneur qui, entre parenthèses, était assez grincheux et dont l'atelier était rue Villehardouin. Il en avait encore pour un ou deux jours au plus.

Petit-Pierre travaillait là depuis qu'il avait quitté l'atelier où Larcher et Papin étaient occupés, soit huit mois environ, lorsqu'il annonça à son patron qu'il allait être contraint de partir pour le tirage au sort.

— C'est une *corvée* dont je me passerais bien, fit-il en riant !...

— Que voulez-vous, mon ami, chacun son tour d'avoir à payer « l'impôt du sang ! » lui répondit le père Basset !

— Vous en parlez à votre aise, patron ; je vous ai dit tout à l'heure que j'aurais préféré autre chose.

— Sans doute ! sans doute ; vous êtes comme tous les jeunes gens qui ont l'amour du travail ; ils craignent toujours de voir leur habileté professionnelle disparaître en passant plusieurs années au régiment.

— Évidemment, ces jeunes gens ont raison, et je suis du nombre. Pensez si je perdais la main en n'exerçant pas le métier.

8

— Cinq ans, ce sera encore vite passé, croyez-moi, mon ami. De mon temps ceux qui partaient en avaient pour *sept ans*.

— Ah! nom de Dieu, comme vous y allez, patron!... Je ne vous cacherai pas que si je croyais en tirer pour plus d'une année, j'aimerais mieux m'en aller de suite en Belgique ou dans une autre contrée que d'aller m'abrutir dans une caserne pendant cinq années consécutives, et risquer, en plus, d'aller à biribi !... je n'en pince pas !...

— Malheureux, que dites-vous là ! déserter, mais vous n'y pensez pas, j'en suis bien sûr ?

— Patron, ce que je viens vous dire est l'entière vérité !

— Savez-vous, Petit-Pierre, que toute vérité n'est pas toujours bonne à dire ! Souvent, il en coûte d'être franc !

— Je ne suis pas de votre avis. J'estime, au contraire, avec Paul-Louis Courrier, qu'il vaut mieux la franchise en disant ce que l'on pense, que de dissimuler sa pensée. Au risque d'être pendu ! Maintenant, il se peut que j'apporte des modifications dans ma manière de voir, et de juger autrement les choses et les êtres qui nous entourent. Cependant, je vous avoue qu'au risque d'avoir la tête tranchée, *je préfère la vérité au mensonge et à l'hypocrisie!* C'est ainsi que mon père m'a fabriqué. Ce n'est pas ma faute si je vois clair et si je raisonne.

— En tous cas, Petit-Pierre, je suis assez satisfait de votre travail pour vous dire qu'il y aura toujours un établi, pour vous, dans ma maison, si vous jugez à propos de revenir me voir, lorsque vous aurez rem-

pli votre « corvée », comme vous l'avez dit ! Car j'ai
de quoi vous occuper jusqu'à ce que vous partiez
définitivement pour le régiment ! En attendant, je
vous prie d'accepter le montant des étrennes que je
vous réservais !

— Merci, patron !...

Ce n'était pas tant l'ennui d'aller dans son pays
pour son tirage au sort qui contrariait Petit-Pierre,
lequel, en définitive, avait la secrète espérance qu'il
tirerait du *décalitre réglementaire* — au chef-lieu
de canton — un numéro qui le classerait dans la
« deuxième portion ». De cette façon, il en aurait
pour une année seulement, qu'il tâcherait de passer
le plus agréablement possible, en allant rêver
chaque soir le long des charmants et poétiques cours
d'eau des environs de Fontenay-le-Comte où, sans
doute, il accomplirait son année de service militaire,
puisqu'il y avait là un immense bâtiment récemment construit pour y loger la garnison qui se
trouvait dans le pays.

Donc, la cause qui l'affectait le plus d'être obligé
de partir était tout autre. Et cette cause était que,
juste au moment où son départ allait avoir lieu, son
groupement corporatif : *L'Union Fédérative des
Ouvriers Menuisiers en Bâtiment,* était en pleine
désagrégation ! Non parce qu'il manquait de bons
éléments, au contraire, puisqu'il n'y avait, dans ce
groupement, que des camarades d'élite, que de bons
militants.

Malheureusement, les idées franchement fédéra-
listes et fraternitaires de ce groupement, auquel
appartenaient ses braves camarades : Larcher, le
boîteux ; Papin, l'élégant, qui était là, remplissant

les fonctions de secrétaire-trésorier; Aumaréchal, le bègue; Leveillé, le dos rond, ainsi que son vieux copain, un autre boîteux, Pégon, et autres, imbus des mêmes principes, n'étaient — comme souvent — pas encore bien compris des nombreux membres qui composaient la corporation des menuisiers, qui, souvent, furent d'esprit rétrograde, à cette époque, avec les Droudin, les Pericat et quelques autres.

C'est pourquoi Petit-Pierre redoutait un mouvement de recul. Et cela lui causait énormément de peine d'être obligé de partir à un pareil moment, d'autant qu'il avait appris qu'un autre groupement corporatif était sur le point d'éclore!... Il aurait tenu, avant son départ de Paris, de suivre les phases premières de ce nouveau groupement, espérant y pouvoir exposer ses idées émancipatrices dans leur évolution. Idées qu'il considérait parfaitement soutenables, tant elles étaient, selon sa mentalité, justes et rationnelles.

Son grand désir était donc de s'affilier à ce groupement de combat, sur le terrain d'évolution économique. Groupement justifié dans son appellation moderne de : *Chambre Syndicale Ouvrière des Menuisiers en Bâtiment du Département de la Seine.*

Car, d'intuition, Petit-Pierre sentait que plus il y aurait d'ouvriers qui se syndiqueraient, plus grandes seraient les chances de succès dans leurs revendications. Ainsi qu'il l'avait proclamé lui-même, récemment.

Cela l'intéressait d'autant que le siège social de ce groupement allait avoir lieu chez un excellent bistro, qu'il connaissait, ayant été mis en relation

directe avec lui, au cours d'une promenade à travers
les dédales du pavé parisien, où tous deux avaient
été, par des amis communs, présentés l'un à l'autre.
Et c'est ainsi que Petit-Pierre connut le nom de ce
brave marchand de vins qui s'appelait : Paul Rousseau.

C'était tous ces précieux souvenirs qui empêchaient Petit-Pierre de se décider à quitter la *Ville*

Paul Rousseau

Lumière, comme il avait plaisir à qualifier son
Paris où il avait déjà tant d'amis! Alors que, dans
son pays, il n'aurait sans doute personne avec qui
échanger ses impressions de chaque jour, comme
dans la capitale !...

Cependant, il devait, malgré tout, prendre son
parti : se rendre dans sa famille. Evidemment, rien
ne le pouvait forcer. En son absence, se serait le
Maire de sa commune ou son vieux père qui tire-

8.

rait son numéro. Mais il craignait, en agissant ainsi, de faire de la peine à ses bons vieux qu'il aimait bien.

Aussi, le vit-on, le 28 décembre, par une température presque sibérienne, et après être allé serrer la main au « père Basset » et embrasser la patronne; le vit-on, disons-nous, se diriger vers la gare d'Orléans [1], prendre un billet simple, malgré l'envie qu'il avait de prendre un aller-retour. En réfléchissant, il considéra qu'il serait plus sage de rester plus longtemps au sein de la famille.

Du reste, ce lui serait une joie de s'entretenir un peu avec les « indigènes du pays », lesquels n'allaient pas manquer de le questionner sur ses impressions de voyage ou sur son séjour dans la capitale.

Enfin, le lendemain, dans l'après-midi, il fit son apparition dans le pays où il avait reçu le jour ! Son arrivée ne surprit personne, puisque d'un jour à l'autre, on l'attendait.

Il fut facilement reconnu par tous, sauf, cependant, par sa mère, ainsi que par son aïeule maternelle qui ne semblait nullement le reconnaître tant il avait changé. *

Sa pauvre mère eût toutes les peines du monde à le reconnaître ! après l'avoir longuement observé.

— Comment, fit-elle, en le fixant dans les yeux, c'est toi ? Mais ce n'est pas possible, on m'a changé mon enfant !

Ce n'est qu'au bout d'un instant, qu'enfin remise de sa première émotion, elle l'attira dans ses

----

1. Actuellement gare d'Austerlitz.

bras, en le baignant de grosses larmes contenues.
Elles coulèrent avec abondance, dans le contentement qu'elle éprouvait de revoir son pauvre *gars*,
qu'elle ne cessait d'admirer et d'embrasser.

— Cessez vos larmes, maman, s'écrièrent les
jeunes filles. Vous voyez bien que votre *gars* n'est
nullement malade, comme vous vous l'imaginiez.
Car, malgré sa pâleur, il paraît bien portant.

— Hélas! l'air de la grande ville est si malsain
qu'il ferait bien mieux de rester avec nous, pour en
respirer un plus salutaire, fit la mère Mijan.

— Nous ne demandons pas mieux, dit Rose,
s'il le veut. Mais le voudra-t-il? Nous allons le lui
demander : Dis donc petit frère, n'est-ce pas que,
maintenant, tu ne repartiras plus?

Devant pareille question, il devint hésitant au
point que son hésitation n'échappa point à sa mère
qui le suivait d'un regard anxieux.

— Certainement, c'est ce qu'il aurait de mieux à
faire de rester près de ses parents, puisque le voilà
« un beau mossieu ». Dis, mon enfant, fit-elle en le
prenant dans ses bras et le serrant sur sa poitrine,
promets-moi que tu ne nous quitteras plus? Que
tu en as assez de tous ces voyages qui te rendront
malade?

— Mère, je vous en prie, ne me tourmentez pas
sur ce point. Puisque me voilà parmi vous, soyez
sage et forte, quelle que soit la détermination que je
prendrai après mon tirage au sort.

Ces paroles, dites avec douceur, ne calmaient pas
les craintes de la mère qui dit encore :

— Mais, mon gars! Ce que je désire, ce que tous
nous désirons, je viens de te le dire : reste chez nous

où tu coucheras dans un bon lit, où tes sœurs auront soin de tes « hardes ». Elles les répareront. Car je m'aperçois qu'elles en ont besoin.

— C'est une erreur, mère, j'ai au fond de ma malle, là-haut, un autre costume tout neuf, que j'avais l'intention de ne mettre que le jour de mon tirage au sort.

— Tu seras donc toujours le même?

— Oui, toujours le même, c'est-à-dire un brave travailleur, un loyal garçon et un bon fils qui vous aimera toute votre vie !

— Mais, c'est pas ça que je veux dire. Tu me comprends bien, seulement tu ne veux pas me répondre ! Enfin, je vois que tu n'en feras qu'à ta tête, comme tu as, d'ailleurs, toujours fait.

— Vous avez raison, mère chérie, comme vous le dites si bien, je n'en ferais qu'à ma tête ! Et je dois vous dire que je ne regrette nullement de n'en avoir, jusque-là, fait qu'à ma tête. Cela m'a joliment servi pour apprendre ce que jamais je n'aurais su si j'étais resté dans le pays où dans les environs mêmes, après avoir terminé mon apprentissage chez le cousin Melvac. Je vous le répète, je resterai ici au moins jusqu'après mon tirage au sort. Quant à la révision, je verrai où je la subirai !

Le jour tant redouté, par lui et par toute sa famille, arriva. Le pays était tout en fête de voir ces jeunes gens de vingt ans, au teint hâlé que procure la vie au grand air, formant contraste avec celui pâli de Petit-Pierre qui était presque toujours renfermé.

C'était un vrai carnaval de voir le cortège, bariolé de cocardes et rubans attachés au chapeau et à la boutonnière, s'avancer, tambour en tête, au domi-

cile des vieux Mijan pour emmener avec eux Petit-
Pierre qui se mit à rire comme un fou en les voyant.

Ils eurent toutes les peines du monde à l'entraîner avec eux au cabaret où ils voulurent le forcer à
trinquer et boire.

Devant sa résistance, un des conscrits, déjà à
demi-pompette, s'écria d'un ton gouailleur :

— On ne boit donc pas en voyageant ?

Petit-Pierre, froissé de l'attaque, répondit sur un
ton qui n'admettait pas de réplique :

— Mais, mon ami, je n'empêche personne ici de
boire, si vous avez soif ! Quant à moi, je considé-
rerai abusif quiconque voudrait m'imposer un tel
acte, si mon organisme n'en ressent pas la nécessité. Du reste, il est bon que les camarades sachent
que, d'ordinaire, je ne bois que de l'eau !...

A ces mots, tous de le regarder.

— Oui ! Oui ! reprend-t-il, de l'eau ! C'est là le
meilleur liquide que l'espèce humaine, si elle veut
conserver « force » et « santé », puisse absorber ! A
la condition, bien entendu, que cette eau soit pure et
bonne, c'est-à-dire qu'elle soit indemne de toute con-
tamination. C'est là, je le répète, le seul moyen de
conserver une force d'énergie morale et de santé
physique !

— Merci, camarade, le breuvage que tu nous
recommandes est un peu trop fadasse, fait Langé-
nieux, le fils de l'auberge de la Boule d'Or, qui, également, faisait partie de la même promotion.

La Boule d'Or était le lieu tout désigné où les
conscrits de la commune et des environs se don-
naient, chaque dimanche, rendez-vous, afin de se
livrer à des libations forcées ou occasionnelles !

Ceci n'était pas fait pour retenir Petit-Pierre longtemps dans le pays où il aurait contracté pareilles
habitudes. Non, il en aurait bientôt assez.

— Dites donc, mes enfants, s'écrie le *tambour de
ville* qui avait passé son bonnet à poil de 1830,
savez-vous qu'il serait grand temps de se mettre en
route, si vous ne voulez arriver trop tard au rendez-
vous.

C'était en effet à lui qu'incombait, chaque année,
la corvée de conduire les conscrits de la commune à
l'Hermenault, chef-lieu de canton où devait s'effec-
tuer le tirage au sort, si les conscrits voulaient bien
se cotiser.

— Eh! bien, fait l'un des conscrits présents à la
Boule d'Or, commencez à taper ferme sur la « peau
d'âne » et battez le rappel dans tout le pays, afin que
tous les gars soient présents. Ensuite nous parti-
rons ensemble, en chantant !

— C'est entendu. A la vôtre !

— A la vôtre !...

Et aussitôt la rasade avalée, le tambour de ville
de s'exécuter, en parcourant les rues de la localité
pour réunir tous les retardataires !

Vingt minutes après le cortège étant formé,
s'ébranla et se mit en marche pour l'Hermenault, où
plusieurs pères accompagnèrent leur gars !

Il était environ midi et demi lorsque le cortège
arriva sur la place de la Mairie.

Les opérations ne devaient commencer qu'à une
heure. De sorte que les conscrits avaient plus d'une
demi-heure devant eux. Quelques-uns en profitèrent
pour se répandre dans les divers cabarets du canton,
pour se livrer, de nouveau, aux libations qui,

paraît-il, étaient de rigueur en pareille circonstance..

Petit-Pierre, qui avait trouvé le moyen de se soustraire à des habitudes si banales et si dégradantes
en elles-mêmes, préféra rester avec son vieux père,
pour philosopher sur les idées contemporaines et les
projets qu'il formait pour son avenir, s'il avait
chance d'amener un haut numéro afin de n'avoir
qu'un an à passer à la caserne.

L'heure s'avance ; tout à coup deux ou trois pan-
dores font leur apparition sur le seuil de la porte.

— Ils sont exacts à l'administration, remarqua
Petit-Pierre d'un ton persifleur, suivi dans la circonstance par son vieux père qui se serait bien
gardé d'abandonner, d'une semelle, son enfant.
La situation était bien trop solennelle. Est-ce
que, lui, le père, ne tremblait pas, en songeant aux
paroles de son fils, de qui il était si fier, en compa-
rant son attitude altière et réservée avec les autres
jeunes gens de son âge ! Combien il leur était supérieur !

Dans la salle où ils pénétrèrent, ils aperçurent de
suite, rangés comme des oignons, et assis derrière
une grande table servant de comptoir, le conseil au
grand complet, lequel se compose : du sous-préfet
de l'arrondissement et de tous les maires des com-
munes auxquelles appartenaient les jeunes gens
appelés à tirer au sort le même jour !

Il y avait également un délégué à la police pour
donner des ordres, le cas échéant, à ces braves pan-
dores. Sans oublier un gros major et un sous-lieu-
tenant représentants de l'armée !...

Sur un geste du sous-préfet, un silence glacial se
fit, et aussitôt l'appel des noms commença. On pro-

céda, comme toujours, par ordre alphabétique. Puis, au fur et à mesure de l'appel de leur nom, les jeunes conscrits s'avancent pour prendre dans le « décalitre » chacun un étui qu'ils remettent au maire de leur commune respective. Dans cet étui est enfermé un numéro, annoncé à haute voix.

Cette formalité accomplie, certains se retiraient lentement. Les uns avec des mines déconfites, ou d'allure de désespérés ; les autres rouges de colère sourde et contenue contre le mauvais sort qui les condamnaient à plus ou moins de temps qu'ils auraient à passer loin de leurs parents.

Enfin, le tour de Petit-Pierre arriva, et sans trop d'émotion il s'avança, fit le même geste que ceux qui l'avaient précédé.

— Le numéro 66, fit le maire de la commune où il était né.

— Ça va bien ! fit-il en se tournant vers son père, qui, également, avait pâli en tremblant fortement au moment où son fils plongea le bras dans l'urne !

Petit-Pierre le rassura aussitôt en lui disant que puisqu'il n'y avait que *soixante-treize* conscrits dans le canton, il était, maintenant, certain qu'il appartiendrait à la *deuxième portion*. Par conséquent, il n'en aurait que pour *un an*, et ce serait bien assez.

— Maintenant, il va falloir attendre la fin des événements, fit-il en embrassant le bon vieux, qui avait beaucoup de peine à se remettre de la forte émotion qu'il avait ressentie.

Lorsque le dernier conscrit de sa commune eut terminé, le tambour de ville battit le rassemblement, et, une fois le cortège formé, tous reprirent le

le même chemin. Car Petit-Pierre avait hâte d'être
arrivé à la maison, pour annoncer la bonne nouvelle
à sa pauvre mère, qui l'avait sérieusement ser-
monné avant son départ, le matin.

— Eh ! bien, la mère, ça y est. En voilà pour
un an ?

— Ah ! tant mieux ! j'en suis bien heureuse, puisque tu ne peux y échapper totalement !

— Certes non. Autrement, vous pensez bien que
je n'accomplirai pas cette année d'esclavage de
gaieté de cœur. Car je ne suis pas comme Chupin,
je n'ai pas de prédisposition pour ce métier. Mais, à
défaut d'avoir ce que l'on aime, il faut savoir se
contenter de ce qu'on a ! dit un proverbe.

— Je vois, mon enfant, que tu es raisonnable, tu
raisonnes sur toutes ces choses comme un livre !

— Il le faut bien !...

Petit-Pierre, depuis plus d'un mois qu'il était
arrivé, n'était pas resté sans emploi. L'un des petits
entrepreneurs de menuiserie de la commune, appelé
Garnier, lui avait fait demander s'il consentirait,
cela dès le surlendemain de son arrivée, à aller lui
donner un coup de main pour exécuter un lit et une
grande armoire de campagne. Ce qu'il avait accepté
en attendant son retour dans la capitale. Ce qui lui
permettrait, comme toujours, d'aider ses vieux, dont
il n'aurait voulu, à aucun prix, être à la charge !

Quelques jours encore s'écoulèrent. Mais, tout à
coup, par un frais matin de février, son visage s'as-
sombrit plus que de coutume ! Ses parents vite s'en
aperçurent, notamment sa mère qui lui posa mille
et une questions, sans en pouvoir tirer aucune réponse
susceptible de lui donner satisfaction.

9

Enfin, lassé d'être tourmenté par d'insidieuses questions, il s'écria :

— Que voulez-vous, mes bons parents, depuis que je me suis mis à voyager, et surtout depuis mon long séjour à Paris où j'ai eu la joie de vivre cette vie intellectuelle, je ne me sens plus le même homme qu'autrefois. Ça je vous l'avoue sans rougir ! A Paris où il y a tant de choses à apprendre : soit en visitant une bibliothèque, un musée, ou bien encore une admirable église aux magnifiques vitraux aux tons vifs, avec des boiseries authentiques et richement sculptées ! Ici rien, en dehors de votre douce et bienveillante amitié !

— Alors, tu t'ennuies donc avec nous ?

— Mais non, bonne mère, je ne m'ennuie pas d'être au milieu de vous tous ! Mais j'aime tant avoir le nez dans ces choses délicieuses que sont les livres, où l'on apprend plus qu'à n'importe quelle école ou collège officiel, que c'est une joie pour quiconque aime s'instruire sur les arts, les sciences, la poésie, etc., etc.

— Oh ! avec tes sacrés livres, ça te rendra fou. Ils te donnent des idées diaboliques !

— Vous exagérez, mère. Ils sont, ces livres, un délassement plus qu'une fatigue !

— Oui, je le vois bien, malgré que tu ne veuilles l'avouer, tu t'ennuies avec les tiens.

— Je vous jure, que vous faites erreur. Seulement, il est des choses que l'on ne peut expliquer facilement !

Effectivement, cela paraissait extraordinaire à Petit-Pierre, cette vie morne et silencieuse qu'il voyait chaque jour se dérouler, dans une même monotonie, depuis qu'il était arrivé dans sa famille.

Non pourtant qu'il s'y déplaisait. Car, le lecteur a pu le voir, Petit-Pierre était de nature affectueuse, aimant énormément les siens, sa pauvre mère particulièrement, ainsi que ses deux sœurs qui, maintenant, étaient d'âge à devenir d'excellentes mères de famille.

Malheureusement, ce qui le contrariait fort, c'était de les voir, dans leur grâce de jeunes et jolies brunes, si ignorantes, lui qui avait tant appris *par l'effort de sa seule volonté.*

Il ne comprenait donc pas qu'elles se soient constamment refusées à essayer, à son exemple, d'apprendre, tout au moins, à lire et un tant soit peu à écrire. Chose si utile. Cela eut empêché les pauvres vieux d'avoir recours à la complaisance d'un tiers, son camarade de promotion Alexandre Vergé, chaque fois qu'il fallait répondre ou écrire à quelqu'un.

Cela l'humiliait de voir dans quel état d'ignorance crasse se trouvait tout son monde.

Il aurait été si heureux, au contraire, d'apprendre, à son retour parmi les siens, que ses deux grandes sœurs étaient aptes à faire, à ses bons vieux, quelques bonnes lectures éducatives.

Oui, c'eût été, pour lui, joie intense de constater qu'il y avait, pendant son absence, progrès, tout au moins progrès intellectuel, chez ceux qui, particulièrement, lui étaient si chers ! afin que leur cerveau ne subisse pas l'emprise de cet esprit d'obscurantisme qui régnait dans le pays natal, dont tous les habitants, hommes comme femmes, étaient sous la coupe réglée du berger ou pasteur de la paroisse

qui, en l'occurence, n'était autre que le curé!
C'était là son cauchemar!...

Non cependant qu'il fut sectaire, bien au contraire. Il considérait le prêtre, en tant qu'individu,
semblable aux autres hommes, mais il abhorrait
l'institution qu'il représentait, en ce sens que l'institution congréganiste est basée sur un passé de
cruauté, d'horreur, de mensonge et d'abominable
imposture! Qui ne se souvient des faits historiques
tels que les massacres des 700.000 Albigeois, de la
Saint-Barthélemy, et autres faits inquisitoriaux?...

Lui qui rêvait une société où chacun compren-
drait, sentirait mieux les beautés de la nature que
les idioties de la congrégation noire!... En un mot,
la connaissance de plus en plus profonde du cœur
humain dans ses diverses manifestations, notamment vers les grandes inspirations d'esprit sociologique qui, malheureusement, sont encore trop igno-
rées de ceux-là mêmes qui ont le plus d'intérêt à en
connaitre les phases principales.

Voilà quelles impressions ressentait Petit-Pierre
devant l'ignorance de ses deux charmantes sœurs
Rose et Mélanie, qu'il aimait autant, sinon plus,
que son père et sa mère.

IX

RETOUR DE PETIT-PIERRE A PARIS

O Travailleur deviens l'Humanité !
ＥＵＧＥＮＥ POTTIER.

Un beau jour la nostalgie de Paris s'empara de lui, si fortement, qu'il résolut d'y retourner jusqu'au jour où les autorités militaires le contraindraient d'avoir à aller s'enfermer, pour un an, dans la caserne. Cela, vers la fin de l'année dans laquelle on venait de rentrer.

A ce moment, seulement, il se rendrait pour accomplir son année d'instruction militaire, conformément à la loi en vigueur.

Ce départ fit encore verser d'abondantes larmes dans toute la famille, à sa mère particulièrement, qui ne cessait de lui répéter qu'il n'aimait pas ses parents, sans cela, il resterait avec eux puisqu'il avait du travail et qu'il gagnait bien sa vie.

Il avait beau se défendre d'un pareil blasphème, en jurant ses grands dieux qu'ils se trompaient, il ne pouvait arriver à les convaincre.

— Je vous en prie, mère, ne vous faites pas de chagrin comme ça. Vous savez combien, envers vous tous, je suis affectueux.

Dans la vie, il ne faut pas se laisser aller aux sensibleries, parfois outrées, des sentiments égoïstes de son cœur.

Est-ce que mon frère Philippe n'est pas, lui-même, éloigné de vous depuis un certain temps. Cela l'empêche-t-il de vous donner souvent de ses nouvelles ? Je conçois que vous soyez peinés de voir mes préférences marquées pour Paris plutôt que pour La Rochelle, Poitiers, Angoulême ou Bordeaux. Ces villes étant moins éloignées. La distance, je vous le répète, ne saurait diminuer les sentiments qu'envers vous j'ai toujours professés.

C'est pourquoi vous ne pouvez raisonnablement me faire reproche de vous oublier, puisque chaque mois, depuis que je voyage, je vous ai écrit des missives de quatre pages et plus... Que vous faut-il de plus ?... Quand je vais, à la fin de l'année, être incorporé au régiment en garnison à Fontenay où, selon toute probabilité, s'accomplira mon année, je viendrai vous voir chaque dimanche à moins que les chefs ne m'en empêchent, en me fourrant à la salle de police ou à la prison, ou encore consigné à la chambre.

— Que dis-tu là, mon enfant ?... En prison !... Et pourquoi te mettraient-ils en prison, fait la pauvre vieille mère Mijan, qui ne comprenait rien aux caprices autoritaires, souvent mesquins de certains officiers qui, pour un oui, pour un non, collent allègrement huit jours de prison à une jeune recrue, si elle a une tête qui ne leur revient pas.

C'est le seul moyen de briser les volontés naissantes à l'indépendance.

— Mais, maman bien-aimée, je ne dis pas que

cela m'arrivera ! Seulement je cherche à vous faire
entrevoir que tout est possible avec les règlements
draconiens et absurdes *qui régissent des enfants
de vingt ans* lorsqu'ils sont soldats.

— J'espère mon enfant que tu ne feras pas la
mauvaise tête.

— Oh ! non, mère, seulement je n'ai point l'intention de me laisser molester dans ma dignité
d'homme. Ça, c'était bon à vous, quand j'étais petit
garçon, de rire lorsque vous me menaciez du ca-
chot !

Donc, je ferai tout ce qu'il me sera possible pour
éviter de grosses punitions. Mais j'en connais, parmi
mes camarades, et des meilleurs, croyez-moi, qui
ont passé par la caserne, et malgré qu'ils étaient de
braves et dignes garçons, il s'en est fallu de peu de
passer « au conseil de guerre », une autre absur-
dité !

Il est vrai que dans cette belle société, il ne faut
s'étonner de rien. Tout peut arriver, même les choses les plus abracadabrantes !

C'est pourquoi je vous disais, il y a un instant,
que, connaissant les dangers encourus par l'indépendance, si j'avais été condamné à passer cinq
années à cette vie stagnante de la caserne,
j'aurais déserté, préférant *la vie libre et errante
au grand air*, qui donne l'indépendance, à cette
vie d'esclavage que doit être la vie militaire.

— Peut-être exagères-tu, Petit-Pierre, fait à son
tour le père Mijan qui avait écouté, silencieusement,
le récit des impressions de son fils. Car si, comme tu
sembles le dire, il y a beaucoup de jeunes gens qui
encourent un « Conseil de Guerre », j'en connais,

moi aussi, qui n'ont encouru aucune punition.
Pour n'en citer que quelques-uns : le cousin de ton
camarade Bardreau a bien fait, lui, *sept ans*, et,
avec lui ceux partis en même temps. Tous étaient
de la même localité. Même son camarade Fleurisson
qui a fait son congé presque en entier en Indo-
Chine. Tous sont revenus au pays. Ils étaient de
la même promotion que ton frère.

— C'est bien possible ce que vous me racontez-là
mon père, mais c'était des enfants dociles et disci-
plinés; de plus ils n'étaient pas habitués aux usages
acquis à la liberté que nombre d'autres jeunes et
moi avons conquis en voyageant.

— Petit-Pierre, font en même temps Rose et
Mélanie, nous espérons néanmoins que tu feras ton
possible, comme tu viens de le dire il y a un instant,
pour éviter de te faire punir inutilement.

— Je vous le promets, je suivrai, comme on dit,
ma voie tracée par le destin. J'espère, en agissant
ainsi, faire mon chemin d'homme de bien et de travailleur intrépide, en ne m'abandonnant jamais à
de vaines émotions ou à des colères irréfléchies !...

Mais je sens en moi comme une chose supérieure
qui me domine par dessus tout : c'est la volonté de
travailler d'arrache-pied au bonheur du genre
humain sans distinction de race, de couleur, de
croyance ou de patrie.

La mienne étant celle de la grande famille qui
exige des efforts constants de chacun de nous. Celle-
là, c'est la *Patrie humaine* que je place au-dessus
de tout et de tous !...

La seule pour laquelle je suis prêt à me sacrifier
corps et âme. Peut-être que certains, s'ils enten-

daient mes paroles, diraient : mais votre fils, mais votre frère est fou à lier !

Cependant je ne suis ni un fou, ni un exagéré, encore moins un excentrique. Mais un homme de bien, au cœur loyal, sincère et bon ! Voilà ce que vous pourrez riposter à ceux qui accuseraient votre enfant ou votre frère d'être fou !

Fou d'idées, soit ! Mais sain de corps et d'esprit.

J'ajouterai seulement, pour clore cet entretien, que le repos et l'engouement d'une société aussi aimable que la vôtre ne saurait retenir mon âme au-delà d'un certain temps !

Le moment est donc arrivé de nous séparer de nouveau, il faut donc que je parte de suite... Autretrement je pourrais tomber dans l'enlisement familial et le souvenir du clocher ! Je ne le veux pas.

C'est dire que je ne cherche ni gloire, ni richesse, mais seulement une vie ardente et utile à tous : la passion dans le labeur et dans la probité.

Voilà ce que je veux conquérir.

Ainsi prit fin le dernier entretien que Petit-Pierre eut avec sa famille qui était toute atterrée de constater une aussi intrépide volonté chez cet enfant de vingt ans !...

Tous de l'embrasser avec une effusion mêlée de larmes. On le vit se diriger, d'un pas décidé, vers la gare de son « patelin » qu'il ne reverrait, maintenant, qu'à la fin de l'année ; la veille il avait eu soin de porter sa malle à la consigne.

Le voici de nouveau à Paris, où dès son arrivée il eut soin de se rendre rue des Gravilliers, dont il avait gardé la chambre en payant un mois à l'avance, afin, dit-il au père Bayeux, de la pouvoir retrouver à mon retour, qui aura lieu vers février ou dans les premiers jours de mars, je ne sais exactement la date.

Petit-Pierre fut donc heureux de se sentir dans cette chambre d'hôtel lui rappelant certains souvenirs !... Et, sans aucun doute, d'après leur conversation il sentait que le papa Bayeux aurait recours à ses bons offices ; en ce sens, qu'il lui avait annoncé que des fournisseurs le menaçaient de lui refuser tout crédit, et même de le mettre en faillite !

— Vous savez bien, papa Bayeux, que je n'ai rien à vous refuser. Si vous avez besoin d'un coup de main pour aider à votre déménagement — d'après ce que vous venez de me dire — je me tiens à votre entière disposition.

— Je n'attendais pas moins de vous, mon enfant. Merci. Ce n'est pas de refus.

Les vieux Bayeux, ayant conservé de solides amitiés dans leur ancien quartier, se décidèrent à y chercher un petit logement dans la rue Pradier.

De même que M. Lamourette, qui avait connu ses successeurs et constaté leur malchance, se souvint qu'il ne pouvait oublier qu'ils avaient été d'excellent voisins au temps où ils habitaient Belleville, glissa entre les mains du vieux Bayeux une enveloppe dans laquelle se trouvait un billet bleu !

C'était pour lui tout un évènement, un vrai miracle ! se dit-il à lui-même : enfin nous ne serons pas jetés à la rue demain matin. Il n'y a donc pas de temps à perdre pour aller louer une voiture de déménagement !

L'acte de M. Lamourette fut admirable dans sa

délicate simplicité. C'est un acte de bienveillance considérable, qui démontre bien que la bonté est inhérente au cœur de certains de nos semblables, qui est plutôt porté à l'altruisme, dans ses manifestations.

Devant pareille solidarité, lorsqu'il fut mis au courant, Petit-Pierre se demandait pourquoi ce principe de bonté n'est pas mis en usage plus souvent entre les hommes. Il y aurait, de la sorte, moins de misère, puis aussi moins de ces vices engendrant la haine et la jalousie.

Il était plongé dans ces réflexions, lorsque le père Bayeux, malgré sa tristesse, lui renouvela sa demande.

— Comment donc, fait-il tout heureux qu'il était quand il pouvait rendre un service.

Avant je vais aller rendre visite à mon ancien patron de la rue Villehardouin, où j'ai été embauché en quittant la maison Matérion, l'an dernier. Ce patron m'ayant dit, au moment de mon départ, que je pouvais revenir, il est donc inutile que je perde du temps, à me chercher une autre « boîte ».

— Vous avez absolument raison. C'est entendu, je puis compter sur vous demain matin?

— Vous pouvez y compter, papa Bayeux !...

Le lendemain, à neuf heures, par un ciel gris, une voiture arriva devant l'Hôtel des Vertus pour recevoir le léger mobilier des pauvres vieux, que les « crapauds verts » avaient obligés à retourner habiter en haut de Belleville, que, pour leur bonheur, ils n'auraient dû quitter.

Et Petit-Pierre heureux de se rendre utile en

accomplissant ce qu'il considérait comme un
« devoir social » et de haute reconnaissance.

Aussi, à dater de ce jour, on le vit chaque
dimanche aller rendre visite à ces bons vieux
qui le considéraient comme leur meilleur loca-
taire.

S'étant trouvé — juste au moment où les Bayeux
avaient pris possession de l'Hôtel des Vertus —
sans travail, il avait été contraint de demander un
peu de crédit qui, de suite, lui fut accordé, car on le
savait sérieux et économe. C'est pourquoi les
Lamourette l'avaient fortement recommandé à leurs
successeurs.

A ce moment les « crapauds verts » n'existaient
pas encore. Et malgré qu'il avait payé depuis longtemps il se souvenait de ce service, à lui rendu, par
les vieux qui, eux, furent sur le point d'être mis
sur la paille par les agissements des « crapauds
verts », avec lesquels Petit-Pierre refusa toujours
de se lier. Et bien lui en prit.

Le déménagement des pauvres vieux ne fut pas
de longue durée. Le lendemain soir, Petit-Pierre
avait terminé toute l'installation de batterie de
cuisine à la maman Bayeux, ainsi que la pose de
tous les rayons dans chaque pièce. Il dût accepter de
dîner ensuite avec eux.

Ce n'est guère que le troisième jour, après son
retour à Paris, qu'il commença à travailler rue
Villehardouin.

Le père Basset lui avait préparé le débit d'un petit
comptoir-caisse tout en chêne poli, car il connaissait la valeur professionnelle de son ouvrier. Il
savait qu'en lui confiant pareil travail, il n'aurait

pas à s'en tourmenter, ni à s'astreindre à une surveillance.

Or, tout alla pour le mieux et Petit-Pierre, à
moins d'événements imprévus, attendrait paisible-
ment sa feuille de route, sauf convocation pour
passer la révision. Mais là, ce sera un simple déran-
gement d'une demi-journée pour accomplir cette
formalité.

Précisément, un matin, avant d'aller au travail,
il reçut une convocation de la gendarmerie d'avoir
à se présenter le 22 mars, à partir de 2 heures de
l'après-midi, au Palais de l'Industrie [1].

A l'heure dite, il alla exhiber ses formes académiques. Le Major, après examen, s'écria : « Bon
pour le Service. »

Petit-Pierre était maintenant fixé. Il attendrait
patiemment son départ pour la caserne qui, lui
assurait-on, aurait lieu dans les premiers jours de
novembre.

Il avait donc huit mois devant lui, et ne voyait
pas la nécessité de changer d'atelier, à moins de
brusque renvoi, qu'il n'entrevoyait pas, de la part de
son patron.

Est-ce que le « père Basset » ne lui avait pas dit
qu'il pourrait l'occuper jusqu'à son départ définitif
pour le régiment. Il pourra donc, sans inconvénient,
faire quelques légères économies, qu'il enverrait à
ses vieux, et qu'il serait heureux de retrouver au
cours de son année d'esclavage.

Aussi, au sortir du conseil de révision, il ne put
se soustraire à l'influence des habitudes en cours ;

1. Monument aujourd'hui disparu et remplacé par les constructions des Petit et Grand Palais, aux Champs-Elysées.

habitudes consistant à s'affubler — chez les jeunes gens — de certains oripeaux représentant une large cocarde tricolore, à laquelle étaient suspendus d'affreux rubans d'une longueur démesurée.

Cela malgré son mouvement de refus qu'il avait opposé au premier offrant. Il arriva, sous ce travestissement à l'Hôtel des Vertus, où il annonça à son nouveau propriétaire qu'il allait déménager.

Par conséquent, Petit-Pierre avait profité de cette deuxième journée de la saison printanière pour aller dans la matinée prendre un abonnement à la maison Crépin¹, à l'effet de se mettre dans ses « bois » comme l'on dit dans les milieux ouvriers.

Nous avons oublié de dire que Petit-Pierre avait préalablement loué une jolie petite chambrette au 79 du boulevard Beaumarchais, pas très éloignée de la Bastille dont il apercevait la colonne. Cela pour le terme d'avril.

De cette chambre, située au sixième étage, il jouissait, en outre, d'un panorama merveilleux, notamment la vue de cette vaste nécropole qu'est le Père-Lachaise, où fut perpétré l'assassinat des derniers combattants du mouvement communaliste de mai 1871 ; ainsi que la vue presque entière du magnifique parc des Buttes-Chaumont.

Là, se disait-il, il aurait le loisir de se plonger dans ses rêveries sur la méditation des travaux de menuiserie et de tous ouvrages exécutés dans sa profession qui, dit-il, à haute et intelligible voix, sont tellement hideux, que le seul moyen d'y remédier, c'est de ne les considérer qu'avec dédain.

1. Devenue maison Dufayel.

Il n'avait pas absolument tort en laissant à leurs auteurs toute la responsabilité morale, tout au moins, de pareilles défectuosités. C'est effectivement une question trop importante et surtout trop délicate pour se prononcer en toute équité ; d'autant que l'esthétique de Petit-Pierre ne faisait que commencer à se former.

Voilà le pourquoi de sa réserve. Cependant il lui semblait que les architectes seraient suffisamment qualifiés pour, au nom de l'art de façonner le bois, mettre un frein à ce goût déplorable, à ce mauvais état de choses !

Oui, vivre dans l'art, dans la recherche incessante du beau ! Dans l'étude constante du vrai ! Ce serait là, lui semblait-il, la seule et unique route à suivre : s'inspirer fortement des grands maîtres qui nous ont précédés et qui ont illustré notre métier. Méditer sur toutes les œuvres, quelles qu'elles soient et où qu'elles se trouvent ! afin d'en pouvoir saisir l'esprit dans leur conception.

Ce serait à son avis le moyen de sortir triomphant de cette ornière de décadence qui semble servir les incapables qui osent s'intituler : entrepreneur de menuiserie ou fabricant de meubles de style...

En agissant ainsi, on verrait avec quelle sûreté de nombreux artisans apporteraient, dans leur composition, des projets empreints d'un caractère de plus en plus élevé, de plus en plus artistique, venant mettre un terme au mercantilisme actuel.

Telles étaient les réflexions de Petit-Pierre, quand tout à coup, sortant de sa torpeur, il s'écria de nouveau : Il se peut que des esprits présomptueux se trouveraient offusqués de voir que l'étude acquise pousse l'imagination des individus à sortir de la *routine*.

Il y en a peu, en effet, qui se donnent la peine de faire effort pour sortir de cette routine séculaire. Cela dans toutes les couches sociales.

Cependant ce serait la seule route à suivre pour arriver à concevoir des œuvres intéressantes qui n'exclueraient pas les sentiments de beauté dans toute leur splendeur !

De cette façon, on ne verrait plus sortir, des vastes ateliers de menuiserie, des ouvrages ou des meubles de *bazar* comme on en voit de nos jours.

Ce serait la renaissance du beau dans tous les ouvrages dignes alors de tous les éloges de cette phalange d'artistes et d'artisans qui ont appartenu à notre corporation !...

Il ne peut y avoir que des sots ou des orgueilleux pour prétendre savoir quelque chose, faire œuvre durable, sans s'appuyer sur les travaux des générations précédentes.

Quel est, en effet, l'être humain assez fat pour oser prétendre qu'il n'a besoin du concours de ses semblables pour œuvrer utilement.

Les germes de philosophie sociale que couvait l'esprit de Petit-Pierre, à son insu, se développaient assez rapidement, le lecteur a déjà pu le constater, parce qu'il avait l'imagination ardente et en même temps poétique. Ce qui faisait de lui un être, en quelque sorte, assez réservé.

Aussi, par son enthousiasme, il touchait aux plus hautes questions professionnelles, économiques, sociales et humaines, sans se rendre un compte exact qu'elles étaient, ces questions, comme des cimes voilées, où son rêve constamment le portait.

DEUXIÈME PARTIE

X

UN CABARET HISTORIQUE

> Le véhicule de la pensée moderne, de l'évolution
> intellectuelle et morale, est la partie qui peine,
> qui travaille et que l'on opprime.
>
> ÉLISÉE RECLUS.

Ici, il n'est pas inutile d'esquisser à grands traits
la biographie de certaine personnalité qui fréquentait chez le cabaretier Paul Rousseau[1]. Celui-ci, natif
de Neuville-au-Bois (Loiret), était un ancien ouvrier
mécanicien devenu un habile ajusteur à la maison
Perrin, où il séjourna pendant de longues années,
ce qui lui permit de réaliser quelques économies.

Mais, *d'indépendance absolue*, il abandonna son
métier pour aller s'établir à Orléans où il monta
une fabrique d'outillage pour verriers, ainsi que
tout ce qui concerne celui propre aux professions
du bâtiment tels que : maçons, plâtriers, tailleurs
de pierres, couvreurs, etc.

Quelques années plus tard, il vint à Paris s'établir marchand de vins, au 131, de la rue Saint-Martin, angle de la rue de Venise.

Là, fut le rendez-vous des meilleurs militants de

1. Voir photo, page 137.

toutes les corporations, en même temps celui de la fraction la plus avancée de la démocratie sociale. tels que les anciens combattants du mouvement communaliste de 1871, après l'amnistie qui eût lieu en 1879.

Le citoyen Viard.

C'est là que Petit-Pierre connut le citoyen Viard, délégué au commerce, sous la commune de Paris; puis Camélinat. le préposé à la monnaie ; ainsi que Albert Goulé, Mortier, Constant Martin, autres membres actifs de la commune insurrectionnelle ; puis le savant géographe Elisée Reclus, les poètes Eugène Pottier, auteur de l'*Internationale*, Jean-Baptiste Clément, l'auteur de la délicieuse chanson des cerises. Sans oublier cet autre poète, le vaillant lutteur Constant Marie, dit le « Père La Purge », ancien com-

Henri Mortier.

battant et blessé le 4 mai 1871, puis fait prisonnier

le même jour. C'était un poète populaire, au souffle
mâle et puissant, dans sa *Muse Rouge!...* Ce qui lui
valut son surnom de « Père La Purge », fut la
création d'une poésie où il est dit :

> *Je suis le vieux « Père La Purge »,*
> *Pharmacien de l'Humanité,*
> *Contre sa bile je m'insurge*
> *Avec ma fille Egalité !*

Dans la *Muse Rouge* de ce poète, qui est au fond,
un poète aussi doux que farouche, se trouve ce
poème merveilleux :

I

> *Rêvant, j'ai vu dans une aurore*
> *Une femme au regard puissant,*
> *Qui pleurait comme un météore*
> *Sur une mer aux flots de sang.*

Refrain :

> *C'est la Muse Rouge*
> *Qui sort du sommeil ;*
> *C'est la Muse Rouge,*
> *Gare à son réveil.*

II

> *Les cordes qui montaient sa lyre*
> *Provenaient des boyaux tirés*
> *De la tripaille d'un gros sire,*
> *Pendeur de braves inspirés.*

III

> *Sur l'instrument comme un tonnerre*
> *Les doigts sanglants faisaient vibrer*
> *Des sons de par toute la terre,*
> *¹ crus que tout allait sombrer*

IV

Soudain de l'un à l'autre pôle
Je vis d'innombrables soldats
S'entretuer, c'était leur rôle,
Un sot orgueil guidait leurs pas.

V

Après ce barbare carnage,
Paraît l'anarchie au grand jour
Faisant partout, sur son passage,
Œuvre de justice et d'amour

VI

Pour fêter sa lumière blonde
Autels et trônes sont en feu,
Le peuple autour danse à la ronde,
L'autorité n'est plus qu'un jeu.

VII

Drapeaux et codes par les foules
Au sein des bûchers sont jetés,
Temples, casernes, prisons croulent,
Sous le vieux pic des révoltés.

VIII

Sur l'emplacement des frontières,
Au mépris des rois et de l'or,
Tous les humains deviennent frères
L'homme affranchi pour son essor

IX

Enfin le vieux monde succombe,
Les penseurs torturés jadis,
Sur son universelle tombe
Font de la terre un paradis.

X

Bien que ceci ne soit qu'un songe,
Tremblez repus du capital,
Car de la soif d'or qui vous ronge
Peut naître, un jour, ce coup fatal.

La vie de ce poète, fils de garçon de ferme, fut

des plus mouvemen-
tée. Il n'avait que
sept ans lorsqu'il
perdit sa mère. Sitôt
sorti du nid pater-
nel, la maison lui
fut interdite.

De sorte qu'il fut,
à l'exemple de nom-
breux orphelins de
la classe proléta-
rienne, *contraint*
d'exercer douze
métiers! Treize mi-
sères ! comme on
dit.

D'abord marin-pê-
cheur; ensuite gar-
çon' maçon ; puis
employé à la raffi-
nerie Lebaudy où il
travaillait quinze

Elisée Reclus (p. 466).

heures par jour pour le prix dérisoire de *quatre*
francs cinquante !

Sans aucun doute, on profitait de son manque
d'apparence pour l'exploiter sans vergogne ! Comme,

10

malheureusement, cela arrive à beaucoup d'enfants du peuple !...

Etant donné sa petite taille, il trouvait difficilement à s'embaucher. Un jour il lui arriva d'être arrêté au Havre, comme vagabond, à bout de ressources qu'il était, sans, pourtant, avoir commis le moindre larcin.

Sans appui d'aucun côté, il arriva néanmoins à se débrouiller seul, mais au prix de quels sacrifices ! Malgré son manque d'instruction, il devint poète populaire, assez estimé, par sa seule et libre volonté, en fréquentant les bibliothèques, car il était d'une sobriété extrême.

Cela prouve surabondamment, pour la partie pensante et agissante du sociologue, que la vie intellectuelle est supérieure à la vie purement matérielle !...

Cependant, il ne faudrait pas que le lecteur se méprenne sur la personnalité de ce GUEUX POÈTE ! qui semble si barbare dans sa *Muse Rouge*. Car il est aussi génial, aussi humanitaire que le grand poète lyrique Hugo.

Voyez plutôt cet admirable poème de douceur et d'amour, lequel fait contraste à sa *Muse Rouge* plus haut reproduite. Celui-ci a pour titre *Le Printemps*. Il peut se chanter sur un air de chasse.

I

Les bois sont verts, la nature est en fête,
L'air embaumé du parfum des buissons
A ranimé la Muse du poète,
Au gai refrain de ses folles chansons.

Refrain :

La jeune fille,
Sous sa mantille,
A dans le cœur de doux frémissements.
Et sans malice
L'œil en coulisse
Lance des feux, qui charment les galants.
Le vieillard renouvelle,
Sous la verte tonnelle,
Sa gaîté sous le feu
Des glous-glous du petit bleu.
Allons sur la mousse,
Le zéphir nous pousse
Par tous les sentiers,
Gais aventuriers.
Avec nos maîtresses,
Goûter les ivresses
Des baisers troublants,
C'est le gai printemps

II

Dans les vallons tout renaît à la vie
Le sol brille de ses mille couleurs,
L'abeille sort de sa ruche, ravie,
Pour s'enivrer au calice des fleurs.

III

Dans tous les cœurs, même les plus austères,
Cupidon passe, avec des traits nouveaux,
Le Coucou chante à nouveau les mystères
Des fronts parés d'attributs conjugaux !

IV

Les blonds bambins parmi les pâquerettes
Aux papillons commencent à jaser,
La tourterelle en son nid de branchettes
Offre à l'amour son plus tendre baiser

V

Quand vient le soir, les mignonnes fauvettes,
Aux rossignols, cèdent leurs chants joyeux.
Les amoureux, pour parler d'amourettes,
Furtivement s'isolent deux par deux.

Ce brave et vaillant lutteur, qu'était Constant Marie, s'est éteint sur un lit d'hôpital dans les premiers jours du mois de juillet, en l'an de grâce 1910.

Le poète Constant Marie.

Hélas, c'est le sort qui est réservé à beaucoup des nôtres que rien, ni la prison, ni la misère, pas plus que les maux physiques n'ont pu décourager de leur vaillance.

Mais bien rares, cependant, se trouvent ceux de la trempe de Constant Marie, dit le Père la Purge, que l'auteur de ce livre a bien connu et a su apprécier à sa valeur.

Il a donc le droit de le donner en exemple aux militants et à tous ceux qui luttent pour la cause de l'affranchissement de l'humanité.

Revenons au cabaret tenu par Paul Rousseau, où Petit-Pierre fit connaissance avec les citoyens :

Jules Guesde ; Paul Lafargue ; Prudent Dervilliers ;
John Labusquière ; le Dr Susini ; Prolot ; Dereure,
le cordonnier ; le père Gaillard ; Victor Considérant,
l'un des survivants des *journées de juin 48* qui, en
même temps, était phalanstérien. C'est avec toute
cette phalange de la *Démocratie sociale* que Petit-
Pierre suivait, mais de loin. Alors qu'il se lia
davantage avec Emile Pouget, le peintre Luce, et
quantité d'autres personnalités qui fréquentaient

chez le bon Paul, tant
celui-ci était *agréable
par nature, doux par
caractère, et droit par
tempérament.* Aussi
avait-il l'estime de tous
ceux qui l'appro-
chaient !...

Petit-Pierre fit égale-
ment connaissance de
cette femme admirable
dont la vie fut toute de
sacrifices, de bonté et
de dévouement pour la
cause sociale ! Nous

Louise Michel.

avons nommé Louise Michel. Femme d'abnégation que des adversaires de mauvaise foi surnom-
mèrent par dérision : « La Vierge Rouge ». Elle, qui
allait jusqu'aux gémonies pour donner du pain aux
opprimés !... Aussi, le peuple du Travail de Paris
et de la banlieue montra, malgré les calomnies
basses et intéressées de la presse à tout faire, qu'il
savait reconnaître les siens, en conduisant à sa
dernière demeure celle qui avait toujours défendu

10.

sa cause, autrement dit celle de l'humanité. Ce
jour-là, plus de *cent mille personnes suivaient le
convoi ;* toutes pleuraient en signe de recueillement et de sympathie. C'était une réponse à l'adresse
de ses calomniateurs.

Ce fut là encore que Petit-Pierre eut l'occasion de
lier connaissance avec l'ancien chef de la Commune

Les funérailles civiles de Louise Michel.

de Narbonne : le courageux et indomptable Emile
Digeon, qui apostropha en ces termes les officiers
composant le Conseil de Guerre, devant lesquels il
comparut : « Jamais je n'ai puisé dans des caisses
d'ordre privé. Je m'inscris en faux contre une
pareille accusation. Mais, en revanche, j'ai ordonné
le pillage des caisses publiques. Et si vous ne me
condamnez, dès que je serai libre je recommence-

rai. » Cette attitude énergique et sincère lui valut
son acquittement. Les débats de ce procès eurent
lieu à Rodez (Aveyron).

Chez Paul Rousseau, fréquentait également Jean
Grave, Pierre Kropotkine puis aussi un ancien
soldat de la commune que les Versaillais croyaient
avoir fusillé lors de la grande hétacombe des journées de mai 1871,
le citoyen Benja-
min Barré, ouvrier
scieur. Lui-même va
nous raconter les pé-
ripéties de son exé-
cution. Et à titre do-
cumentaire, nous re-
produisons l'article
paru dans le *Mer-
cure de France* du
numéro du 16 mars
1909, sous le titre
de : *Souvenirs d'un
fusillé*, lequel est
l'ami personnel de
Paul Rousseau et

Pierre Kropotkine.

aussi de l'auteur de ce petit roman d'éducation
civique.

« Le 10 mai 1871, à 9 heures du matin, dit Barré,
le vingt-deuxième bataillon de la Commune était
passé en revue par Lefrançais et Gérardin, membres de la Commune pour le quatrième arrondisse-
sement. Après nous avoir inspectés très sévère-
ment, Lefrançais nous fit un petit discours dans
lequel il nous dit que la Commune, sans être en

danger, avait besoin d'un effort de la part des bataillons et qu'il comptait sur le vingt-deuxième, qui n'avait pas encore été au feu, pour se distinguer. Ce bataillon, plutôt réactionnaire, et qu'on appelait « le bataillon des bottes cirées » se composait de deux compagnies qui formaient un effectif de soixante-dix hommes environ, je faisais partie de la compagnie commandée par le capitaine Denis, lieutenant Michaux. Quant aux autres officiers, je ne me souviens plus de leurs noms. Le bataillon était sous les ordres du commandant Noro, artiste peintre, qui montait ce jour-là sur un cheval jaune assez petit. (J'insiste sur la taille du cheval pour des raisons qu'on comprendra dans la suite.)

« A onze heures du matin, nous étions sur la place du Châtelet, au pied de la fontaine. On nous fit mettre en rangs, je pris congé d'un de mes frères et d'un employé aux Chemins de fer de l'Est qui, en allant prendre son service, avait tenu à nous accompagner, mon frère et moi. Nous nous embrassâmes tous les trois et l'employé partit.

« Quand le bataillon fut formé, nous traversâmes la Seine sur le Pont-au-Change et le pont Saint-Michel, et remontâmes le boulevard Saint-Michel jusqu'au haut du Luxembourg. Là, nous fîmes une nouvelle halte. Nous sortons nos provisions de nos sacs et déjeunons de bon appétit : pour toute boisson, un verre d'eau. J'insiste sur ce petit côté de notre menu, car on a prétendu, depuis, que les gardes nationaux qui servaient la Commune étaient des ivrognes. Le repas fut vite expédié. Après, nous nous reposâmes au soleil. Nous nous étions assis sur le trottoir de l'Avenue de l'Observatoire, où plusieurs d'entre nous s'endormirent. Mon frère et moi nous fûmes de ceux-là.

« Vers cinq ou six heures, on sonna le rappel. Nous reformons nos rangs et nous voilà repartis. A la porte de Vanves, nouvelle halte. Nous formons les faisceaux et nos officiers nous laissent libres de faire ce que nous voulons. Mon frère et moi allons sur les bastions voir tirer les conscrits. Mais après être restés environ une heure à cet endroit, on nous fit redescendre, car les obus éclataient de tous côtés. Nous redescendons dans la rue de Vanves, toujours dans Paris. Dans la rue, je rencontre le citoyen Henri Mortier, membre de la Commune pour le XIe arrondissement. Nous nous serrons la main. Je lui demande s'il savait où nous allons. Il me ré-

Le citoyen Barré.

pond qu'il était sur le point de me poser la même question ; il ajoute : « De ce côté, de Vanves ou d'Issy, il y avait beaucoup à faire pour nos troupes. » Cependant nous savions par « on-dit » que les forts de Vanves ou d'Issy étaient au pouvoir des Versaillais. Il faisait très froid. Mortier, mon frère et moi nous allâmes prendre un bouillon chez un marchand de vin. Mortier reprit ensuite place dans sa voiture, qui était celle du bourreau de Paris, M. Heindrec, et qui était conduite par un artilleur de la Commune. Mortier parti, nous allâmes, mon frère et moi, voir où était notre compagnie. On nous dit qu'il n'y avait pas d'ordre encore et que nous pouvions nous envelopper dans nos couvertures et dormir si nous le voulions. Nous cherchons un endroit pour nous étendre, nous entrons dans une poudrière abandonnée, mais le lieu était si sale que nous préférâmes dormir dehors. Nous étions gelés. J'avais déjà eu bien froid au cours du siège, mais il me semble que je n'ai jamais eu aussi froid que cette triste nuit. Nous fûmes contents quand on sonna le rappel. Nous nous empressons de rejoindre nos camarades, car nos officiers nous disent que nous allons à Vanves occuper le pays. Nous reformons les rangs, mais il y a des manquants. Nos officiers prennent la tête de la colonne et nous nous présentons à la grille de la porte de l'enceinte.

« Là, des officiers que nous ne connaissons pas nous firent défiler devant eux deux par deux. On nous compta comme des moutons. De l'autre côté de la porte on nous recommanda le plus grand silence. Nous nous formons en file de chaque côté de la route, les officiers et les sous-officiers suivent le milieu. Nous voilà de nouveau partis. Notre commandant à cheval est en tête. Nous passons sous la voûte du Chemin de fer de l'Ouest. A cet endroit la route forme un coude. Passé ce coude nous sommes en plein champs, mais toujours sur la route. A deux ou trois cent mètres plus loin, nous sommes arrêtés par une barricade de sacs et de tonneaux pleins de terre. Il n'y a personne derrière, mais impossible de passer. Notre commandant descend de cheval et nous ordonne d'escalader la barricade. Quant à son

cheval nous l'enlevons comme un paquet et nous le
faisons passer lui aussi, par-dessus. De l'autre côté
la route était libre. Les coups de feu partaient de
tous côtés à une certaine distance, mais nous
n'étions pas dans la ligne du tir. Nous nous reformons en file et nous repartons.

« Nous étions sortis de Paris vers minuit, il était
maintenant à peu près deux heures du matin. Plus
loin deux autres barricades, celles-là entre des
murs bordant l'entrée de Vanves. Nous les escala-
dons comme la première. Nous allons toujours en
avant, laissant Vanves sur notre droite. La route
descend assez à cet endroit. Trois cents mètres plus
loin, quatrième barricade, silence complet. On
entend tirer tout près ; nous sommes à côté, je tou-
che les pavés ; je m'apprête à monter, quand j'entends crier : « Qui vive ? » Vingt-deuxième, commune, répond le commandant et il saute à bas de
son cheval. Mais au même instant une décharge
passant à travers les pavés jette le désarroi dans
nos rangs. Le cheval du commandant tombe criblé
de balles, je me vois pris sous son corps. Mes camarades battent en retraite, en courant, par la route où
nous étions venus. Je me dégage comme je peux et
essaie de m'enfuir. Les décharges des Versaillais
continuent... j'abandonne la route et monte sur le
côté, car la route est en remblai. Je me crois sauvé,
car on tire toujours sur la route. Je cours à travers
un champs d'avoine, tenant mon fusil par le canon.
A chaque instant la crosse vient me battre les jam-
bes. Il faisait nuit noire ; je ne vois pas un sillon,
je trébuche et je tombe. Je reste un instant immo-
bile ; je prête l'oreille. J'entends des voix. L'une dit

« Nous sommes pris, ne bougeons pas où nous allons
être fusillés comme des lapins. » Je cherche à voir
qui cause ainsi ; je retire mon sac et mon ceinturon
et rampe jusqu'au bord du champ qui surplombe la
route ; j'aperçois une dizaine de mes camarades et
la jeune fille qui était notre ambulancière au
milieu. J'appelle à mi-voix. L'un de mes camarades,
nommé Rondeau, m'aperçoit, me reconnaît, et me
dit : « Nous sommes onze, nous allons nous défendre
si les Versaillais viennent. » Je lui dis : « Je reviens
vous retrouver, je vais chercher mon sac et mon
ceinturon qui sont à une vingtaine de mètres. Atten-
dez-moi. » Au moment où je me retourne pour aller
à l'endroit où j'avais laissé mon fusil, j'aperçois des
soldats de la ligne formant un grand cercle qui se
refermait lentement sur nous. Je dis à mes camarades : « Nous sommes pris. » De la route ils ne
pouvaient voir ce qui se passait sur la hauteur où
j'étais. Je me lève et crie aux soldats : « Ne tirez pas,
nous ne résisterons pas. » « Jetez vos armes », me
crie un sergent. Je n'en ai pas, lui répondis-je, elles
sont à vos pieds. Il venait en effet du côté où je les
avaient laissées.

   « A ce moment le jour commençait à poindre.
Il pouvait être cinq heures du matin. Mes camarades, poussés par les soldats venus par la route,
étaient maintenant près de moi. Jusque-là, aucun
officier Versaillais n'était apparu. Il en vint un,
un jeune lieutenant, qui dit aux soldats : « Ne
faites pas de prisonniers, tuez-les tous comme des
chiens ». Lui se tenait dans l'encastrement d'une
porte cochère et chargeait son revolver. Pendant
ce temps je crois que nos camarades cherchaient

à nous retrouver, car ils balayaient la route de
balles.

« Aux paroles du lieutenant versaillais, les soldats nous rassemblèrent en tas et, se reculant environ
à deux mètres, ils chargèrent leurs chassepots.
La jeune fille qui était avec nous se jette à terre et
leur dit : « Ne nous faites pas de mal, nous sommes
prisonniers ». Au même moment, elle tombe en
arrière, la poitrine percée de balles. Le sang coule à
flots. Je la reçois dans mes bras et le poids de son
corps m'entraîne. Je tombe à genoux. En même
temps, je sens comme l'effet d'une bourrade. Je ne
souffre pas, mais la secousse me fait tomber sur le
talus de la route, la tête en bas. « Je suis blessé »,
me dis-je. Je porte la main à mon cou et la retire
pleine de sang. Celui-ci coulait abondamment. Je
me sentis comme engourdi ; il me semblait que les
Versaillais rentraient sous terre ; je les voyais diminuer, diminuer, enfin je perdis connaissance.

« Quand je rouvris les yeux, le soleil était déjà
haut. Il était peut-être dix ou onze heures du matin.
La première sensation que j'éprouvais fut la surprise. Le soleil m'éblouit. J'essayai de prendre une
position plus commode ; j'étais en effet tombé la tête
en bas, comme je l'ai dit plus haut. Je tentai donc
de me retourner sur le côté. Cela me fut impossible.
Le sang desséché dans mes vêtements, d'abord, et
puis la faiblesse m'en empêchait. Enfin, en rassem-
blant toutes mes forces, je parvins à me mettre sur
le ventre. Je grimpai le talus et restai un instant
suffoqué à la vue des cadavres de mes dix camarades qui gisaient pêle-mêle, les uns les bras en
croix, les autres couchés sur le ventre. Je remarquai

11

que ceux qui étaient couchés sur le dos, et dont je
pouvais voir la figure, avaient de grosses mouches
noires dans le coin des yeux et la figure presque
bleue. Cette vue accrut mon désir de fuir ces lieux.
Je fis encore un effort, et je me trouvai dans un
champ d'avoine où, quelques heures auparavant,
j'avais laissé mon sac et mes armes.

« Je réfléchis un instant à ce que je voulais. Je
décidai d'abord de fuir le soleil. Une soif ardente
me faisait horriblement souffrir. Au bout du champ
fermé des deux côtés, j'aperçus de l'ombre au coin
du mur, je résolus de m'y traîner. Avec des efforts
surhumains je rampai comme un chien de ce côté.
Je mis un temps que je ne puis calculer à me rendre
ainsi à l'ombre. Une fois là, je me demandai ce que
j'allais devenir, j'entendais toujours la fusillade,
mais sans voir personne. Je m'endormis et m'éva-
nouis une seconde fois.

« Le soir, à la brume, la fraîcheur me ranima. Je
n'entendais rien, sinon la canonnade, au loin, et, de
temps en temps, des obus qui sifflaient au-dessus
de ma tête. Mais j'y étais habitué et je ne m'en
inquiétais pas. J'attendis longtemps en faisant de
tristes réflexions ; je songeais à ma famille, à mon
frère Léopold, que j'avais laissé le matin. Où était-
il ? prisonnier ? blessé ? mort, peut-être ? Le temps
passait, mais lentement. J'attendais la mort, elle ne
vint pas.

« La soirée s'avançait, je commençais à m'assou-
pir, quand j'entendis des voix d'hommes. L'une
disait: « N'y va pas. »

« L'autre répondit : Laisse donc, je veux aller
voir ce qu'il « y a là-bas ». Puis je vis une jambe

passer par une brèche du mur derrière lequel j'étais
abrité et un homme courir à travers le champ où
s'était passé le drame du matin. Je criai : « Halte,
Monsieur ! ». L'homme s'arrêta brusquement en
regardant autour de lui. « Par ici », criai-je, aussi
fort que je le pus. Alors l'homme vint dans ma
direction. En me voyant couché dans le coin, le plus
près possible du mur, il me dit : « Qui êtes-vous ?
Que faites-vous ici ? » Je lui répondis : « je suis garde
national et suis blessé ! » « Ah ! mon pauvre ami »
me répondit-il « ne bougez-pas, ne criez-pas, les
Versaillais sont dans toutes les maisons qui nous
entourent. Je vais faire le nécessaire pour vous tirer
d'ici, attendez un peu. » Il part et revient bientôt
avec d'autres personnes au nombre desquelles une
femme dont je me souviendrai toute ma vie : blouse
en toile blanche, pantalon de même. Elle vint près
de moi et me dis : « Ne bouge pas, on va te cacher,
et aussitôt qu'on pourra on viendra te chercher. »
On me couvrit avec des sacs vides. Les gens repar-
tirent et dans la nuit vinrent me prendre.

« Ils me passèrent par la brèche du mur et me
conduisirent dans une maison d'apparence assez
bourgeoise. Là, on déploie un canapé pliant, on
m'installe dessus et on essaie de me déshabiller,
mais je souffrais, mes membres étaient raidis par
la fraîcheur de la nuit. Enfin on décide de couper
mes vêtements avec un couteau, et j'entendis dire
par une voix de femme : « Allez enterrer ces vêtements dans le jardin et si les Versaillais voient ce
blessé, on leur dira qu'il a été blessé, par un acci-
dent, dans les champs. » Quand je fus déshabillé,
cette femme me lava avec de l'eau et du vinaigre.

j'entendis encore qu'elle disait: « Va, mon vieux, tu n'as pas grand mal, tu as un petit trou où je ne peux pas seulement mettre mon petit doigt. » Je ne me rappelle pas autre chose. Je passais deux ou trois jours dans cette maison. Je ne me souviens de rien; j'avais le délire, je l'ai su plus tard par cette charmante femme. Que de souvenirs me rappelle son nom! En racontant ceci, je pleure, car je ne l'ai

Alphonsine Berganau.

revue qu'une fois et, quelques mois après elle mourait. J'ai appris à mes enfants à aimer son nom. Elle s'appelait Alphonsine Berganau et était sage-femme à Vanves, 23, rue Normande. Je la vénère au point que, depuis 37 ans, je porte toujours sur moi une photographie qu'elle me remit à la seule visite qu'elle me fit sur mon lit de douleur.

Elle était accompagnée d'un lieutenant Versaillais. J'étais alors soigné chez mes parents au milieu de ma famille près de mon frère Léopold qui, à la suite de ma disparition, avait été trois jours comme un fou, voulant retourner aux barricades pour se faire tuer. Mon retour à l'ambulance parvint seul à le calmer.

« Deux jours après mon exécution, si je puis

parler ainsi, on avait prévenu à Paris que j'avais
été recueilli et que j'étais soigné à Vanves. J'eus la
la visite d'un chef ambulancier de la commune. Il
me demanda où je demeurais et le numéro de mon
bataillon. Il partit, mais revint bientôt après avec des
brancardiers. Il réquisitionna une charrette et un
matelas ; on me mit dans la voiture et : « En route
pour Paris ».

« Ce n'était pas loin, Dieu merci, car le voyage
était bien pénible pour moi. Les cahots de cette
guimbarde me faisaient horriblement souffrir. On
entra par la même porte que celle pas où j'étais
sorti le 11 mai. Je ne me souviens pas par quel chemin
l'on prit, mais je me souviens qu'à partir de l'avenue
d'Orléans la voiture dut passer sur les trottoirs.
En traversant chaque rue, le choc des pavés me
secouant trop fort, mes brancardiers soulevaient
la voiture et la portaient sur le trottoir opposé.
En passant devant l'ambulance du Luxembourg,
on voulut y entrer pour me soigner. Je refusai
en disant que je demeurais à la Bastille, où il
devait y avoir une ambulance. Le chef acquiesça
à ma demande et nous repartîmes. Le temps que
nous avons mis pour arriver jusqu'au Pont-Marie,
je l'ignore.

« Là, notre voiture s'était arrêtée sur le pont et
l'on cherchait l'ambulance la plus proche, quand
une femme que je ne connaissais pas s'écria : « Mais
c'est le fils Barré qui est là, on le croit mort chez lui,
portez-le donc à l'ambulance de la rue Charles V,
c'est à deux pas de sa maison ». Il s'était formé un
rassemblement autour de la voiture, des gens me
reconnaissaient ; enfin nous repartons et j'arrive à

l'ambulance en même temps que ma pauvre mère,
qui était déjà en deuil.

« Je fus bien accueilli à cette ambulance. Les
médecins accoururent aussitôt près de moi. On posa
mon matelas sur le parquet d'un grand salon où il
y avait déjà trois blessés. L'un de ces derniers
s'écrie : « Tiens c'est Barré ! » C'était un garde
national de ma compagnie, nommé Dumont, qui
avait été blessé légèrement par la décharge de la
barricade qui nous avait tous surpris. Les sœurs se
mirent en devoir de me laver ; on me pose sur un
lit et les médecins m'examinent : ils ne me décou-
vrent qu'une blessure, mais reconnaissent immédiatement qu'elle est grave. L'un d'eux, le docteur
Le Maguet, qui fut depuis député d'Auray, déclare :
« Il n'y a rien à faire, emportez-le dans une pharmacie, que les autres blessés ne le voient pas ». On
essaie de me faire passer dans cette pharmacie, mais
il fallait passer par un couloir étroit, je criai que
cela me faisait mal et on me remit sur le lit. Un des
médecins, que je puis appeler mon sauveur, le docteur Desarnault, m'examina encore et dit : « Enfin
cet homme est jeune, et plein de santé, il faut faire
quelque chose ». Avec l'aide d'une sœur et de ma
mère, il me fit un pansement que, depuis, il renouvela jusqu'à ma guérison.

« Entré le samedi 13 mai à l'ambulance, je dus en
sortir le jeudi 25, après douze jours de bons soins.
Voici dans quelles circonstances. Les troupes de
Versailles étaient rentrées dans Paris le dimanche 21,
et s'étaient emparées successivement des divers
quartiers depuis Neuilly jusqu'à l'Hôtel de Ville.
Elles se rapprochaient du quartier de la Bastille, où

se trouvait mon ambulance. Dans la nuit du mercredi 24 au jeudi 25, les troupes cantonnaient dans la rue Charles-V. Vers le matin un capitaine de la ligne entra brusquement dans le salon où nous nous trouvions et, s'adressant à la sœur supérieure, qui était près de nous, il lui dit : « Madame, vous avez ici des blessés ». — « Oui, Monsieur ». — « Qui sont-ils ? » — Je n'en sais rien ». — « Ce sont des fédérés ». Monsieur j'en ai des vôtres aussi, je les soigne sans distinction et je crois faire mon devoir ». — « Ma sœur, nous ne sommes pas des sauvages, nous les fusillerons tous. Dieu séparera les bons des méchants ». Il sortit en ajoutant : « Avez-vous du bouillon pour moi et du bois pour mes hommes ? » Nous devions le revoir bientôt, mais blessé à mort par un coup de fusil parti d'une boucherie qui se trouvait et se trouve encore en face la rue Charles-V, rue du Petit-Musc. Il mourut au pied de mon lit.

« Avant qu'il ne revînt dans cet état, le médecin-major de son régiment monta à son tour dans la salle où venait de se passer cette scène. Il dit à la sœur : « Ma sœur, je vous en prie, faites évacuer vos blessés par n'importe quel moyen ». Elle lui répondit : « Mais je ne puis portant pas envoyer ces pauvres enfants à la mort ». Enfin elle nous dit : « Mes amis, vous savez que le grenier d'abondance est en flammes, l'incendie vient par ici, il faut que vous partiez ». Mes frères Léopold et Adrien, qui étaient employé à l'ambulance, ainsi que ma mère, s'en allèrent chez nous et rapportèrent tous les vêtements civils qui s'y trouvaient. Je dois dire qu'il y en avait pas mal, car chez mon père nous étions dix enfants, dont neuf garçons : le plus jeune avait

onze ans. Les vêtements apportés à l'ambulance
servirent à habiller tous ceux qui pouvaient marcher. Que sont-ils devenus, les pauvres diables ?
fusillés en route, je présume, car jamais nous n'en
avons revu un seul et pourtant ils avaient bien promis de venir nous voir et de rapporter nos vêtements. Quant à moi, on me mit sur un bran-
card, et mes deux frères Léopold et Adrien, aidés
de mes deux voisins, me transportèrent à la maison où nous demeurions, 9, rue des Lions-Saint-
Paul.

« Il était six heures du matin. Il pleuvait. Je
tenais un parapluie dans mes mains. Au coin de la
rue Charles-V et de la rue Saint-Paul, un sergent
s'approche de nous et demande : « Qu'est-ce que
c'est que cet homme ? « On lui répond : « C'est un
imprudent qui a été blessé en curieux ». Il veut me
découvrir, mais le docteur Desarnault lui dit : « Je
vous défend de toucher cet homme ». Le sergent
allait se fâcher, quand on lui conseilla de me laisser
tranquille, car la foule de voisins et d'amis qui
s'était rassemblée autour de moi menaçait de lui
faire un mauvais parti. Et pourtant tout était à
redouter dans ce moment de pleine bataille. La
Bastille était toujours au pouvoir des Fédérés et
toutes les rues environnantes étaient remplies de
soldats de Versailles qui bivouaquaient.

« Rentré chez moi, je restai quatre mois sur mon
lit de douleur. Un soir du mois de juin, je
me souviens encore qu'il faisait un violent orage,
on frappe à la porte de chez nous, rue des Lions.
Ma mère va ouvrir. A ce moment toute ma famille
était en train de dîner. « Que désirez-vous, Mon-

sieur ? » demanda ma mère à l'homme qui avait sonné. « Je viens chercher Monsieur Barré. »

— « Lequel ? » demande ma mère. — Monsieur Benjamin. » — Mon père s'était levé, il répondit : « Monsieur, mon fils Benjamin est là », et il montra la chambre où j'étais couché « mais vous ne l'aurez pas. Que lui voulez-vous ? » — « Il faudrait que je le conduise à la mairie où l'on a besoin de lui pour un renseignement.

— « Il ne peut y aller, répondit mon père ; si vous avez besoin de prisonnier, je vais aller avec vous. » — Oh ! Monsieur, vous vous méprenez sur moi, je ne suis pas ce que vous croyez. » — Qu'est-ce que font donc les deux agents qui sont là sous la porte ? » demanda ma mère — « Ils ne sont pas avec moi, je ne les connais pas. » — Alors mon père lui dit : « Vous direz à ceux qui vous ont envoyé ici ce que vous avez vu. Il y a huit Barré avec leur père qui empêcheront par tous les moyens qu'on arrête leur fils et frère blessé. Maintenant Monsieur, je suis à vous. » Ma mère donne un parapluie à mon père, qui sort avec l'homme. Les deux agents de police emboîtent le pas derrière eux. On conduit mon père au poste de police, de la rue Geoffroy-Lasnier. Là on le traite de Communard et de mécréant. Il passe la nuit au poste et le lendemain on le conduit au commissaire de police, qui le fit relaxer. Ce commissaire s'appelait Ringenal : C'est à lui que je dois de ne pas avoir été arrêté. Par son ordre, on devait me laisser libre, le docteur Desarnault l'ayant persuadé qu'il me livrerait quand je serais rétabli.

« Le 4 septembre suivant, on put me faire sortir de Paris, j'allais à Vanves chez les parents de ma

11.

bonne Alphonsine Berganau, où je restai un mois.
Un jour le docteur Desarnault vint me dire : Il faut
quitter cette maison, la police sait que vous êtes
ici. » Ma mère vint me prendre et nous ne savons
où aller pour nous soustraire aux recherches poli-
cières, quand j'eus l'idée de me faire conduire chez
mon patron, M. Mourot, demeurant, 21, rue des
Gravilliers. C'était un brave homme. Je reçus chez
lui un accueil cordial. J'échappai là à toute recherche de la police. Il m'arriva même un jour une
aventure amusante. M. Mourot avait invité à déjeu-
ner deux de ses amis, comme lui *francs-maçons*,
l'un brigadier des sergents de ville, l'autre tambour-
major de la garde républicaine. Au cours de la conversation, on vint à parler de cette chasse à l'homme
à laquelle se livrait le gouvernement pour s'empa-
rer de tous ceux qui avaient pris part au mouvement
de la commune. Mon patron me présente alors en
plaisantant à mes compagnons de table, qui furent
bien étonnés de savoir qui j'étais, et l'on but joyeu-
ment au succès de la police.

« Il ne fallait cependant pas encore commettre
d'imprudences comme celle que je commis le soir où
je me risquai à aller coucher chez mes parents. Le
matin, en retournant à ma cachette de la rue des
Gravilliers, un individu s'approcha de moi et me
dit : « Vous ne connaîtriez pas dans cette rue un
M. Barré ? » — Non, lui répondis-je, je ne le connais
pas. — « On m'avait pourtant dit qu'il habitait au
n° 35 de cette rue. » — Cette rue n'a que 27 numéros,
on vous a donc trompé. Je pars. L'homme me suit.
Je prends la rue Saint-Paul ; arrivé au bout de la
rue Saint-Antoine, je me retourne ; l'homme me suit

toujours ; j'entre à un bureau de tabac et je fais une cigarette. L'homme m'attend. Je sors et continue mon chemin. L'homme me suit. Alors, pour le dépister, j'eus une idée heureuse. On ouvrait à ce moment le magasin : *Au Paradis des Dames*, rue de Rivoli, au coin de la rue Malher. J'entre rapidement par la porte donnant rue Malher et sors par celle qui donnait rue Pavée-au-Marais. Je cours dans cette rue et me cache sous une porte cochère. Je restai là longtemps. Je revois mon homme qui, le nez en l'air, cherchait partout où j'étais passé. Il me cherche encore.

« C'était évidemment un policier.

« Avec le temps, je fus tranquille ; il ne se produisit pas de nouvel incident.

« BENJAMIN BARRÉ. »

Ainsi qu'il a été dit plus haut, si l'auteur a reproduit ce récit d'un témoin oculaire de ce grand drame social, c'est d'abord à titre purement historique ; ensuite, afin de démontrer combien Petit-Pierre était heureux de rencontrer, chez le cabaretier Paul Rousseau, ce « rescapé » de la terrible saignée prolétarienne, commise au nom *de l'ordre*, par son représentant le plus autorisé de cette époque si tragique ! Puisque c'est à l'instigation du cynique vieillard Thiers, de sanglante mémoire, premier président de notre Troisième République, qu'elle fut ordonnée ! Car ce fut lui la cause première de cette épouvantable tragédie où 35.000 travailleurs parisiens trouvèrent la mort.

De même, il connut le brave et intègre citoyen Rogeard, également élu membre de la Commune de

Paris, mais qui a refusé de siéger. Ce citoyen a toujours, quoique d'origine bourgeoise, servi la cause des opprimés.

Sous l'Empire, il fut condamné pour avoir écrit un petit pamphlet intitulé : *Les propos de Labienus.*

Bien que depuis plus de vingt années, Rousseau ayant fait cessation de tout commerce, nous pouvons dire que le cabaret historique du 131 de la rue Saint-Martin a cessé avec le départ de son *fondateur* !

Néanmoins, Petit-Pierre se souvient parfaitement que ce fut là encore qu'il connut le frère de Théophile Ferré, l'un des fusillés des poteaux de Satory, qui avait prononcé, à l'adresse des juges versaillais, ces paroles : « Ils veulent ma tête, qu'ils la prennent. Jamais je ne consentirai à une lâcheté pour la sauver. »

C'était, on le voit, le rendez-vous préféré des révolutionnaires impénitents !...

Nous avons vu également que la Chambre syndicale des ouvriers menuisiers en bâtiment du département de la Seine y avait élu domicile. Cette Chambre syndicale avait comme membre un tribun très populaire du nom de Montant, qui, avec quelques autres, eut l'idée de cet important meeting dit « des sans travail », qui eut lieu le 9 mars 1883, et dont la résolution définitive avait eu lieu salle Horel, rue Aumaire. Ayant comme organisateurs et signataires de l'affiche : Cardeillac, le véritable instigateur ; Labat, Montant, Naudet, Tortelier, autant que Petit-Pierre s'en souvient.

Tous ces braves et courageux compagnons menuisiers furent d'abord arrêtés ; ensuite condamnés à quinze jours de prison par des magistrats de la République Française.

Ce fut aussi à la suite de ce meeting que furent arrêtés et condamnés à cinq ans de prison la Bonne Louise et son secrétaire Emile Pouget. Celui-ci arrêté place Maubert, le jour même de la manifestation.

Tous ces souvenirs devenaient précieux pour l'âme audacieuse de Petit-Pierre. Il n'en pouvait être autrement. Ne s'était-il pas habitué à fréquenter librement toute l'élite *pensante et agissante* de la Démocratie ? Ce qui lui permit d'acquérir une indépendance, sinon de situation sociale, tout au moins de cœur et d'esprit. C'était, pour lui, l'essentiel !

XI

ARRIVÉE DE PETIT-PIERRE A LA CASERNE
SON RETOUR A PARIS

> L'homme doit être à la fois homme de pensée
> et homme d'action, et doit produire par le bras
> comme par le cerveau.
>
> JOSEPH DEJACQUES.

Dans la première semaine de Novembre 1878, en rentrant à son domicile, la Concierge remit à Petit-Pierre un pli qu'avait apporté dans la journée un gendarme.

Ce pli contenait, précisément, sa feuille de route, qu'il attendait d'un jour à l'autre. C'était bien à Fontenay-le-Comte qu'il devait aller rejoindre le régiment auquel il était affecté.

Le jour dit, il arriva à la caserne dans un piètre accoutrement ! Il était revêtu d'un pantalon trop court. C'était un pantalon qu'il avait emprunté à son ami Auguste, ne voulant pas disait-il, se revêtir d'effets neufs dont il ignorait le sort en arrivant.

Aussi, étant obligé de le baisser considérablement, il eut recours, pour le rallonger, à une large « ceinture rouge » qui sépare le petit gilet du pantalon. Revêtu d'un bourgeron bleu, il arriva ainsi chez ses parents d'abord ; ensuite, se rendit à la caserne !

Mais, au lieu de s'y présenter à l'heure exacte de la convocation qui était avant midi, il arriva le soir à six heures !

Il fut de suite conduit à la « salle de police. » Là, il fut l'objet d'une certaine curiosité, de la part d'autres bleus arrivés également en retard de quelques heures...

— Eh bien ! mes amis, je débute bien, fait-il à ceux qui étaient déjà là. Je suis bien certain que ce n'est pas de cette façon que nous prendrons goût au métier ?...

— Sûrement non, font les autres qui se trouvaient déjà au nombre d'une douzaine.

— Et dire que l'on prétend que la caserne, le régiment, c'est l'école de la gloire, et, par la discipline, celle de la vertu ! Drôle de gloire ? Drôle de vertu ?...

— Ils eussent bien mieux fait de nous laisser chez nous, à labourer, à cultiver la « bonne » terre ! disent les autres !

— Vous avez raison, camarades, fait Petit-Pierre, au moins nous produirions quelques travaux utiles. Alors que pendant notre séjour, plus ou moins long, nous consommons le produit des autres. Non seulement nous ne produisons rien ! Mais encore nous n'apprendrons rien d'utile au bien-être de l'humanité ! en approuvant l'art de détruire nos semblables.

— Ça débute vraiment bien, camarades ! fait une autre jeune recrue, arrivée trois heures en retard.

Un instant après s'ouvre la porte de « la salle de police » où des jeunes gens, transformés en soldats, apportent, dans d'immenses « gamelles », la soupe pour les prisonniers, qu'ils déposèrent par terre.

— Mais nous n'avons pas de cuillère pour la manger, font la plupart des prisonniers, qui se regardaient d'un air hébété !

— Eh bien ! vous la mangerez avec vos mains, répond le caporal de corvée !

— C'est du propre, lui est-il répondu.

— A la guerre, comme à la guerre, fait un petit Fontenaisien de l'active, qui, s'approchant du « baquet », plonge délicatement ses mains et en retire un morceau de « bidoche ». Que chacun en fasse autant !..

Et tous de l'imiter, en mordant à pleines dents dans le pain que leur avait distribué, en même temps, les hommes de corvée.

Petit-Pierre, en avait pour huit jours de ce délicieux régime...

Le lendemain, au rapport, le colonel « vieille ganache », après l'avoir examiné et fixé une minute, en apprenant qu'il venait de Paris directement, dit : Ça, capitaine Fréville, c'est une tête à surveiller ».

— Bien mon colonel !

Effectivement, il fut, pendant une grande partie de son année, l'objet d'une surveillance particulière des officiers et, même des sous-officiers, entre autres d'un sergent, espèce de petit gommeux, lequel voulait faire du zèle, afin d'arriver à obtenir des galons !

Cette surveillance était telle, qu'à l'habillement qui eut lieu le surlendemain de son arrivée, Petit-Pierre, habillé, comme tous les autres de la deuxième portion, avec de vieux effets des classes précédentes, fut coiffé d'un képi qui ne lui allait pas.

Un matin, à une revue d'équipement, le capitaine
Fréville lorsqu'il arriva à lui, lui dit avec un zézaie-
ment dans la voix :

— Vous vous « azeterez » un autre képi !

— Mon capitaine, fait Petit-Pierre, le gouvernement m'a pris pour un an, il peut, je pense, m'habiller. Car je n'ai pas de moyen, ni mes parents non
plus d'acheter un autre képi !...

Cette réponse offusqua quelque peu le « capiston »
qui lui dit d'un ton bourru :

— Zale troupier, ze vous fous à la prizon, vous
n'en zorlirez pas.

— Merci, mon capitaine.

— Taizez-vous, en attendant, vous aurez huit
« zours » de prizon.

C'est parfait se dit-il, dans son for intérieur. Ça
promet. Ah ! nom de Dieu, fait-il, tout bas, à son
voisin de droite, si j'avais su, sûrement qu'on ne
m'aurait pas eu ? C'est ça le métier de soldat ?

— Patiente, un an sera vite passé, va donc, lui
répond le voisin.

— Tu as peut-être raison, après tout. Car je
m'aperçois, en effet, qu'il ne fait pas bon de « rous-
péter ». Du reste on m'en avait prévenu. C'est égal,
et dire que le colon m'a recommandé au capiston !
pas très avantageusement par exemple ! Quels drôles
de pistolets ? En font-ils une « gueule » tous ces
officiers, qui seraient à gifler, si l'on n'écoutait que
sa conscience.

— Tais-toi, lui fait son camarade, qui appartenait
à l'active, si on entendait tes paroles, ce serait suffisant pour te faire passer au conseil de guerre. Ce
n'est guère la peine !

— Oui ! comme tu le dis, il est préférable de faire
l'imbécile !... Ça ne fait rien, c'est tout de même fort,
de se voir ainsi molester. Bien sûr que je ne ren-
gagerai pas ?

— Ni moi non plus, fait le petit Fontenaisien qui
en avait encore pour quelques mois avant d'être
définitivement libéré. Connais-tu la ville ?

— Pas très bien. Et pourtant j'ai de la famille.
Du moins je le crois !

— Que fait-elle ? Quel est le nom ? l'adresse ?

— Je n'en sais rien te dis-je. Seulement mes
parents qui habitent Saint-Hilaire, lorsque je serai
débarrassé de ma punition j'irai les voir, et j'aurai
tous ces renseignements...

Au bout de quelques semaines, Petit-Pierre res-
pira un peu plus, il commençait à compter les jours
qui lui restaient à faire. Il avait fait aussi, connaissance avec d'autres camarades de l'active dont les
parents habitaient les villages des environs de la
commune où il était né.

Ensemble ils sortaient après la soupe. On se trouvait au mois d'avril. On sentait déjà les premières
effluves du printemps. De sorte qu'il prenait plaisir, avec eux, d'aller explorer les environs de la ville,
qui offraient de merveilleux paysages où rentrait
énormément de poésie tant ils étaient mystérieux
dans leur aspect pittoresque.

Souvent Petit-Pierre s'épanchait, et disait à ses
autres camarades, que jamais il ne pourrait se plier
à cette discipline dégradante, autant qu'humiliante !
Cependant il ferait son possible pour ne pas récolter,
trop de punitions, afin d'éviter le « rabiot » si elles
dépassaient un mois de prison.

Enfin, tant bien que mal, il arriva à la fin de son année, il avait récolté en tout vingt-huit jours de salle de police et de prison, soixante jours de consigne à la chambre. Punition anodine, ce n'est pas porté sur le livret militaire.

Il fut aussi sur le point de passer en conseil de guerre. Cela pour avoir refusé d'accomplir une corvée que lui avait commandé le caporal de chambre.

Ce caporal, il faut bien le dire, était un Landais bête et autoritaire, c'est-à-dire vindicatif. Il avait libellé le motif et descendu dans le bureau du sergent-major, qui, heureusement était un bon garçon de parisien, opposé à ce genre de punition.

Après avoir blâmé fortement l'auteur de ce libellé, il le détruisit de lui-même en disant : « qu'il ne comprenait pas qu'on fit passer un homme en Conseil de guerre pour une vétille. »

C'est donc grâce à l'intervention de ce sous-officier intelligent que Petit-Pierre échappa à une grave punition.

Aussi fut-il heureux lorsqu'arriva l'heure de la libération de la deuxième portion. Le capiston n'étant pas là, on lui remit, comme aux autres, un certificat de bonne conduite!...

De sorte que son passage à la caserne, n'avait en rien influencé ses sentiments civiques, non plus modifié ses études professionnelles qu'il poursuivait sans trêve ni repos.

A ce sujet, il avait emporté par devers lui, son petit Vignole. Donc, on le voit, Petit-Pierre n'avait nullement l'âme, ni l'esprit d'un soldat, pas même celui d'un chauvin !

Il ne comprenait pas, disait-il souvent à ses camarades de chambre, pourquoi on apprenait aux jeunes hommes le « maniement » d'un instrument de mort. Alors que, pour lui, il eut été plus profitable et plus honorable de leur enseigner « les principes de fraternité dans sa beauté la plus pure ! »

Conséquemment, il fut rendu à la vie civile, à la liberté ! Il en profita pour passer quelques semaines au sein de sa famille. avec la résolution de retourner dans « son grand Paris » où il avait l'intention de se fixer d'une manière définitive.

Effectivement, vers la fin de l'année 1879, il était de retour dans la Capitale, où, de suite, il retrouva sa chambre du boulevard Beaumarchais, 79, qu'il avait sous-loué à son ami Auguste, comme lui, professeur de trait, qui avait bien voulu accepter de la lui garder, pendant le temps que durerait son année de service militaire.

Trois ou quatre jours après, il fut embauché chez un patron de la rue Notre-Dame-de-Nazareth. Mais à l'exemple de son ami Auguste, il avait travaillé l'art du Trait, qu'il connaissait autant que lui. Il se décida donc, devant l'insistance de ses meilleurs camarades qu'il avait à peu près tous retrouvé, entre autres le pays Toulousain, à monter un cours professionnel.

C'était le moment propice à la réussite, et certainement il aurait des élèves. Beaucoup se faisaient inscrire à l'avance. Cela l'engagea à chercher un local approprié. Il en découvrit un rue Amelot, près la place de la République...

C'est là qu'un soir, quelques-uns parmi ses meilleurs camarades travaillant dans une bonne petite maison de la rue Charles-V, vinrent trouver Petit-Pierre, pour lui annoncer que leur patron le « père Morel » désirerait avoir un bon contre-maître, connaissant bien le trait.

Mais de caractère plutôt timide, il semblait hésiter à entrer dans cette place. Son hésitation était dûe à son jeune âge. Ses camarades insistèrent si bien qu'il leur promit de se présenter dès le lendemain sur les huit heures, heure à laquelle il était sûr de trouver le patron qui, d'après ses camarades, serait à cette heure à son bureau.

En effet, il se présenta à l'heure dite et fut agréé de suite par le patron qui le pria de venir commencer le plus tôt possible.

— Monsieur, fait-il timidement, si cela ne vous dérange pas trop, je préférerais prévenir mon patron qu'il n'ait plus à compter sur moi à partir du 1er du mois prochain ; alors là, je pourrai venir et me mettre entièrement à votre disposition.

— C'est entendu, jeune homme, je m'arrangerai pour attendre une huitaine de jours, bien que j'aie des travaux assez pressés en ce moment, surtout des plans à faire. Peut-être pourriez-vous faire quelques études chez vous, en attendant le 1er décembre, cela m'avancerait ?

— Ça, c'est possible.

— Eh bien, prenez les plans que voici et vous les étudierez à une échelle plus grande.

— C'est convenu. Je vous rapporterai ces études d'ici trois ou quatre jours.

Et c'est ainsi que débuta Petit-Pierre comme contre-maître à l'âge de ving-deux ans. Du reste, il plut de suite à toute la maisonnée, c'est-à-dire à la

famille de son patron, ainsi qu'à tout le personnel
employé et ouvrier de qui il était connu par son
caractère studieux et réfléchi. Il y avait là Dumont,
un de ses premiers élèves. C'était même par lui
qu'il était au courant des travaux qui s'exécutaient
dans la maison Morel, puis de la douceur du patron.

Tous ces renseignements préalables lui étaient
très précieux, en ce sens qu'il serait moins gêné
pour ses débuts dans l'exercice de ses fonctions !...

En effet, cela se passa admirablement, d'autant
qu'il maniait assez habilement le crayon. Ses plans
étaient perlés, autrement dit faciles à comprendre
par ceux chargés d'exécuter les travaux. Avec cela,
Petit-Pierre donnait d'amples et claires explications chaque fois que les compagnons lui en demandaient.

De même que ses cours étaient très fréquentés.
Au point que tous les menuisiers appartenant, soit
à la Chambre syndicale où lui même était inscrit,
soit à l'Union des Travailleurs du Tour de France,
ou bien encore aux sociétés compagnoniques; tous,
disons-nous, connaissaient l'érudition de Petit-
Pierre qui devint un véritable maître dans l'art
difficile de l'enseignement du trait.

Les architectes, eux-mêmes, étaient émerveillés
des plans qui leur étaient soumis.

Il resta environ deux années consécutives dans
cette maison, de laquelle il retira un excellent certificat de capacité, dont il ferait ou non usage, selon
le cas qu'il jugerait nécessaire.

D'autre part, voulant suivre certaines conférences
sociologues, comme autrefois, il proposa à ses élèves
de ne leur faire que *trois fois* par semaine les cours,

au lieu de *cinq* ; ce serait bien assez, d'autant qu'il en prolongerait la durée. Au lieu de deux heures, ils dureraient deux heures et demie.

Cette proposition fut agréée, sans aucune espèce de difficulté de la part de ses élèves, et permit de la sorte, à Petit-Pierre, de suivre, d'une façon assez régulière, certains cours de haute philosophie que l'on donnait à l'école d'anthropologie, rue de l'Ecole-de-Médecine.

Il tenait à y participer, afin de se fortifier sur les questions sociales. Et c'est ainsi qu'il acquit quelque érudition sur la science sociale.

XII

ÉDUCATION CIVIQUE ET PROFESSIONNELLE

> La Science est la véritable école morale,
> déclarons-le hautement ; elle enseigne à l'homme
> l'amour et le respect de la vérité, sans laquelle
> toute espérance est chimérique.
>
> M. BERTHELOT.

Là, encore, sur cette délicate question d'éducation civique, Petit-Pierre avait des idées absolument différentes de celles généralement acceptées de l'ensemble des hommes avec lesquels il lui arrivait de discuter.

Pour faire pénétrer dans le cerveau des humains une vaste conception sociale, conception basée sur la *science rationnelle et expérimentale*, il est indispensable, disait-il souvent, de heurter les préjugés des sots ! dédaigner la risée des orgueilleux ! braver la colère et l'indignation des imbéciles !...

Or, pour lui, étant donné le mode d'organisation sociale et d'institutions économiques de l'heure actuelle, institutions si contradictoires, si anormales, où l'on voit, disait-il, les caractères les plus nobles, les plus virils, les plus fiers, obligés, par la force des choses, de passer sous les fourches caudines les plus capricieusement iniques et, partant,

12

les plus révoltantes pour toute conscience droite et foncièrement honnête !

Aussi va-t-il s'efforcer de faire comprendre à tous ses camarades, par la Pensée irradiée, laquelle, comme une étincelle électrique, doit venir éclairer les intelligences, jusque dans les tréfonds ignorés de l'insondable « Moi ». Afin d'aider, croyait-il, le cerveau humain à pénétrer, de plus en plus, les secrets que peut encore tenir cachés, dans son sein mystérieux, la science professionnelle qui, comme toutes les autres sciences, veut son entière indépendance et toute sa liberté !

C'est à cette tâche éducative, disait-il, que nous allons travailler pour mieux préparer les générations futures à recevoir la graine féconde des plus hautes conceptions sociologiques mises au service de chacun de nous, dans la mesure du relatif !

Le désir de Petit-Pierre était, comme on le sent, le sentiment ardent de voir les êtres, par leur attitude d'implacable logique, toute de franchise et d'énergie raisonnée, se distinguer, dans les ateliers, d'avec leurs camarades n'ayant aucune idée de leur dignité, de ceux, surtout, dont il voulait secouer la torpeur et faire sortir de leur *cynique indifférence*.

En pensant ainsi, Petit-Pierre n'ignorait pas que pareille manière de voir soulèverait, parmi ses contemporains et parmi ses amis peut-être, un tolle général ! Il ne s'en effrayait pas, sachant bien que leur pensée n'allait pas, présentement, au-delà des ténèbres dont l'avait enveloppée leur éducation première qui n'était faite que de mensonge et de veulerie. Il voulait inculquer les principes de noble franchise et d'étroite solidarité, deux qualités essen-

tielles pour conduire la mentalité des hommes vers
l'épanouissante floraison de leurs virtuelles facultés.

C'est là, se disait-il souvent, que réside la force
de puissance d'un idéal de pure beauté, tant il est
séduisant. Et il avait raison. Car ce n'est pas,
comme beaucoup le prétendent, par la quantité de
ses prosélytes, qu'une idée est belle et séduisante.
Non !... Une idée ne peut être belle et vraiment
féconde que par la puissance évolutionniste de ses
adhérents !

Telle était, par exemple, la puissance attractive
de la philosophie libertaire, laquelle apparaissait
à Petit-Pierre comme l'idéal généreux, par sa beauté
expressive de justice et d'égalité sociale, dont, pour
sa part, il se réclamait.

C'était, pour lui, un idéal de compréhensible
clarté pour la Pensée Humaine ! Cela, malgré que
cet idéal fût souvent décrié par des adversaires
intéressés et, par conséquent, de mauvais aloi ! Il
répondait à ses aspirations, ce qu'il faisait remarquer à quelques-uns de ses contradicteurs.

En effet, leur disait-il, seul cet idéal, dont je me
suis fait l'apôtre, a une base scientifique d'une
inébranlable solidité, surtout quand cet idéal porte
en lui-même les principes de dévouement, d'abnégation et de constante solidarité altruiste ; principes
venant réchauffer les courages isolés de camarades
désespérés !

C'était là, pour la mentalité rêveuse de Petit-
Pierre, une preuve de vitalité et de civisme sublime,
où l'on voit agir, avec déférence et délicatesse désintéressée, les amants de cette idée envers ceux de

leurs camarades d'une mentalité différente et, souvent, méchante.

Méchanceté, d'après lui, dûe, évidemment, à l'ignorance, cette mégère, cause de tant d'erreurs et de méfaits au sein de cette malheureuse classe ouvrière. Ne croyez pas, répétait-il souvent, que je veuille, ici, prêcher, à certains, l'abnégation de leur personnalité. Ah ! mais non. Loin de moi cette pensée ! Bien au contraire, je suis et reste un adversaire irréductible d'une doctrine, quelle qu'elle soit, qui prêcherait la résignation en face de tant de lâcheté de nombre de nos congénères !

Qu'importait à Petit-Pierre que les théories qu'il émettait ne soient pas encore admises ! Qu'elles paraissent, pour d'aucuns, du domaine des utopies ! N'avait-il pas la conscience du Devoir accompli ?...

Il avait aussi le sentiment que ce qui paraît aujourd'hui une utopie est susceptible de devenir, demain, une réalité ! Et là il voyait certainement la vérité sur toutes ses faces !...

Or, un jour, après une discussion des plus courtoises, voyant que sa pensée n'avait pas été bien comprise, il déclara qu'il devait donner une explication à ses paroles. Il le fit en ces termes :

Supposez, dit-il, que je sois en face d'un employeur d'industrie, chez qui je me présenterais pour obtenir un emploi, me souvenant des vers de Victor Hugo, à propos du salaire des cantonniers, où il est dit :

Tu gagnes dans ton jour juste assez de pain noir
Pour manger le matin et pour jeûner le soir.

Ne vous semble-t-il pas, amis, que ces vers s'appliquent à merveille à tous les salariés en général ?

Mais n'anticipons pas sur la conversation de Petit-Pierre qui était si bien parti.

Voici, dit-il, sur quel thème j'engagerais la conversation : « Monsieur, je me présente à vous pour devenir votre employé ! votre salarié ! C'est chose entendue. Comme tel, je viens mettre mes facultés et aptitudes à votre service, en échange d'une maigre, bien maigre rémunération.

« Cependant, avant je tiens à vous faire remarquer que, comme vous, je suis homme, avec cette différence que le hasard du caprice ou de la chance a fait de vous un Patron et de moi un Prolétaire. Par conséquent, il y a une différence entre nos deux situations sociales !

« Mais cette différence de situation n'est que dans l'ordre économique et nullement dans l'ordre « psycho-physiologique » (ordre naturel).

« Ce n'est donc point parce qu'il y a troc — échange de service — entre votre argent et mes connaissances techniques ou autres, que je vous reconnais un droit sur mon individu ! Puisque égaux devant la Nature, qui est notre mère à Tous. Je vous préviens courtoisement que je ne peux, à aucun moment, concevoir votre outrecuidance à prétendre une supériorité quelconque sur moi, et, de ce fait, me commander avec dédain et mépris, parce que favorisé par la naissance et aussi, il faut le reconnaître, par l'organisation de l'ordre capitaliste ?... Et vous avez des capitaux !

« Tout cela, je vous le répéte, n'est pas dans l'ordre naturel des choses. C'est donc à l'exploitation sur les producteurs, vos ouvriers, dont vous rognez la part de salaire qui, en bonne logique, leur revient,

que vous devez votre prépondérance sociale, et non
à votre intellect seulement... si intellect il y a !...

Après un instant, lui permettant de reprendre
haleine, il continua : Jugez, à la suite d'un pareil
discours d'exploité, la tête du patron ! Quel ahuris-
ssement, mes amis. Et pourtant je ne serai pas
sorti des règles les plus élémentaires de la courtoisie, non plus que de celles de la politesse.

Seulement j'aurai agi en homme libre, qui veut
ses droits, et non en esclave. Voilà où est la force
de mon *évolution idéalisée* : à savoir qu'un être,
quand il vient au monde, a droit à tous les égards
comme à tous les produits naturels quels qu'ils
soient, ainsi qu'à tous les avantages sociaux.

Il est de toute évidence que s'il y avait un nombre suffisamment compact d'individus d'une mentalité du genre de celle de Petit-Pierre, l'arrogance
de ceux qui vivent du travail d'autrui, sans produire,
serait moins hautaine et peut-être moins pénible
à supporter...

C'est pourquoi, disait-il encore, je n'ai qu'un
désir loyal et sincère : celui de me rendre utile à
tous mes camarades de chaîne, frères en exploitation et en souffrances morales ! Je dirai plus : égaux
devant la misère guettant tous les gueux, tous les
parias, tous les révoltés ! devant les injustices
sociales, qui les enserre dans leurs terribles griffes
plus ou moins brutalement. C'est là l'un des multi-
ples tableaux de la société marâtre où tous nous
croupissons.

Voilà pourquoi Petit-Pierre ne cessera son ardeur,
faite d'esprit combatif, que lorsqu'il verra son
embarcation, si fragile fût-elle, aborder saine et

sauve au rivage de la cité harmonieuse de ses
rêves !

Cité enchanteresse que d'autres, plus favorisés
que nous, connaîtrons sans aucun doute.

Quoiqu'il en soit heureux avec ceux qui auront con-
tribué à l'édification du Temple de Justice et d'Equité
Sociales pour Tous !

Oui ! heureux quand même, lorsqu'il sera donné,
malgré les noirs et sombres jours de luttes angois-
santes, de voir les générations marcher, d'un pas
résolu, sur les traces de ceux de leurs devanciers
qui, en combattant pour le droit des opprimés, ont
eu assez assez de force morale pour tenir tête aux
ouragans déchaînés sans cesse, ni repos, sur les
épaules des indomptables exploités d'hier !

C'est donc à l'Idéal Philosophique de la Pensée
Libertaire que, selon Petit-Pierre, devra revenir
l'honneur de pouvoir aider à opérer la transformation dans le domaine économique et social, afin que
disparaisse du sein de l'humanité toutes ces inéga-
lités qui ont établi les intérêts antagonistes, non
seulement entre ceux qui possèdent, mais aussi
entre les prolétaires qui, eux, devraient se rechercher, se resserrer, s'unir la main dans la main pour
la conquête de tout ce que sont en droit d'attendre
ceux qui produisent Tout, souffrent, peinent et gei-
gnent, par la stupide et coupable routine des classes
dirigeantes, tant elles sont aveuglées par l'étroit
égoïsme ou de leur encore plus étroite mentalité.

Voilà pourquoi il appartient, dit-il, aux pionniers
d'avant-garde, sincèrement convaincus et désintéressés, ce beau et noble rôle d'éducateur civique en
marchant toujours plus avant, toujours plus haut.

Cela avec la volonté ferme, autant conscient
qu'agissante, d'aller vers le but suprême de la libération de la Personnalité Humaine, laquelle doit
être sacrée !

— Mais alors, lui crie un auditeur, si j'ai bien
compris votre exposé, vous êtes donc communiste-
anarchiste, camarade ?

— Si vous voulez, répond à son interrupteur
Petit-Pierre sans se déconcerter un instant.

Du reste, continue-t-il, ce titre ne fait que m'hono-
rer. En ce sens que le thème philosophique de cette
théorie, tel que l'ont exposé ses représentants les
plus autorisés, *est la plus haute expression de la
Pensée Socialiste !*...

Ceci ne peut, pour moi, faire l'ombre d'un doute,
si je m'en rapporte aux travaux des Reclus, des
Kropotkine, des Malatesta, des Tcherksof, des Grave,
des Bakounine, des Malato et autres penseurs, tous
plus éminents les uns que les autres, sur cette théorie
économique par excellence !..

C'est là, je le répète, l'idéal de raison et d'égalité
sociales, vers lequel tous les cerveaux affranchis
doivent tendre leurs efforts, pour que puisse aboutir
cette tâche, si grande entre toutes : celle de Vérité,
de Justice et de Solidarité Internationales.

Faits qu'en réalité on ne peut obtenir qu'en
proclamant partout et en toute occurence l'im-
muable vouloir de contribuer à faire sortir l'astre
de beauté, de l'obscur labyrinthe qu'est la société
actuelle.

Société formée d'agglomérats humains à tendances
si diverses dans leurs aspirations de bonheur commun, toujours enfui, et pourtant rendu tengible et

réalisable par les progrès de la science sociale eux-mêmes, chaque jour constatés.

Certes, nous ne nous dissimulons pas que grande, autant que délicate, est pareille mission. Nous reconnaissons qu'elle est parfois des plus ingrate.

Mais, en revanche, quelle douce joie l'on goûte, quelle haute satisfaction morale l'on éprouve, lorsqu'on prend à cœur la noble cause de travailler à l'éclosion d'une humanité meilleure !

Voilà pourquoi il devient urgent, si l'on veut obtenir une semblable transformation mentale, d'habituer de bonne heure les hommes à raisonner sur toutes choses de la vie sociale, professionnelle et artistique, afin qu'ils puissent, par eux-mêmes, discerner le Vrai du Faux, le Juste de l'Injuste, le Bien du Mal, la Beauté esthétique de la Laideur !

Cet enseignement, ce mode d'éducation civique, plus que tout autre, repousse toute contrainte ! Il doit et veut être libre, aussi bien pour les adultes, que pour les adolescents et même pour les enfants en bas âge auxquels en enseigne à tort, à notre avis, l'obéissance passive ou aveugle en la croyance à quelque dieu « imbécile et cruel », au lieu de leur apprendre à penser librement en toute indépendance d'esprit.

Cette éducation civique devrait être exercée suivant la belle formule de ce vieil humanitaire et penseur socialiste Charles Fourrier qui, à propos de l'éducation de l'enfance, dit : « quelle doit être convergente et non divergente — active et non passive — composée et non simple — intégrale et non partielle — de développement et non de contrainte ».

Voici pourquoi encore nous disons qu'il faut, instruire en amusant, vulgariser les arts, les sciences et la philosophie sociale ! Faire pénétrer partout les trésors et les découvertes du génie humain. Tel doit être le but de tout penseur.

Petit-Pierre avait également, sur l'éducation civique, une conception toute différente des usages en cours. Cette question est trop importante pour que nous la laissions passer sous silence. Il s'agit des récompenses qu'il jugeait comme absolument funestes à la bonne harmonie des hommes entre eux.

Aussi, lui apparaît-il que tout esprit éclairé doit combattre de toutes ses forces cette coutume, sorte de religion, venant continuer les errements du Passé.

En effet, la question des récompenses, pour nombre d'éducateurs — soit-disant débarrassés de préjugés — est, à l'heure actuelle, considérée comme la seule *solution* capable de donner aux enfants de tout rang l'émulation nécessaire pour l'amour de l'étude dans le travail, alors que pour d'autres elle semble produire le contraire.

Et, d'accord avec le docteur Toulouse, Petit-Pierre est également persuadé que *l'évolution actuelle qui tend à donner à chaque individu une conscience plus éclairée, lui communique en même temps un esprit « de critique plus libre et plus d'indépendance dans l'examen des faits ».*

C'est pourquoi, dit Petit-Pierre, bien que d'essence subtile et délicate, je dirai, sur la question des récompenses, entièrement ma pensée. Je l'ai déjà dit: pour moi, comme pour beaucoup de nos semblables, le principe de récompense est un vestige d'une fausse éducation, d'une fausse conception du véritable mérite. Conclusion : *Immoralité en soi.*

Ce qui fait dire avec raison à Elisée Reclus ceci : « nos ennemis savent qu'ils poursuivent une œuvre funeste et nous savons que la nôtre est bonne ».

Nous savons, en effet, que c'est aux efforts incessants de la Vérité que le travailleur est redevable de sa moisson d'aujourd'hui comme il le sera de celle de demain, car ils savent bien, nos ennemis, que la Vanité est fille de l'Hypocrisie.

Heureusement qu'il y a quelque chose de supérieur et plus fort que l'opinion des ennemis du progrès social : c'est la Vérité !...

C'est pourquoi « *au lieu de s'abrutir dans un cabaret ou dans un beuglant idiot*, dit l'éminent architecte M. Frantz Jourdain, *l'ouvrier doit cultiver son intelligence, qu'il entende de la bonne musique, qu'il regarde des tableaux, des statues et des photographies, qu'il lise de beaux livres, qu'il cause de questions élevées* ». Puisse ce judicieux conseil être entendu et suivi des intéressés.

C'est là effectivement où les hommes, où les travailleurs trouvent une récompense autrement réconfortante que celle que peut lui décerner une sanction plus ou moins officielle.

En tenant ce langage, Petit-Pierre ne croit pas sortir du cadre qu'il s'est tracé, en ce qui concerne l'éducation civique, en ce sens que ce principe de récompense est, ainsi qu'il l'a dit plus haut, toujours en vigueur, même dans les cours d'adultes, ouvriers professionnels ou autres.

Je sais bien que, dans la vie, les êtres se trouvent souvent en contradiction avec eux-mêmes. A cela rien de bien étonnant. Les individus ont, depuis un temps immémorial, sucé tant de mensonges et d'erreurs qu'il leur en reste encore dans le sang. Tel était le sentiment de Petit-Pierre sur cette question des récompenses.

A ce point, qu'un jour des camarades appartenant à un syndicat ouvrier étaient venus lui offrir de présider la cérémonie des récompenses aux élèves d'un cours d'enseignement professionnel. Tout d'abord il déclina énergiquement cet honneur, ne se sentant aucune disposition pour un tel poste. Mais, devant l'insistance de l'un des professeurs de ces cours, avec lequel il était lié d'amitié fraternelle, il ne put plus longtemps différer.

Il accepta donc la présidence de la dite cérémonie, laquelle avait lieu dans l'après-midi du dimanche qui suivait la démarche des délégués. Et, après avoir pris possession de la tribune, il débuta en ces termes :

« Camarades et amis, connus et inconnus,

« Bien que je n'aie pas l'habitude de remplir une mission aussi délicate que celle qui, en la circonstance, m'incombe, je n'en remercie pas moins les camarades organisateurs qui m'ont jugé digne de l'accomplir. C'est ce que je m'efforcerai de faire dans la mesure du possible.

« Mais c'est particulièrement à vous, *jeunes gens* de toutes conditions et de tous rangs, que je désire m'adresser ! Je tiens à vous féliciter des efforts dont vous avez fait preuve au cours de cette année scolaire d'enseignement professionnel. Ils démontrent, ces efforts, que vous n'avez pas — comme tant d'autres de votre âge — perdu inutilement votre temps, sous les ordres et d'après les leçons de vos professeurs.

« Que ceux-ci me permettent, dût leur modestie en souffrir, de leur adresser mes plus chaleureuses et sincères félicitations pour l'œuvre commencée, qu'ils poursuivent en faveur de l'affranchissement professionnel du prolétariat organisé.

« Effectivement, jeunes gens, c'est par l'étude des problèmes sociaux, devenant de plus en plus complexes, que vous êtes susceptibles d'arriver, plus sûrement, à rentrer dans la voie qui, forcément, doit conduire notre pauvre et ignorante humanité à un mieux-être, plus équitable que celle dans laquelle elle s'est enlisée, par suite d'une éducation ancestrale, ne répondant plus à ses besoins évolutifs.

« Et cependant, c'est ainsi que, d'évolution en évolution, elle arrivera à la conquête du bonheur commun entrevu par d'éminents penseurs au cœur généreux.

« Voilà pourquoi je suis heureux de me trouver, à l'heure actuelle, au milieu de travailleurs conscients de leur tâche, en ce qui concerne leurs *devoirs et leurs droits*. Aussi je ne saurais trop vous recommander que ce n'est pas tant en vue d'obtenir une *récompense*, souvent *illusoire* ou *fictive* que vous tous, jeunes gens, devez vous livrer à l'étude par l'assiduité dans le travail. Non ! Ce ne serait pas là une bien belle récompense !

« La seule, la vraie récompense, à laquelle vous devez aspirer, c'est celle du devoir accompli d'abord, qui vous fortifiera dans la profession à laquelle vous destinez les rapides instants de votre courte, et, souvent, précaire existence !

13

« Autrement, je le répète en y insistant, si vous
n'étudiez qu'en vue de recevoir une *récompense*
quelconque qui ne *serait pas en vous*, laissez-moi
vous dire, mes jeunes amis, en toute sincérité, que
ce ne serait qu'un bas calcul, frisant, en quelque
sorte, la Vanité ; autrement dit ce serait *l'égoïsme
étroit* qui vous guiderait et non l'Amour du Travail
que l'on trouve dans l'étude comme un puissant
délassement aux ennuis de la vie, souvent mono-
tone.

« Mais je me plais à croire, ainsi que je viens de
vous le dire à l'instant, que vous avez l'âme plus
noble et plus élevée que ces petites misères humaines. Et, qu'au fond, vous n'avez qu'un désir :

« Acquérir, en fréquentant les cours professionnels, des connaissances assez étendues pour, ensuite,
vous rendre utiles à vos semblables, à l'humanité
toute entière, sans distinction de couleurs, de races,
de sexe ou de croyances. C'est-à-dire, devenir des
hommes, des citoyens conscients de leurs droits,
comme de leurs devoirs et non des esclaves, comme
il y en a tant sur notre planète terrestre.

« Oui, par le travail et l'étude, acquérir du talent,
du savoir, du génie même, n'est-ce pas là la plus
noble ambition que l'homme puisse rêver, à la pensée qu'en agissant ainsi, il aura la possibilité d'émou-
voir ceux qui l'entourent, en leur faisant partager
les joies, les pures délices que, lui-même, a eu le
bonheur de ressentir au cours de ses investigations
dans le domaine du savoir humain.

« Continuez, mes jeunes amis, continuez avec
une persévérante énergie et une volonté opiniâtre
l'étude du dessin ; en ce sens que la volonté et la per-

sévérance, dans le travail, sont des vertus civiques
autrement précieuses que celles enseignées couramment dans les écoles ou les lycées officiels.

« Ces vertus peuvent se résumer en ces simples
mots : Plus de Lumière ! Plus de Vérité ! Plus de
Justice et de Bonheur pour Tous ! »

Un tonnerre d'applaudissements accueillit cette
petite allocution.

Il est temps, en effet, de chercher à détruire, dans
l'esprit de nos contemporains, certaines de ces
croyances erronées, au nombre desquelles se trouve
celle de la récompense et faire comprendre que la
seule et logiquement vraie récompense, à laquelle
doit prétendre tout élève réellement studieux et
intelligent, se trouve dans la joie du *devoir accompli*, qui n'est autre que la satisfaction de voir, par
ses propres et constants efforts, acquérir des connaissances, non seulement professionnelles et techniques, mais encore des connaissances assez étendues sur toutes choses de la vie sociale, et en même
temps, devenir un vrai camarade ; ayant pour
principe la solidarité, en devenant meilleur ! Ce
faisant, il acquiert, du coup, l'estime et la sympathie de tous : professeurs et amis, au milieu et au
contact desquels il aura appris et évolué ! Ce sentiment sera autrement moral qu'une récompense à
caractère officieux ou officiel. Est-ce donc rien que
de se sentir estimé et apprécié par tous ses
égaux, tous ses semblables qui le combleront de
mille attentions bienveillantes, en lui témoignant,
non une admiration hypocritement fausse, mais
une bonne et franche camaraderie pour les progrès qu'il aura accomplis dans le rapide déve-

loppement de ses aptitudes d'ordre manuel et intellectuel.

Cette marque de déférence sera, en effet, une
récompense qui fortifiera son esprit, tout en l'armant
de courage et de persévérance pour l'avenir.

Oui ! ce genre de *récompense morale* le rendra
plus hardi pour l'amour de l'étude, qu'il trouvera
de plus en plus agréable, de plus en plus passion-
nante. Cela sans attendre de récompense extérieure
autre que la netteté de sa conscience qui deviendra
plus tranquille que s'il avait eu une récompense
superficielle et, forcément, fictive qui, de ce fait, est
immorale ! Parce qu'elle aura excité ses camarades
à l'envie et à la jalousie !

Voilà pourquoi, d'après Petit-Pierre, la suppres-
sion de ces récompenses académiques s'imposent à
la moralité publique ! Car, sans cette comédie, les
élèves ne travailleront pas moins à l'épanouissement de leur propre personnalité. Bien plus sûrement que cette récompense qui, à l'aide d'une « couronne de papier doré », les sacre « lauréat » d'une
classe ou d'un cours. L'élève studieux devrait la
repousser comme nulle et non avenue !..

De cette façon aucune prétention, de la part du
lauréat, à une supériorité, non plus à aucune vanité,
excitant la jalousie, autre que l'envie de celle de
l'imiter en travaillant sans relâche, tout en restant
modeste dans ses études, qui le fortifieront et
lui donneront plus d'habileté professionnelle,
et plus de connaissances, si c'est possible, en
matière de science sociale, que nul ne doit perdre
de vue.

C'est là où réside le véritable mérite. Ce qui, en

d'autres termes, signifie que cette *récompense morale*, Petit-Pierre l'a dit, doit résider en soi.

Il est évident que, pour amener des élèves à une pareille mentalité, il reconnaît, sans hésitation, qu'il appartient au pédagogue, maître ou professeur, d'avoir assez de perspicacité, assez de subtilité dans le jugement, et surtout assez d'indépendance d'esprit et d'intelligence, pour arriver à insuffler une telle *mentalité, susceptible de civisme éducateur*, aux élèves petits ou grands qui s'en remettent à lui du soin de les instruire, professionnellement et socialement, dans la voie qu'ils auront librement et volontairement choisie.

Pour d'aucuns, cette façon de concevoir l'éducation sans récompense leur paraîtra illusoire, impossible, ou simplement à l'état de rêve ! Et pourtant, c'est sûrement un moyen d'aider, Petit-Pierre l'a, déjà, fait remarquer, mais il y insiste de nouveau, à l'épanouissement des facultés virtuelles qui souvent, résident au fond de soi, à son insu, tant il est vrai que l'on ne se connaît jamais bien soi-même.

Or, ce genre de récompense morale vaut, certes, mieux que toutes les récompenses factices, parce qu'extérieures ! Elles ne peuvent produire la même sensibilité, ni la même influence morale ; car elles ne prouvent, ces récompenses fictives, généralement rien, en raison du favoritisme existant dans l'institution même. Cela se constate chaque jour et fait crier à l'injustice.

Le fait est reconnu par les distributeurs eux-mêmes, dans les concours, où tant de non-valeurs sortent victorieuses de l'épreuve, parce que « pistonnées » par tel ou tel « gros bonnet » ou autre personnage important du mécanisme social, où, rarement le mérite réel est récompensé !... Donc immoralité sur toute la ligne, et non justice !

Tandis que ce sera, pour ces *lauréats moraux*, un nouveau plaisir qu'ils éprouveront quand, à leur tour, ils seront appelés à donner leur appui et des conseils désintéressés à des camarades d'infortunes plus ignorants et plus jeunes qu'eux, se rappelant la façon désintéressée dont on leur a enseigné !.. Ils trouveront là une récompense qui est, d'après Petit-Pierre, la plus enviable de toutes : *L'homme utile aux hommes et à lui-même.*

Evidemment cette manière de voir nous paraît assez rationnelle. Elle est susceptible de faire disparaître des rivalités et mettrait, du même coup, fin à tous ces dualismes existant, sans rime, ni raison, au sein des professions.

Cette nouvelle méthode vient à l'appui de sa thèse, lorsque nous disons que, plus que jamais, nous sommes convaincus que l'on ne peut réellement former des élèves sérieux et habiles, autant qu'intelligents, que par la libre étude et le libre examen de toutes leurs facultés ainsi que le dit le poète :

> *Etre homme, le sais-tu? Ce n'est pas peu de chose.*
> *C'est être patient, c'est être juste et fort.*
> *C'est vouloir aimer à toute noble cause.*
> *C'est donner en entier sa vie et son effort.*
> *C'est employer sa force à servir la faiblesse.*
> *C'est souffrir, c'est lutter avec les opprimés.*
> *C'est vouloir relever ceux que l'on abaisse.*
> *C'est porter dans son cœur tous les deshérités !*

Oui savoir souffrir, lutter et, au besoin, mourir pour un idéal ! *Voilà de la morale en action.* Surtout quand cet idéal est la raison même de la liberté humaine.

Car sans la liberté, l'humanité est sans soleil, par manque d'intensité de vie. Parce que sans soleil elle est sans lumière. C'est la nuit profonde équivalant à la mort.

Voilà pourquoi il est bon de travailler à l'éclosion d'un idéal de justice et de délivrance, cela sans espoir d'une récompense autre que celle de la satisfaction du Devoir Social accompli, que les hommes de cœur portent en eux. Là réside un principe de haute culture intellectuelle et morale.

Mais, comme toujours, il appartient aux semeurs de choisir la graine féconde, l'Idée inspiratrice, en montrant les plaines immenses, les vastes horizons que cachent encore, à l'homme, les voiles des épaisses ténèbres de la veulerie, du mensonge, de la lâcheté humaine!

Pour Petit-Pierre, le seul et véritable éducateur des individus et des masses populaires : c'est le grand livre de la Nature dans lequel il est bon de lire souvent, en méditant chaque page, où « l'on voit, comme le dit si bien Jeanne Longtier-Chartier, de sublimes dévouements, prouvant que le germe d'idéal qui sommeille dans tout cœur humain peut-être fécondé par la divine étincelle de la raison ! »

XIII

CAUSERIE HISTORIQUE
SUR L'ART DE LA MENUISERIE

Dans les arts, le simple est ce qu'il y a de
plus grand à tenter, de plus difficile à atteindre.

GEORGES SAND.

Il est des jours, dans l'existence des enfants
aussi bien que dans celle des hommes, où
s'accomplit un progrès brusque.

VIOLLET-LE-DUC.

Un soir de septembre, une délégation appartenant à la chambre syndicale de sa corporation fut
mandatée pour demander à Petit-Pierre s'il serait
disposé à venir faire une conférence sur l'art de la
menuiserie et les principes qu'elle comportait.

Cette délégation argua que ce serait là une excellente action en faveur de la cause professionnelle
en même temps qu'œuvre sociale !

— Car bien organisée, disait l'un des délégués,
et en la préparant un peu à l'avance, elle amène-
rait certainement beaucoup d'adhérents au syndicalisme.

Devant pareils arguments, Petit-Pierre ne pouvait
se soustraire, d'autant que cela rentrait absolument

dans ses sentiments de propagandiste. Aussi se mit-il de suite à l'œuvre après en avoir, lui-même, fixé la date et le titre qu'elle porterait.

C'est pourquoi cet historique sur l'art de la menuiserie a pour but de démontrer, comme le dit si judicieusement Rondelet, que « la menuiserie est l'art de travailler les bois, de les assembler et d'en former divers ouvrages d'utilité ou de décoration pour les besoins de l'Architecture. »

En effet, la menuiserie est bien, sans contredit, la sœur cadette, ou plutôt le soutien indispensable, l'infatigable collaboratrice de cet art fécond qui, par son concours puissant et désintéressé, seconda admirablement les efforts de son aînée dans sa grande tâche du beau, du merveilleux !...

Aussi, dans tous les chefs-d'œuvre en bois de l'architecture où l'on trouve l'habileté, le génie de l'artiste, ou simplement de l'artisan menuisier que l'on rencontre dans les moindres détails des bois ouvrés. Ce qui fait dire à M. Arsène Alexandre, critique d'art bien connu : « Si nous voulions prendre des leçons de nous-mêmes, en remontant la suite des temps, nous verrions maintes preuves de l'absence de distinction entre l'artiste et l'artisan, mots de même origine, préoccupation de même tendance, efforts de même réussite. »

C'est pourquoi, s'écrie Petit-Pierre, j'ai plaisir à invoquer devant ce sympathique et attentif auditoire, le souvenir de quelques artistes ou artisans menuisiers parmi lesquels : Pierre du Parvis, Pierre le Rovre, Jehan le Mestre, Grandin, qui, au XIIIe siècle, étaient tous gardes du métier des charpentiers,

au temps d'Etienne Boileau, prévôt de Paris de
1254 à 1270.

Les noms que je viens de citer devant vous sont
considérés comme étant les plus anciens « huchiers »
et non *huchers* comme l'ont écrit certains auteurs
dont l'histoire fait mention.

Si du xiiie nous passons au xive siècle, nous
trouvons encore d'éminents artisans menuisiers où
figurent : Pierre Le Maitre, de Paris ; Jean Bacin ;
Hue d'Yverny ; Jacques du Parvis ; Jehan Du Liège,
ou Jehan de Liège, qui fut l'un des plus habiles
« huchiers » et sculpteurs de son époque, si nous
nous en rapportons à certains écrivains modernes.
C'est au ciseau de Jehan du Liège, que seraient dûs
les deux vantaux du portail de l'Eglise de Dijon,
œuvre d'art de menuiserie des plus remarquables.

Je ne saurais non plus oublier, parmi les artisans
menuisiers du xive siècle : Girardin et Noël Les-
pousé, chargés tous deux par le Duc d'Orléans de la
sculpture et de l'exécution des lambris de la Cha-
pelle des Célestins, dans la forêt de Cuise, près Com-
piègne ; de même qu'il est bon de noter Sandom
d'Arras, Pierre Turquet, Luichet de Buillion, etc.

Au xve siècle, que voyons-nous ? Guillaume
Sirasse, élu prévôt des marchands de Paris, en 1417 ;
Guillaume de Maussel et son fils ; Jacob Haniquet ;
Jehan Daret ; Piercequin Hugue ; Sauvetin Fu-
melle, de Chinon ; Guillaume Boyvin ; Jehan de la
Planche ; Pierre Thévenin, menuisier à Bourges ;
Michel Thélop ; Jules Ferry, qui n'a rien de com-
mun avec le Jules Ferry, du Gouvernement de la
défense Nationale du 4 septembre 1870 ; Jacquet,
Hamelin et Denis Rochereau, de Thouars ; Jean

Aubry, de Tours; Jacques Cadot; André Androuart, etc., etc.

Parmi ceux qui illustrèrent le xvie siècle, siècle de la Renaissance! nous remarquons, également, toute une pléiade d'artisans, au nombre desquels il est bon de citer Jean-Jacques de Reims, célèbre menuisier et habile sculpteur, frère de Pierre Jacques, auteur du tombeau de Saint-Rémi, construit dans l'abbaye du même nom; Ambroise Perret, de Paris, auteur d'une partie des sculptures du tombeau de François Ier à Saint-Denis; Jacques Chantrel; Hugues Sambin, à qui on a décerné le titre « d'Architecteur Menuisier. » Le même titre fut décerné à l'architecte de l'Hôtel de Ville de Paris, Dominique Bocador.

Voilà les noms qui devraient rester gravés, en lettres d'or, dans tous les traités qui ont appartenu à cette admirable branche de menuiserie artistique d'abord, industrielle ensuite, pour l'embellissement de l'habitation humaine.

Mais, à partir du xvie siècle, les talents et aptitudes artistiques devinrent plus rares, parce que plus rare aussi, il nous faut le reconnaître, s'offrait l'occasion de les exercer. Et pourtant la liste à dresser de tous les menuisiers qui illustrèrent notre belle profession, pendant les xviie et xviiie siècles, serait encore bien longue. Force est donc de nous arrêter dans l'énumération de nos devanciers.

Cependant je ne saurais passer sous silence un nom qui est dans tous les cœurs, et sur toutes les lèvres, des menuisiers dignes de ce qualificatif, par son impérissable monument intitulé : l'*Art du Menuisier*, qu'offrit au public studieux, en 1769,

Roubo, auteur et exécutant de la Coupole du Dôme de l'Ancienne Halle aux Blés [1].

Enfin, au commencement du xixᵉ siècle, qu'il me soit permis de signaler A. G. Coulon, ancien conducteur-menuisier, qui, lui aussi, offrit à sa corporation un ouvrage de moindre importance, il est vrai, que celui de Roubo, mais n'en est pas moins intéressant par la clarté et la concision de ses explications. Ce livre auquel je fais allusion a paru vers 1818 sous le modeste titre : « Nouveau Vignole des Menuisiers ».

De même aussi Gadrieau, ancien contre-maître à la Ciotat, près Marseille, qui s'est signalé à l'attention des menuisiers en publiant vers 1857 un ouvrage assez étendu sur le trait. De même de tant d'autres, mais de moindre importance.

Tous ces noms, on le voit, font grand honneur à la corporation des menuisiers.

Je suis donc forcément obligé de m'arrêter, car il est bien évident qu'un livre de 300, même de 350 pages ne pourrait suffire à établir la biographie de tous ceux des menuisiers qui, à un titre quelconque, ont fait effort pour enseigner à leur contemporains l'habileté professionnelle.

Tout à l'heure, je vous disais qu'à partir du xviᵉ siècle cette habileté technique et professionnelle devenait rare, surtout à partir de la fin du xviiiᵉ siècle. Et pourquoi ?... Certes, nous sommes obligé de le reconnaître, la cause de ce déclin ne saurait être complètement imputée à tous ses membres.

Et si, dans la corporation qui nous occupe, l'on

1. Devenue, aujourd'hui, la Bourse de Commerce de Paris.

ne rencontre plus aujourd'hui — aussi bien chez les entrepreneurs que chez les ouvriers — de talents comparables à ceux des célébrités citées plus haut, et qui furent les maîtres de leur art jusqu'au XVIe et même jusqu'au commencement du XIXe siècle, la cause en est, selon mes déductions, faites d'observation et d'expérience, à cette avidité effrénée qui, souvent, *décourage les mieux intentionnés ; à ces rabais sans cesse exagérés de Messieurs les entrepreneurs* qui, ayons le courage de le dire, sont tombés dans le piège que leur tendait, à leur insu peut-être, je veux bien le croire, le Capitalisme !...

Je constate là un fait, sans jeter la pierre à qui que ce soit. Mais il est fort regrettable qu'aucun, parmi les entrepreneurs, ne se soit aperçu de la pente glissante et dangereuse dans laquelle les rabais déprimants entraînent toute l'industrie du bâtiment.

Tant pis pour eux, ils ont semé le vent, la tempête ne saurait tarder ! alors qu'il serait encore temps de barrer la route à la décadence qui les conduira fatalement à la faillite !

Je ne saurais, dans cet exposé historique très incomplet du reste, je ne saurais, dis-je, oublier de rappeler aux auditeurs menuisiers qui se trouvent dans cette enceinte que, jusqu'au XIVe siècle, ceux-ci, formaient, avec les charpentiers, une seule et même corporation, classée sous le nom de « charpentiers-huchiers. »

Mais à la suite d'une requête envoyée par ces derniers, en 1371, à Hugues Aubriot, prévôt des marchands de Paris, ils furent détachés du corps des charpentiers et formèrent la « Communauté des huchiers. »

Ce n'est que quelques années plus tard, par une sentence de ce même Hugues Aubriot, rendue le 4 septembre 1382, que les « huchiers » reçurent d'une manière définitive le nom de « menuisiers » qu'ils ont, depuis lors, toujours conservé.

Jusque vers le milieu du xviiie siècle, *Menuisiers* et *Ebénistes* ne formèrent qu'une seule et unique communauté. Mais, à partir de cette époque, le meuble avait déjà atteint un tel développement qu'il nécessita une transformation dans la corporation des menuisiers. Aussi vit-on se produire un dédoublement qui donna naissance à la nouvelle corporation des Menuisiers-Ebénistes, d'où surgit également de très grandes célébrités : telles que les Risner, les Boulle, etc., etc.

Les menuisiers-ébénistes, les menuisiers en meubles, les menuisiers en fauteuils, les menuisiers en voitures, les menuisiers modeleurs-mécaniciens, voire même les menuisiers-treillageurs, sont autant de dénominations qui, aujourd'hui, forment autant de spécialités. Ce que nous regrettons vivement, en ce sens qu'un habile menuisier doit-être apte à tracer et à exécuter n'importe quels travaux de menuiserie, c'est-à-dire tous ouvrages ayant trait à cet art.

Quoiqu'il en soit, toutes ces spécialités de menuisiers, disons-nous, sont toutes issues d'un même et unique corps, qui est celui des « huchiers-menuisiers. »

Actuellement nous voyons dans la menuiserie deux parties bien distinctes :

1º La menuiserie mobile ou de clôture ;

2º La menuiserie dormante ou de revêtement.

La menuiserie mobile ou de clôture, comprend tous les ouvrages ouvrants et fermants, servant à la commodité des constructions, tels que : portes d'allée, portes charretières, portes d'entrée, portes cochères, etc. Celles d'intérieur à grands et petits cadres, les portes de placards, etc., etc. Les croisées grandes et petites, les volets intérieurs, les volets persiennes, les jalousies. En un mot toutes les parties mobiles qui servent de fermeture.

La menuiserie dormante ou de revêtement, que l'on qualifie parfois, à juste titre, de menuiserie de « distribution », comprend tous les ouvrages servant, tant à la décoration qu'à la distribution des appartements.

Au nombre de ces travaux, il convient de ranger les huisseries, les cloisons, les alcôves, les parquets, les stylobathes, les plinthes, les chambranles, les dessus de portes, appelés plus communément *attiques*, les ébrasements fixes des portes et fenêtres; ou tous autres sortes d'ouvrages destinés à rester en place.

Outre ces deux grandes divisions de la menuiserie, il en est une troisième qui s'est formée dans le sein des deux premières; cela depuis nombre d'années, laquelle tend de plus en plus à se séparer complètement des deux autres.

Par son genre de travaux, cette troisième partie est destinée à former une nouvelle branche appelée agencement de magasin. De sorte que cette maudite division du travail, poussée dans ses extrêmes limites, dans le sein d'une même profession, où tout, au contraire, devrait former un ensemble compact et

Rosace de la façade sud de Notre-Dame de Paris
(XIIIᵉ siècle).

homogène. Cette division, qui conduit à la spécialisation à outrance, enlève à l'ouvrier toute possibilité d'exercer son talent d'artisan ainsi que ses
aptitudes générales.

De sorte que, pour vivre, cette spécialisation le
conduit fatalement à lui faire jouer le rôle de simple
machine animée ; ce qui fait que, de nos jours, l'ouvrier arrive à se désintéresser entièrement de son art
professionnel.

Oh! étrange anomalie des temps qui fait déserter
l'ouvrier de goût, et l'artisan de ses belles et sublimes inspirations d'idéal de beauté !

Voyez la belle rosace ci-devant représentant
celle de la façade sud de Notre-Dame de Paris qui,
encadrée d'une architecture merveilleuse, donne
l'impression de la dite beauté. Il en est de même du
dessus de la porte intérieure de l'escalier de l'église
Saint-Maclou à Rouen, qui date du xve siècle (voir
photographie ci-contre). Ne sont-ce pas des exemples
dignes d'admiration et de respect ?...

Mais l'évolution économique est là, avec ses dures
conséquences, me direz-vous. Conséquences évolu-
tives, qu'il faut suivre, sous peine de déchéance,
aussi bien dans le domaine matériel, c'est-à-dire
économique, qui est celui de la vie de chaque jour,
que dans le domaine artistique !

Or, puisque nos mœurs, nos coutumes, ainsi que
notre façon de vivre ne peuvent être les mêmes
qu'aux époques précédentes, il faut à tout prix
réagir. C'est pourquoi, prévoyant qu'avec l'introduction du machinisme, le menuisier, manuelle-
ment parlant, ne pourra exercer ni développer ses
aptitudes professionnelles ; essayons au moins de

Dessus de la porte de l'escalier intérieur de l'église Saint-Maclou à Rouen
(xve siècle).

lui suggérer l'idée du développement de ses facultés au point de vue de la conception dans ses projets, afin qu'il en acquiert le sens pratique.

Oui, à vous « générations nouvelles » de diriger vos pas vers cette voix nouvelle de conception esthétique normalement acceptable pour tous ! C'est donc vers ce sentiment des arts, qui eurent une si heureuse influence sur les mœurs et coutumes des hommes, que les travailleurs du bois doivent étudier sérieusement.

Il est bien évident, à première vue, que cette question : *A quoi peuvent servir l'art et les artistes ?* est une question bien délicate ! *A priori* on peut faire cette réponse : que l'art en lui-même, étant par origine d'essence aristocratique, est le fait d'une élite, par conséquent inutile aux travailleurs.

Voilà la thèse que pourraient soutenir quelques sceptiques, quelques blasés, ou quelques ignorants du sentiment artistique du Beau. A première vue cela paraîtrait assez exact, particulièrement pour quelques privilégiés ?...

Mais lorsqu'on se donne la peine de réfléchir, on s'aperçoit vivement que cette interprétation est absolument erronnée. Parce que l'art est, précisément, la *Chose de Tous !* Or ils se trompent ceux qui prétendent que vulgariser l'art, le vouloir démocratiser, c'est l'avilir ! Alors, qu'à notre avis, c'est le vouloir grand en lui donnant des ailes.

Oui c'est le grandir, c'est l'élever que chercher à le rendre de plus en plus accessible au peuple ; lequel, selon d'aucuns, n'a pas besoin de cultiver les choses de luxe, les choses de goût !

Quelle hérésie profonde commet quiconque professe pareille théorie, pareil sentiment sur l'art ?... Ceux qui tiennent pareil raisonnement voudront bien nous permettre de leur faire remarquer qu'ils font fausse route. Leur imagination s'égare. Ils devraient savoir que le peuple ne vit pas que de la vie purement matérielle ! Cela est tellement vrai, qu'à chaque instant on peut constater que le peuple vit aussi d'idéal, de beaucoup d'idéal qu'il trouve dans la poésie, dans la musique, dans la sculpture. En un mot dans tous les arts !

Donc le peuple et l'art, c'est-à-dire l'humanité entière, sous quelque latitude ils se trouvent, ne sont pas en opposition l'un à l'autre. Au contraire ils se complètent mutuellement.

Il se peut qu'il existe quelques âmes fermées à la révélation du Beau idéalisé ! poétisé ! Elles sont, ces âmes, nous aimons à le croire, aussi rares que celles à qui la nature, dans sa tâche bienveillante, a refusé conscience du bien-fondé de la justice et de l'équitable bonté ! qui rendent heureux ceux qui les pratiquent...

Car, ainsi que le font remarquer, avec énormément d'à-propos, MM. Elie Pécaut et Charles Baude : « *La vérité est que l'ignorance, seule, mutile de ce sens foncièrement humain des millions de nos semblables* ». Et ils ont raison ces auteurs, de soutenir et d'affirmer que l'art est chose essentiellement humaine, entre toutes les branches des connaissances acquises dans le domaine du savoir. En ce sens que l'Art, en général, a pour mission, pour but principal, d'aider à former le goût ; en l'ennoblissant, il embellit la vie dans toutes ses mani-

festations : soit matérielle, morale ou intellectuelle.
C'est indéniable. Nous défions toute contradiction
sur ce point.

C'est dire que le *sens de la Beauté esthétique est
l'un des caractères constitutifs de l'homme*, parce
qu'inhérent à notre nature même. Cela est tellement
vrai, que nous posons devant vous, les questions sui-
vantes, afin de vous démontrer l'heureuse influence
qu'ont exercé les arts sur la mentalité des humains,
et, partant, sur les mœurs et les caractères.

C'est pourquoi nous nous permettrons de vous
demander si jamais vous n'êtes passé devant l'une
de ces œuvres sans interroger votre esprit ?... Sans
vous demander combien d'années d'études, de veilles,
de fatigues ont dû éprouver *le* ou *les* auteurs de conceptions si grandioses, si majestueusement dignes
et d'un goût si élevé ?

Ah ! combien pourtant les recherches, les curieuses
et intéressantes investigations faisant découvrir le
fond, le mystère et les causes de tout phénomène
procurent de hautes satisfactions morales à l'esprit
humain !

C'est pourquoi nous avons plaisir à saluer cette
magicienne voluptueuse et séduisante à la fois qu'est
l'Art de la Menuiserie. Car, nombre de musées,
d'hôtels, de châteaux, de Palais publics et privés ;
civils, religieux ou païens contiennent de riches et
superbes ouvrages de menuiserie d'art, tous plus
attrayants, plus passionnants les uns que les autres.

Oui, par les trésors de l'art que contiennent les
beaux édifices, l'imagination peut devenir rêveuse,
méditative ; de même que l'esprit studieux peut se
délecter, se livrer, avec sérénité, joie et respect, à

l'admiration de travaux en bois, composés avec tant
de finesse, d'élégance et de simplicité.

A nous donc, braves artisans de toutes professions, de tous états, de tous corps, particulièrement à nous, humbles et simples artisans menuisiers du xxᵉ siècle, de chercher à élargir notre
horizon, à féconder notre esthétique, en l'alimen-
tant par une nourriture saine et essentiellement
substantielle, en l'abreuvant aux pures sources de
l'Inspiration, afin que notre individualité, sortie,
enfin, des ténèbres de l'ignorance, se puisse mouvoir
en toute liberté ; pour imprimer à nos travaux et à
nos œuvres, un caractère nouveau et original, com-
parablement digne de ceux de nos devanciers.

Avant de conclure, qu'il nous soit permis de rappeler qu'il y a un instant, nous faisions allusion
aux chefs-d'œuvres de menuiserie, qui se trouvent
particulièrement dans les églises.

Eh oui, c'est dans les églises qu'il faut pénétrer,
pour constater combien admirables et gracieux sont
les travaux de menuiserie d'art, conçus et exécutés
par d'habiles cerveaux, et de non moins habiles
mains.

A ce sujet, nous demandons à l'auditoire la permission de dire toute notre pensée, persuadé d'avance
qu'aucun ne verra dans nos paroles ni reproches blas-
phémateurs, ni aucune espèce d'ironie. Ce ne sont
que pures et sincères constatations faites au cours
de nos études, épris que nous sommes de Bonté, de
Justice et de Vérité qui, de tout temps, ont été notre
guide, cela pour le respect des sentiments d'autrui
et le bien de l'humanité, sans récriminations amères
et inutiles.

Ce ne sont, je le répète, que de pures constatations. Or, voici comment nous apprécions les travaux d'églises en commençant par les « bancs d'œuvre » ou bancs de l'œuvre, lesquels sont des ouvrages de menuiserie composés de plusieurs sièges qui sont affectés aux marguilliers et premiers dignitaires ou officiers de la fabrique, qui sont, ordinairement, placés en face de la chaire à prêcher.

Ces sortes d'ouvrages sont généralement décorés, construits et sculptés avec beaucoup d'élégance, de savoir et de goût, de manière à former l'un des principaux meubles servant aussi bien à la décoration et à l'ornementation des églises qu'à leur utilité.

Parmi les plus beaux travaux de menuiserie, il convient de noter, comme faisant partie du mobilier des églises : les autels, dont quelques-uns sont d'un superbe effet décoratif, tout en conservant leur caractère de symbolique sévérité.

Il en est qui, sous un aspect de sobriété et de simplicité, présentent certaines difficultés d'exécution qu'il est bon de connaître. C'est là où l'*art du trait* devient nécessaire, indispensable même.

Quant à la chaire à prêcher, par sa forme spéciale, particulière, elle est loin de remplir, selon nous, le but pour lequel elle semble destinée !

Et tout en respectant cette forme admise jusqu'ici, qu'il nous soit permis d'émettre une idée sur la constitution d'une chaire à prêcher.

Telles qu'elles sont, on est tenté de croire que l'orateur semble gêné dans ses mouvements ; en ce sens qu'il est enfermé dans un cercle par trop restreint, alors qu'à notre avis un prédicateur, à l'exemple d'un tribun, devrait avoir la possibilité

de se mouvoir en toute liberté, c'est-à-dire faire.
quelques pas pour essayer, dans la chaleur de son

Chaire de Sainte-Gudule, à Bruxelles (XVIIIᵉ siècle).

prêche, de communiquer à son auditoire l'enthousiasme dont son éloquence est susceptible.

14

Mais pour cela, il faudrait abandonner la routine, en changeant complètement la forme ordinaire qui a présidé à sa construction pour lui affecter celle d'une tribune suffisamment spacieuse, afin de permettre au prédicateur l'entière liberté de ses gestes et mouvements.

Nous le répétons, c'est là une idée personnelle que nous nous permettons d'émettre. Aux intéressés de méditer !...

Quoi qu'il en soit, nous donnons ci-devant, comme susceptible de former le goût à l'ouvrier studieux, la chaire à prêcher de l'église Sainte-Gudule à Bruxelles qui, en elle-même, est un vrai chef-d'œuvre de décoration sculpturale.

Il en est de même des stalles de chœur qui, à l'exemple des bancs d'œuvre, sont d'une très grande richesse et d'une élégante parure décorative. Elles se prêtent admirablement à l'ornementation du Chœur des églises, autant peut-être qu'à l'emploi pour lequel elles sont destinées !

Dans diverses cathédrales, les stalles de Chœur sont un exemple frappant de ce que nous venons de dire, ainsi que celles de Notre-Dame de Paris, représentées ci-contre.

Enfin, pour terminer notre exposé historique sur les travaux d'églises, nous osons dire que, parmi eux, ceux que nous considérons comme les plus importants par leur grandeur, sont les buffets d'orgues qui, placés à l'intérieur et au-dessus de la porte d'entrée principale, atteignent presque toujours au merveilleux.

Ici, qu'il nous soit permis de dire que ce n'est point avec de pareilles œuvres faites avec grâce, élé-

Stalles de chœur de Notre-Dame de Paris
(Boiseries Louis XIV).

gance, richesse et magnificence que l'on peut invoquer l'image de Jésus, telle que nous la présente
la légende. Lui qui pratiqua et enseigna à ses disciples l'amour du simple, de l'équité.

Il serait certainement fort surpris si, par impossibilité miraculeuse, il renaissait au milieu de tant
d'apparat, de luxe et de splendeur, dont sont décorés les temples ou églises, dans lesquels est enseignée sa doctrine faite de Douceur, d'Amour et de
Fraternité.

Ne croyez pas un instant que notre intention soit
de blasphémer. Non, trop respectueux de la liberté
d'opinion, nous ne nous reconnaissons qu'un droit:
Constater les faits! Un point, c'est tout.

Seulement, nous vous demandons d'exposer loya-
lement et bien sincèrement notre pensée, toute
notre pensée, en disant: Comme il rougirait de ses
disciples modernisés? Lui, l'humble, le modeste,
le pauvre qui, né dans une étable, prêchant d'exemple, payant de sa personne, marchant jusqu'aux
« Gémonies » pour tenter de sauver le monde.

Et c'est là où la figure de *Jésus* nous paraît
grande et *supra-humaine.*

Après cette petite digression philosophique, revenons aux buffets d'Orgues qui sont, et resterons,
sans conteste, devant la *Menuiserie Moderne* si
ignominieusement et si honteusement tombée en
décadence, de véritables chefs-d'œuvres d'Architecture et de décoration qui ont fait la gloire de notre
belle profession, et dont il est bon de s'inspirer pour
faire revivre et communiquer à quiconque possède
en soi, l'Amour du beau et les puissantes facultés du
génie Créateur de l'art du menuisier.

Voyez ci-dessous la représentation d'un buffet d'orgues destiné à une salle d'auditions musicales.

Est-ce que nous n'avons pas sous les yeux, de cet art si délaissé, le magnifique buffet d'Orgues de Saint-Maclou, à Rouen, celui de Saint-Brieuc. Cela

Élévation géométrale d'un buffet d'orgues.

réconforte les apôtres de cette belle profession qu'est la menuiserie, ce qui fait dire à l'illustre Cavaillé-Coll que : « C'est donc bien certainement dans le XVIᵉ siècle que l'orgue et son architecture ont pris leur véritable caractère. »

14.

La conclusion de cette conférence, qui est la nôtre, nous la recommandons à la méditation des jeunes gens qui ont à cœur le culte du beau, l'amour de l'étude par le travail, seul moyen d'acquérir du talent, du savoir. D'autre part, l'art a le pouvoir de transformer la matière brute en chef-d'œuvre !

Cependant, il ne faudrait pas trop se prévaloir de nos connaissances acquises, susceptibles d'éblouir la mentalité de chacun de nous. Ce qui serait du ressort de la vanité. Et aucun de nous n'a ce droit.

Car, si nous avons acquis quelques connaissances, il ne faut pas oublier que c'est à des milliers et des milliers de générations qui nous ont précédées que nous en sommes redevables. Cela dans n'importe quelle branche du savoir humain que nous embrassions.

N'est-ce pas là la seule caractéristique du chercheur, de l'homme du xxᵉ siècle, en ce sens que le travail est l'une des plus nobles ambitions que l'homme puisse rêver, quelle que soit la profession ou la technique qu'il embrasse et à laquelle il destine les rapides instants de sa vie ; afin de pouvoir faire partager à ses semblables les émotions ressenties au cours de ses infatigables et constantes études.

Il est vrai que ces sphères élevées, ce talent, ce but suprême enfin de grandeur, n'est atteint, bien souvent, qu'à force d'un indomptable courage, de persévérante énergie, de volonté opiniâtre. et de travail assidu, qui, dans la plupart des cas, est accompagné et suivi de mille privations, de souffrances amères, de douleurs et de misère, parfois bien noire et bien déconcertante ! « Qu'importe, dit Georges Sand, *Marches, Travailles*, ne t'arrêtes pas ici, ne te contentes pas de cela ; tu as tout à apprendre, tout à conquérir pour remplir ta vie, comme tu le dis ».

Aux jeunes gens studieux de mettre en pratique cette belle et noble formule, à laquelle nous n'ajouterons rien, tant elle est exacte dans sa brutalité.

A la suite de cette belle conférence, autant artistique que professionnelle et essentiellement technique, les prévisions de la délégation s'étaient réalisées, car après cette conférence, faite par Petit-Pierre, les adhésions dans le syndicat affluèrent de toutes parts.

Jamais chambre syndicale n'avait vu pareille augmentation. C'était, au siège social, une allée et venue continuelle de nouvelles recrues qui, chaque jour, venaient s'y faire inscrire. Devant pareil succès au point de vue syndicaliste, Petit-Pierre résolut de se lancer en plein dans la « mêlée sociale ». Il se promit donc de cesser ses cours de dessin d'autant que sa place de contre-maître de la rue Charles V suffisait à sa vie de célibataire endurci ; car il était d'une sobriété exemplaire !...

XIV

ENSEIGNEMENT PROFESSIONNEL PATRONAL
ET
ENSEIGNEMENT PROFESSIONNEL OUVRIER

> La science se constitue par une série de
> progrès, de développements successifs.
>
> M. BERTHELOT.

> Le propre du propagandiste à l'esprit comba-
> tif est de : Parler le moins possible ; en revanche,
> penser fortement et agir de même.
>
> JEANNE LONGFIER-CHARTIER.

Il y avait trois années environ que Petit-Pierre
avait, au grand regret de ses anciens élèves, cessé
ses cours de dessin, parce que, disait-il, ça lui prenait tout son temps. Et il voulait être libre, pour
s'adonner davantage aux conférences sociologiques.
Ceci ne pouvait surprendre ses camarades qui connaissaient son esprit combatif.

Or, quelle fut la surprise de Petit-Pierre en rece-
vant une longue missive où on le priait de bien
vouloir reprendre ses cours et de continuer cet
enseignement professionnel qu'il savait si bien développer.

Mais il avait la ferme volonté de refuser catégo-
riquement toutes les propositions qu'on pouvait lui
faire de ce côté.

En revanche, il avait préparé un long travail, sorte de rapport où il exposait le pourquoi du Dualisme qu'on lui signalait dans le monde de l'Enseignement Professionnel.

Cette anomalie, quoique assez bizarre, ne le surprit pas outre mesure, puisque lui-même avait constaté la cause de la non-réussite des cours patronaux qui, eux aussi, n'étaient pas des plus suivis.

C'est ce rapport qu'il adressa comme réponse à la demande que l'on suppliait de lui. Il est ainsi conçu :

PREMIÈRE PARTIE

Le travail que je vous adresse, chers camarades, est le canevas d'un long travail que je prépare sur le sujet dont vous me parlez. J'ai l'intention d'en faire une lecture publique dans une université populaire. Le but que je vise, dans ce travail, est en faveur de l'éducation professionnelle et sociale ! C'est-à-dire pour un mieux-être des producteurs, nos frères de lutte. Convaincu, comme le dit G. Lemarchand, que *les hommes émancipés puiseront leurs droits dans la conscience de leurs devoirs et marcheront vers ce progrès infini et sans borne qui libérera définitivement l'humanité.*

Or, si j'étais appelé de nouveau à enseigner le le *trait* dans les cours professionnels ouvriers, voici, sous forme de leçon *civique, professionnelle* et *philosophique,* le langage qu'à peu près je tiendrais à mes jeunes élèves :

L'Enseignement professionnel ne peut, d'après les lois de la logique, s'interpréter que comme la résultante de l'observation des faits analysés et expérimentés, si minimes fussent-ils en apparence.

En d'autres termes, l'Enseignement Professionnel découle de la théorie des mathématiques pures et de la physique appliquée à l'art du trait, pour le bois, ou de la stéréotomie s'il s'agit de la pierre. Ce qui, au fond, est identique !

En effet, c'est par les moyens théoriques d'abord, qu'un habile praticien menuisier, charpentier, tailleur de pierre, appareilleur, ébéniste, serrurier, etc., parvient à déterminer les dimensions et la forme qu'il doit donner aux différents travaux qu'il est appelé à faire exécuter ou à exécuter lui-même, au cours de sa rapide existence.

Et cela, en raison de la situation et des efforts que ces travaux peuvent avoir à soutenir par leur destination propre.

C'est encore par la théorie appliquée qu'un adroit ouvrier peut vaincre toutes les difficultés que présente un ouvrage ou édifice quelconque.

C'est par son incessant concours, que les ingénieurs, les architectes, conduisent tous leurs travaux, qu'ils prennent la situation et le plan des places, la distance des lieux, et qu'ils portent enfin la mesure jusque dans les espaces seulement accessibles à la vue. Cela, en se servant de ce qu'on est convenu d'appeler « la géométrie descriptive » qui est la source de toutes théories, si fréquemment appliquée dans l'art du bois et dans l'industrie du bâtiment en général.

Oui ! l'enseignement professionnel, tient de tout cela, tel qu'il est pratiqué actuellement, cet enseignement professionnel, non seulement dans les écoles plus ou moins officielles, mais encore et, surtout, dans les écoles officieuses. Nous entendons par là celui donné dans les cours de dessin des syndicats placés sous l'égide du patronat.

Eh bien ! cet enseignement-ci, nous ne craignons pas le démenti, les faits sont là, n'est qu'une pure fumisterie, une simple duperie, quant aux résultats au point de vue technique et professionnel, c'est-à-dire essentiellement pratique.

De sorte que les élèves qui suivent les cours patronaux sont peut-être merveilleusement et admirablement dressés pour faire d'excellents employés de bureau, et par là, décèlent un caractère de mercantilisme décoré, pompeusement, du nom de : commis métreur ou simplement métreur. De praticien, point ! Pour cette raison que, jamais dans les cours patronaux et même officiels, l'imagination des élèves, pas plus, du reste, que leur raisonnement, ne sont appelés à se prononcer sur la science expérimentale, autant que rationnelle et méthodique, des faits d'ordre sociologique, lesquels devraient, cependant, faire partie du programme scolaire, si programme est nécessaire à l'enseignement professionnel, qui doit être à la fois : d'ordre scientifique, social et technique.

C'est cette forme d'enseignement professionnel que doivent chercher à donner à leurs élèves, les syndicats ouvriers, sans, pour cela, nuire à l'enseignement étroit du « corporatisme » proprement dit. Au contraire, puisque mutuellement, ils se complètent.

C'est pourquoi il y a dualisme dans les conceptions sociales de chaque individualité. C'est là un phénomène ou une loi d'ordre aussi bien physiologique que psychique, que d'ordre purement professionnel.

Pour ma part, je ne saurais trop applaudir à cette méthode d'observation rationnelle, parce que les syndicats ouvriers doivent avoir un double but :

1º Former des ouvriers susceptibles de devenir de vrais et bons artisans, afin d'en imposer au patronat qui, tôt ou tard, sera vaincu, tant est grande son ignorance professionnelle!

2º Dresser des caractères d'élite et des volontés énergiques pour soutenir, avec prudence et sûreté, leurs revendications.

Cet enseignement vaudra certainement mieux que celui des cours patronaux et officiels, où tout est basé sur *la souplesse et la passivité*.

Que de fois il m'a été donné de constater, de visu, qu'après avoir suivi assidûment ces cours, pendant *deux, trois années et plus*, des élèves étaient absolument nuls pour la direction pratique d'un atelier d'une certaine importance. Cela malgré tout le favoritisme dont ils jouissaient près des patrons !...

Manque d'expérience, en raison de leur jeunesse, soit ! Mais aussi, et surtout, manque de culture et d'éducation sociale vraiment pratique.

Cela est si vrai que nombreux sont les élèves qui, chaque année, abandonnent volontairement les cours patronaux pour suivre ceux des syndicats ouvriers; convaincus qu'ils y trouveront un enseignement plus concret, et, à la fois, plus pratique et plus attrayant.

Ceci démontre amplement que l'enseignement de ces messieurs, bien qu'ayant des subsides de beau-

15

coup supérieurs à ceux que possède l'élément laborieux, ne peut rivaliser avec celui donné librement dans les syndicats ouvriers, quoique d'apparence assez misérable.

Il est vrai que les patrons sont plus *préoccupés des avantages de leur « coffre-fort » que du relèvement artistique de la profession qu'ils semblent représenter et dont ils se moquent au fond*, à part quelques rares exceptions !...

Tandis que les cours professionnels, tels qu'ils sont pratiqués dans les syndicats ouvriers, exigent beaucoup d'abnégation et énormément de sacrifices et de dévouements de la part des administrateurs et des professeurs, ainsi que des élèves qui les suivent.

Que de sacrifices, en effet! Que de patience surtout il faut! Que d'ordre! Que de temps! Que de calculs! pour arriver, avec si peu d'argent, à former, quand même, d'excellents praticiens et, dans la suite, d'habiles artisans. Mais, dans les rangs ouvriers, ces dévouements, cette abnégation, ces sacrifices de temps, ne sont jamais ménagés... d'où un caractère de supériorité incontestable, parce que, plus désintéressé — économiquement parlant. — Ils ne peuvent craindre une rivalité méthodique du côté du patronat, ni même du côté purement officiel, pour ce qui est du sens pratique surtout.

Du reste, il faut bien le reconnaître, l'esprit patronal, de même que l'esprit officiel, a en horreur la liberté d'enseignement, pratiquée largement dans les cours ouvriers, où est enseignée, dans toute son ampleur, la science du trait appliquée. L'expérience ayant démontré la nécessité de son application aux travaux de charpente et de menuiserie. notamment.

Il convient de noter qu'à notre époque, où tout se fait à coup de rabais, l'architecte évite de créer des travaux intéressants pouvant exiger certaines difficultés, aussi bien pour les études à dresser que pour l'exécution des travaux !...

Sans doute, messieurs les architectes, pas plus, du reste, que messieurs les entrepreneurs, ne se risquent à encourir une méningite par des études trop soutenues. Et... pour... cause !...

Cependant, l'enseignement professionnel devrait être le même si l'on voulait éviter que se produise un dualisme dans une même profession. Pour cela, il faudrait que tous les cours où il est pratiqué fussent placés sous le libre contrôle des syndicats ouvriers, d'accord avec les syndicats patronaux ! Parce que franchement imbus des sentiments *des droits* et *des devoirs sociaux*, les syndicats ouvriers auraient tout intérêt à apporter, dans les études professionnelles, ainsi que je l'ai déjà dit, une méthode rationnelle et, pour ainsi dire, unique; méthode reposant sur la démonstration concrète et simplifiée dans la pratique.

Ainsi organisés, ces cours auraient, de la sorte, chance de remplir une tâche fructueuse, bien autrement que sous *l'inspiration exclusive de l'égide patronale et gouvernementale !...*

Alors cessant d'être un trompe d'œil, une duperie pour les contribuables, l'enseignement professionnel pourrait devenir un atelier d'observation et d'expérience, en même temps une vaste école modèle pratique, où tous, professeurs et élèves, rivalise

raient à l'envie de travailler à qui mieux mieux
pour le bien de tous, pour tous !..

Ce serait là la vraie méthode à employer. Elle
est la seule logique et vraiment fondamentale, sous
le rapport du principe de l'équité ; parce que, je le
répète, cette méthode contient, en elle-même, les
principes de haute moralité civique et professionnelle.

Evidemment, cette définition de l'enseignement
professionnel ne peut, sans doute, être du goût de
messieurs les dirigeants, qui, eux, ont pour unique
objectif l'engraissement de la caisse !.. Là s'arrête,
pour beaucoup, leur mentalité.

Certes il y a antagonisme d'intérêt. Ceci est indéniable. C'est pourquoi l'égoïsme du haut patronat
capitaliste n'acceptera jamais de laisser l'application d'un enseignement professionel de ce genre. Et
c'est là sa plus grande erreur !

Pensez donc : *enseigner égalitairement et librement, en vue de créer plus d'entente, plus d'harmonie et, partant, plus de fraternité envers la
classe ouvrière*, toujours exploitée, toujours meurtrie. Il n'en faut pas ! Que deviendraient la supré-
matie, la hiérarchie capitalistes ?...

« Aux pauvres la besace » selon le dicton cher à
la bourgeoisie. Or, de la « besace », les producteurs
commencent à en avoir assez.

Car « à notre époque, ainsi que le fait remarquer
un éminent architecte [1], on n'a pas le droit de vivre
dans son coin, de travailler isolé et de ne pas s'occuper de ses voisins ; *il ne faut pas s'hypnotiser dans*

_____

1. Frantz Jourdain.

son labeur personnel et professionnel ; il est de toute nécessité de se grouper, de se connaître, de s'entraider, d'ouvrir sa fenêtre et de regarder dans la rue ».

Et ma seule et unique préoccupation en vous adressant ce long mémoire, continue Petit-Pierre à ses camarades, est, précisément, de porter la lumière à travers les cerveaux encore obscurs de beaucoup de travailleurs et aider, ainsi, à leur éducation autant professionnelle que sociale ; de les mettre en garde contre la nullité des cours professionnels patronaux et officiels.

Si je tiens ce langage c'est que je n'ai pas pour habitude de faire « profession de courtisan » envers qui que ce soit ; pas plus envers les ouvriers, et ils le savent, qu'envers ceux qui les exploitent. C'est pourquoi je me dois, à la vérité, de dire aux ouvriers que, jusque là, ils n'ont guère fait d'effort réellement appréciable leur permettant de sortir de l'état d'infériorité, de servage, dans lesquels les ont placés la société capitaliste. Car, à part quelques rares exceptions, de ci, de là, nous avons beau regarder autour de nous, dans les ateliers — détestable milieu ambiant — on ne découvre que souplesse et servilisme ; souplesse et servilisme allant parfois jusqu'aux plus basses platitudes, de la part de nos camarades de souffrance, toujours prêts à courber l'échine à l'approche du maître ou de ses valets ! C'est honteux...

Certes, je sais bien que l'on peut trouver énormément d'excuses à cette faiblesse de caractère individuel ! *Est-ce que la lutte quotidienne pour l'existence n'est pas là ?* Hélas ! oui. Raison de plus pour qu'à côté de l'*enseignement technique* indispensable, nous ne devons pas négliger l'*enseignement sociologique* dans ses manifestations les plus expansives : soit sous forme de causeries familières, soit sous forme de conférences historiques...

C'est de cette façon que les élèves s'y intéresseront, en ce sens qu'ils apprendront, en même temps, à meubler leur cerveau, sans pour cela négliger les connaissances nécessaires à leur métier manuel, qui est leur gagne-pain. Ils auront acquis, de la sorte, le moyen de faire respecter leur dignité d'hommes, de citoyens affranchis des dogmes du Passé, voire même des erreurs du Présent.

Je vais essayer de résoudre cette question sociale : l'enseignement professionnel, malgré la complexité qu'elle comporte en elle-même, persuadé, que je suis, qu'il en peut sortir l'épanouissante et radieuse beauté ; laquelle beauté, par un effort soutenu et consciencieux, est susceptible de conduire les êtres à plus de Fraternité, malgré les paroles pessimistes de Proudhon qui dit : « *Dès que leur bien particulier les sollicite, les hommes désertent le bien général* ». Ce qui, malheureusement, n'est que trop vrai pour bien des cas !

Néanmoins, j'ai la ferme espérance que l'humanité n'a pas le droit de désespérer d'un avenir moins douloureusement égoïste. Et quoique la tâche soit des plus ardues, des plus délicates, je me risque, en y apportant toute la courtoisie, et toute l'impartialité qui, toujours, a été la caractéristique de ma pensée.

Je vais donc tâcher de fournir des arguments en faveur de la cause que je défends, tant ils me paraissent irréfutables !

En agissant ainsi, peut-être arriverai-je à confondre la mauvaise foi de ceux qui veulent dominer, écraser les abeilles productrices.

Du reste, il est facile de vérifier mes dires ! A la condition, toutefois, d'éviter le « parti-pris » dans la recherche de la fée Vérité, laquelle est cent fois préférable, quoique de brutalité apparente, au mensonge et à l'hypocrisie ; certain d'avance que, sur ce point, nous resterons d'accord avec tous les techniciens de bonne foi, avec tous les professionnels affranchis de toute tutelle et de libres préjugés.

Nous disons donc que tous peuvent différer, et certainement diffèrent, sur la manière de façonner un travail. Cela se voit dans chaque ouvrier menuisier, puisque, par origine, nous sommes menuisier. Soit le menuisier en bâtiment, soit le spécialiste en agencement de magasin, voire même l'ébéniste ! Chacun a sa manière — bonne ou mauvaise — de tracer et de confectionner son « boulot », comme on dit à l'atelier.

Mais tous se mettront d'accord sur la méthode pratique qui répondra le mieux aux intérêts communs ! Chacun voudra connaître le procédé à employer permettant de rendre sa tâche suffisamment productive, en dépensant le moins d'efforts !

C'est donc vers ce but que doivent tendre les nouvelles méthodes d'enseignement professionnel qui devraient revêtir une forme concrète, simple, agréable et non abstraite. En un mot, la méthode évitant l'empreinte de problèmes scientifiques obscurs, c'est-à-dire compliqués ou empiriques. Par conséquent ennuyeux ou inutiles.

Cette dernière ne peut, du reste, convenir à des

élèves qui se destinent particulièrement à des car-
rières industrielles purement manuelles.

Toutes ces professions citées plus haut, ainsi que
les membres qui la composent, ne sont que les
« cadets » de cette vaillante et merveilleuse corporation désignée sous le nom de « charpenterie ».

C'est bien, en effet, cette corporation « la charpente » qui est notre sœur aînée! à nous les menuisiers de toutes spécialités.

Mais il serait superflu de revenir sur l'historique
de ces successives transformations professionnelles
qui se sont accomplies à travers les âges écoulés. Ce
serait d'autant plus téméraire que cette question a
déjà fait l'objet d'une étude. Nous n'y reviendrons
donc pas.

D'autant que sur ce point et sur bien d'autres
nous sommes d'accord avec Érasme [1] quand cet
auteur écrit : « *Pour ma part, convaincu, d'après
Socrate* [2], *que nous ne savons absolument rien,
je me borne à aider les travaux des autres en ce
qui me concerne* ». C'est ce que nous faisons en
l'occurence! Ceci dit, revenons à l'Enseignement
professionnel qui deviendra passionnant, autant
qu'attrayant, en mettant à jour les virtualités de
chaque jeune débutant.

Là est le rêve. C'est pourquoi il ne suffit pas que
cet enseignement professionnel se cantonne exclusivement dans un enseignement purement mécanique
du métier! C'est pourquoi, ainsi que je l'ai dit plus
haut, il serait préférable qu'une méthode, à peu près

---

1. Auteur de l'*Éloge de la Folie*.
2. Philosophe grec, 399-468 avant Jésus-Christ.

identiquement rationnelle, fut appliquée — après entente préalable de tous les intéressés — dans les cours d'une même corporation.

Cette méthode consisterait, selon moi, à suivre l'exemple de la nature; laquelle, dans toutes, ou presque toutes ses manifestations, commence d'une manière imperceptible. Il appartient donc aux professeurs, libres de toutes contraintes, de procéder, eux aussi, méthodiquement et avec discernement, en commençant par un raisonnement, une comparaison très simple, très petite, de façon à permettre aux élèves de leur faire accomplir un premier pas dans l'amour de l'enseignement professionnel.

Ce premier pas peut se comparer à l'étroit sentier conduisant au sommet d'une haute montagne, que le Touriste ne peut atteindre que par une suite de volonté et d'efforts continus? Cette comparaison est susceptible d'ouvrir la voie du raisonnement aux élèves qui, comme celle du géomètre, les guidera dans le goût de leurs études, en les conduisant, insensiblement, du facile au difficile, du simple au composé : comme du point à la ligne ; de la ligne à la surface ; de la surface au solide ; du solide à leurs sections ou coupes et projections en tous sens.

Ensuite de la projection au développement des corps ; du développement de ces corps à leurs pénétrations présentées sous leurs diverses situations de plans.

Cette façon de procéder, qui est la méthode rationnelle par excellence, appliquée à l'enseignement professionnel ouvrier, a, pour elle, beaucoup de chance d'être comprise de toutes les intelligences, et, même, des cerveaux les plus réfractaires ; je me

15.

porte garant de la méthode, l'ayant assez souvent expérimentée moi-même !

Cela simplement par l'absence totale de tout règlement ou programme imposés d'avance, par une forme autoritaire quelconque ; estimant que l'autorité est presque toujours funeste et malfaisante en matière d'enseignement. Nous avons trop de preuves de sa perversité dans le monde d'enseignement éducateur. :

Elle ne sert, l'Autorité, la plupart du temps qu'à asservir les consciences, en émasculant la mentalité des êtres qu'elle a mission d'éduquer.

Donc, à l'enseignement autoritaire, soit patronal, soit gouvernemental, faisons en sorte de lui substituer un enseignement scientifiquement rationnel, c'est-à-dire de *savoir* et de *simplicité*, et, en même temps, tout de *solidarité*.

C'est pourquoi il appartient, et j'y insiste, à ceux qui font profession de pédagogues, de donner à leur enseignement une forme à la fois amusante, charmeuse et séduisante, dont le principe doit être la persuasion par la douceur, la patience et la bonté! Ce sera la vraie manière de forcer, de captiver l'attention des élèves.

Certes, cette tâche peut présenter certains désagréments. Je suis néanmoins fondé à croire, malgré les petits inconvénients que l'on y peut rencontrer, que c'est encore l'unique moyen, pour un professeur, de se faire respecter, comprendre et aimer de tous.

Là encore, que mes camarades me permettent d'ouvrir une parenthèse, en faisant une figure comparative : si, par exemple, un professeur se trouvait en face d'un cerveau réfractaire à toute explication

— cela peut et doit, fatalement, se produire ; ici, il est bien entendu qu'il s'agit de l'enseignement à donner dans les cours ouvriers — eh bien ! comment ce professeur devra-t-il procéder pour expliquer et faire comprendre, à ce cerveau réfractaire, le mécanisme descriptif du développement de la surface d'une sphère, par exemple ?

Il n'aura, ce professeur, qu'à s'inspirer, pour se mieux faire comprendre dans la technique de sa démonstration, de la pensée suivante :

Pour obtenir le développement de la surface d'une sphère, dira-t-il à l'élève, laquelle est, en tout point, semblable à une boule à jouer, par conséquent un corps rond, il faut tracer sur cette boule autant de divisions que l'on veut, et à égale distance. Celles-ci étant rayonnantes aux sommets ou pôles opposés du pourtour où sont indiquées les divisions.

Ces divisions représenteront autant de sections, zones, ou fuseaux, dont le pourtour de la boule ou sphère peut être composée. D'après ce langage clair et précis, nul doute que le cerveau de son élève ne soit frappé devant une pareille simplicité, dans sa démonstration.

Outre cela, le professeur peut encore évoquer, à l'imagination de son élève, l'exemple de l'un de ces mille produits que la nature, bien que souvent inclémente, a su, néanmoins, mettre à la disposition de l'homme : tel le melon, la pomme, le citron, où l'un de ces produits si alléchant : ce délicieux et odorant petit fruit bien connu des poètes sous le nom de « pomme d'or » ou encore « pomme du jardin des Hespérides », sous entendu : « l'orange », laquelle, dépouillée de son écorce, offre, en effet, une véritable série de zones ou fuseaux géométriques d'une sphère. Cela au point de vue essentiellement descriptif et démonstratif.

Or, je le répète, devant pareils exemples avec objets démonstratifs à l'appui, il va sans dire, que l'élève le plus réfractaire sera, malgré l'obtusité de son esprit, obligé de comprendre, jusque dans ses moindres détails, le développement géométrique d'une sphère ou de toute autre figure dont la démonstration serait faite d'après le même raisonnement [1].

Car, ainsi que le disent les « carabins » se destinant à l'étude de la médecine : « Il n'y a tel que le cadavre pour arriver à connaître le mécanisme du corps humain ! »

C'est pourquoi je dis aussi : il n'y a tel que le modelage des pièces étudiées et dessinées pour arriver à concevoir, à connaître l'art du trait appliqué à la coupe des bois, ou autre matière œuvrable pouvant exiger le concours de la géométrie descriptive; laquelle a permis de découvrir les lois de l'art du trait !...

N'est-ce pas un phénomène singulièrement typique, camarades, de pouvoir constater, malgré le peu de ressources dont disposent les cours ouvriers, de pouvoir obtenir des résultats si appréciables, par la seule volonté qu'y apportent administrateurs et professeurs, pour faire penser les cerveaux. Aidés qu'ils sont, dans cette tâche dernière, par la science que détient la philosophie sociale, la plus importante, puisqu'elle englobe toutes les autres sciences !

1. Voir la dite figure en bas de la page 47.

C'est ce que j'appellerai la Sociologie pratique appliquée à l'Enseignement professionnel.

C'est par elle que les individus arriveront, d'âge en âge, à affranchir leur mentalité, et concourront ainsi à la libération de la conscience humaine, pour que, de siècle en siècle, disparaissent, de notre race, ces restes d'ancestrale barbarie qui, jusqu'alors, ont été la règle de conduite, en faisant, de chacun de nous, des agents, presque volontaires, de cette même sauvagerie; tellement notre mentalité a été imprégnée de superstitions et d'erreurs de toutes sortes !

Erreurs et superstitions qui ont retardé, et retardent encore, l'évolution, la marche en avant de l'humanité.

Voilà pourquoi il devient absolument nécessaire que tout ce qui vit, pense et agit, doit, dès maintenant, se mettre à l'œuvre saine et salutaire, pour arriver à l'affranchissement intégral de la personnalité humaine.

C'est ainsi que je conçois la mission que doit poursuivre l'Enseignement professionnel ouvrier. Certain que je suis de me trouver en communion d'idées et de sentiments avec nombre de mes camarades menuisiers ou autres !...

Il se peut, cependant, que ma conception ne réunisse pas les suffrages de tous les professionnels, non plus que tous ceux de MM. les Professeurs. Loin de moi cette outrecuidance, n'ayant jamais eu l'intention d'imposer une méthode.

Je me contenterai, pour l'instant, de soumettre une idée, bonne ou mauvaise, afin qu'elle puisse être discutée en toute liberté, ayant trop le respect et

trop le sentiment d'indépendance professionnelle
vis-à-vis de moi-même !...

D'autre part, je sais que chaque professeur, à tort
ou à raison, conçoit l'enseignement professionnel
selon sa propre éducation, ou selon sa propre mentalité. N'empêche qu'au fond, ils doivent-être à peu
près d'accord avec nous, sinon dans les détails, au
moins dans l'ensemble.

Bien entendu, je m'adresse, ici, aux professeurs
appelés à enseigner dans les cours ouvriers qui, tous,
doivent avoir une méthode presque identique, afin
d'obtenir des résultats à peu près semblables. Autrement, il y aurait fatalement dualisme. Et c'est ce
que, surtout dans les cours ouvriers, il faudrait éviter
à tout prix.

C'est pourquoi, au risque de me répéter, je poserai
de nouveau la même question à messieurs les professeurs patronaux et ouvriers : Oui ou non,
croient-ils réellement qu'il n'y a que l'habileté purement corporative, c'est-à-dire exclusivement ma-
nuelle que l'on doive enseigner aux jeunes gens de
la classe ouvrière ?...

Oui ! répondront les employeurs, avec, pour échos,
leurs « chiens de garde ».

Hélas ! ce n'est que trop vrai, nous savons,
d'après leurs sentiments autoritaires, que l'enseignement professionnel doit rester exclusivement corporatif, c'est-à-dire apprendre à ployer
servilement l'échine, en acceptant toutes observations, tous propos plus ou moins malveillants;
même quand il plaît au vénérable patron de faire
des économies sur le dos de ses ouvriers, en
rognant sur leurs maigres salaires ; d'où la cause de

conflits entraînant à des grèves susceptibles de violences !...

Cela sous des dehors miséricordieux ! Car, pour le patronat, les ouvriers ne peuvent être que des machines à produire, c'est-à-dire de vulgaires esclaves.

Bien entendu, Petit-Pierre ne pouvait manquer de repousser, d'une manière énergique, cette façon de concevoir l'enseignement professionnel et les rapports sociaux entre employeurs et employés ! D'où un dualisme entre l'enseignement ouvrier et patronal.

Nous savons en effet, que, selon eux, les ouvriers n'ont pas besoin de penser !... C'est la thèse qu'un jour soutenait, devant un groupe de patrons, un grand entrepreneur de menuiserie parisien.

Et c'est précisément là, qu'il est du devoir de tous ceux qui trouvent désastreuse et mauvaise la méthode patronale ou officielle de protester, en ripostant avec véhémence : Non ! non ! ça n'est pas suffisant !...

Car, plus que jamais, les ouvriers menuisiers, la classe ouvrière toute entière, doivent approfondir, non seulement les difficultés que renferment la science et l'art de leur technique, mais acquérir, ainsi qu'il a été dit plus haut, la plus grande somme de connaissances que leur offre le génie humain ; afin d'agrandir l'horizon de leur propre individualité !...

C'est à cette tâche, souvent ingrate, que Petit-Pierre a voulu consacrer tous ses efforts. Cela avec la conscience du devoir accompli.

Du reste, d'accord avec les sentiments de justice

égalitaire, nous ne pouvons concevoir, disait-il, quant à nous, un enseignement réellement et foncièrement technique, que si les élèves, sentent chez celui de qui ils reçoivent des leçons, non un supérieur, un maître qui leur en impose, mais un égal, un camarade, au lieu d'un monsieur.

De cette façon, tous, élèves et professeurs, se trouveront plus à l'aise. Autrement dit, moins gênés pour demander ou avoir un renseignement, une explication.

C'est, à mon sens, le plus sûr moyen d'arriver à individualiser les consciences, permettant à chacun des élèves d'atteindre au complet développement de leur propre personnalité, afin de former des caractères larges, des esprits généreux, et des cœurs moins égoïstes, en contractant plus de solidarité altruiste ! Ce qui, d'autre part, sera un excellent moyen d'éviter des rivalités mesquines ; puis, également, impossibilité qu'un *Dualisme* ne se produise dans une seule et même profession.

Donc, il est utile de laisser la plus large liberté à celui qui a charge d'enseigner. Toutefois, à la condition que, lui-même, soit à la hauteur de sa mission éducatrice. Nous entendons, pour ce professeur, la possibilité d'enseigner à ses élèves l'art de conserver ce que l'homme a de plus précieux en soi : sa pleine indépendance d'esprit, son entière dignité. Qualités qu'il ne peut acquérir que par l'exercice de la solidarité envers ses semblables en exploitation, je le répète !...

Malheureusement, ce n'est pas ce qui se passe, nous l'avons déjà constaté, dans les cours professionnels organisés par le patronat et par les officiels.

Ici, les camarades voudront bien m'excuser si j'y mets tant d'insistance. Cela devient non seulement inévitable mais nécessaire pour montrer la mauvaise foi des adversaires de la classe ouvrière dans leurs procédés !

Nous disons donc que, dans leurs cours, non seulement l'enseignement pratique professionnel y est nul, mais qu'en plus, il pousse à l'ambition de domination, par la passivité ; au mensonge, par l'hypocrisie dont le but flagrant est : obtenir une situation prépondérante au détriment des ouvriers ! Étant pour ce fait sciemment dressés.

Voilà pourquoi, de parti-pris, messieurs les dirigeants, de tout acabit, ont déclaré la guerre au libre enseignement professionnel ouvrier, tel que nous l'avons pratiqué et exposé. Voilà la véritable cause du conflit, dans sa brutale expression !

Là s'arrête la première partie du travail de Petit-Pierre. Car sur ce sujet comme sur tant d'autres, il excellait. Il excellait d'autant qu'il voulait éviter, à tout prix, la perpétration d'un pareil dualisme professionnel, dont il possédait à merveille le thème.

Mais craignant que ses camarades ne perdent patience, et comme il sentait qu'il avait encore beaucoup à dire, il se décida à envoyer cette première partie à ses camarades, en les avertissant qu'ils recevraient dans quelques jours la deuxième partie, qui formerait peut-être la fin de ce mémoire.

Et pour lui, chose promise, chose due ! Aussi, à peine une quinzaine n'était écoulée qu'il leur envoya la deuxième partie ainsi conçue :

DEUXIÈME PARTIE

Cette deuxième partie débute par une citation de
l'auteur de l'*Éloge de la Folie* où il est dit : « Je ferai
non ce que méditent mes adversaires, mais ce qui
est digne de moi. »

Dans la partie précédente on a pu remarquer combien les entrepreneurs de menuiserie, aidés par leur
entourage, ont déclaré de parti-pris, je le réitère,
la guerre à la méthode du libre et pratique enseignement professionnel ouvrier, cela sous le prétexte
que l'on faisait œuvre de sociologie !

De là, une rivalité sourde entre les deux méthodes.
Rivalités dont les funestes conséquences ne peuvent
échapper à aucun esprit réfléchi. Il sera donc facile
de constater que ce *dualisme* provient, précisément,
des cours patronaux et officiels, par ce fait primordial : que les professeurs ne sont pas libres de leur
action, leur tâche étant limitée par des programmes
outrageusement disciplinaires.

De cette façon, les professeurs le reconnaissent
eux-mêmes, ils ne peuvent arriver facilement à former des élèves capables et expérimentés en tout
point, comme semble l'exiger la science de la pratique professionnelle.

Il en serait, sans doute, autrement, sans ces programmes et règlements qui semblent faits pour
couler le cerveau de chaque élève dans *une seule et
unique mentalité ! Ce qui est une erreur profonde !...*

Voilà pourquoi les professeurs se trouvent dans
l'impossibilité, ou à peu près, de pénétrer la psy-
chologie, ni même songer à scruter les aptitudes de

chaque élève à eux confiés. Pourtant, comme le fait remarquer un écrivain de haute envergure : « Les travailleurs instruits par la vie, sont bien autrement experts que les économistes de profession[1] ».

Par conséquent, j'ajoute que, seul, le libre examen peut obvier à cet inconvénient.

Donc, arrière programmes et règlements élaborés et imposés d'avance par des personnes, souvent sans aucune valeur technique appréciable, comme il s'en trouve hélas tant parmi les entrepreneurs en général, particulièrement parmi ceux de la menuiserie de notre époque, lesquels sont presque tous « fils à papa ».

Or, tous règlements ou programmes élaborés et imposés, sont, d'avance, voués à l'avortement, à l'impuissance ! Parce qu'ils empêchent le manque d'attrait en limitant, disciplinairement, la tâche du professeur. Ce qu'il faudrait éviter, autant que possible, surtout en matière professionnelle.

C'est en quelque sorte empêcher les rayons bienfaisants du soleil de pénétrer de leur éblouissante clarté les ateliers exposés à l'ombre, mais susceptibles, malgré tout, de les recevoir. Souvent, même, il arrive qu'il soit interdit d'ouvrir les fenêtres d'aération par des patrons grincheux. Cela s'est vu...

Il y en a même qui élèvent la voix, lorsqu'ils voient un ouvrier donner un simple renseignement à son camarade d'établi, moins habile, étant plus expérimenté que lui. Cela sous l'étrange prétexte que les « compagnons perdent du temps ! » C'est typique et phénoménal de bêtise ! Mais c'est ainsi.

---

1. Paroles d'Elisée Reclus.

Évidemment, sous l'influence d'un tel milieu ambiant, il est bien difficile, à chaque cerveau, d'atteindre à son évolution libre et complète. De là, la genèse de ce dualisme fait de jalousie bête, méchante et hypocrite.

Dualisme revêtant, entre cours professionnels patronaux et cours ouvriers, un caractère haineux, dirigé, évidemment, contre les cours professionnels à tendances indépendantes de toutes attaches officieuses, comme la plupart des cours ouvriers.

La voilà bien la façon libérale de concevoir la liberté d'enseignement professionnel de ces exploiteurs, fabricants de menuiserie à tant le kilomètre !

« Fabricants de menuiserie?.. » Ce terme tendrait à supposer qu'il y a encore parmi les entrepreneurs des « maîtres menuisiers ». Alors qu'au fond ce ne sont, — pour me servir de la sévère, mais juste expression de cet artiste émérite : Cavaillé-Coll, — *que des brasseurs d'affaires* [1]. Moins que cela : des brocanteurs au rabais, ajouterons-nous ! C'est le seul qualificatif qui, d'une manière générale, convient à la plupart d'entre eux.

Le jugement de Cavaillé-Coll était et demeure, en tous points, d'une rigoureuse exactitude. Car, à part quelques nouveaux et jeunes entrepreneurs, aucun de ceux visés ci-dessus n'ont sérieusement « mis la main à la pâte ! »

Donc il est facile de voir la provenance de ce dualisme féroce où, seule, la jalousie idiote et mal fondée du patronat, en est la cause.

---

1. Telles sont les paroles, de ce grand artiste dans sa technique de facteur d'orgues, que nous échangeâmes quelques années avant sa mort.

Jaloux : ils le sont! parce qu'ils ne peuvent digérer de voir, parmi leurs esclaves, — chaire exploitable à merci, — quelques-uns acquérir plus de dignité, plus de connaissances techniques, absolument supérieures à celles qu'acquièrent dans « leurs cours disciplinaires » les élèves qui les fréquentent. Nous en avons la preuve.

D'où, forcément, un dualisme entre les deux systèmes de concevoir l'Enseignement professionnel! puisqu'ils diffèrent du tout au tout.

Tandis que par l'un — côté ouvrier — on s'efforce de réveiller l'initiative et les énergies intellectuelles, tout en veillant à ce que, par la pratique du modelage, et par l'application rationnelle du trait, les élèves acquièrent rapidement les connaissances propres à faire d'excellents artisans et de braves citoyens! Du côté patronal, c'est l'opposé.

C'est alors que, devant cette incontestable supériorté de méthode, la lutte s'intensifie et atteint parfois au paroxysme de l'aveuglement, pour ne pas dire de « l'entêtement », du « Dieu veau d'or ». Celui-ci étant aveuglé par l'égoïsme, remplaçant ainsi la déesse Raison et la Sagesse conciliatrice ; et de ce fait, une violence de langage inusité, d'où se produisent des actes de plus en plus violents, venant creuser, encore, le fossé qui sépare l'ouvrier du patronat.

Pourtant, si les détenteurs de tous les monopoles se mettaient à réfléchir sainement à l'intérêt qu'ils auraient, ils reconnaîtraient vivement qu'ils ne peuvent vivre tranquilles, au milieu d'une organisation sociale aussi défectueuse qu'est l'organisation instituée par le Capitalisme !

Alors que tous pourraient et devraient être heureux de vivre, par une égalité de moyens ! Autrement dit, par la possibilité de la mise en pratique des virtuelles aptitudes de chacun.

Mais le Patronat, pas plus que les officiels, véritables *Potentats* économiques, n'aiment pas qu'on leur prouve *l'utilité de l'utile*.

Il est, en outre, une cause qui a amené cette dualité. Ce n'est pas seulement au point de vue sociologique — qui a pourtant une très grande importance — mais encore une cause d'ordre essentiellement technique :

Les patrons menuisiers n'ont-ils pas, il y a de cela quelques années, exclu de leur cours et, qui plus est, rayé de leur programme, les leçons d'Escalier ? Cela sous le prétexte, « ridiculement imbécile », que l'Escalier ne saurait faire partie de l'Art du Trait ! [1]

Il faut avouer que pareil propos donne la mesure d'une incommensurable ignorance de la science professionnelle. Ça peut paraître invraisemblable, mais nous en garantissons l'authenticité.

Nous ignorons si, dans la suite, cette interdiction a été maintenue en vigueur ?

Ce que nous savons, ce que je sais, c'est que, pour tout professeur libre et soucieux de la connaissance de son rôle, l'Escalier forme pour ainsi dire le fond, par excellence, de l'application de l'art du Trait. Soit dans la charpente, soit dans la menuiserie, ou soit encore dans la coupe de pierre, ou

---

1. Propos recueillis de la bouche même de l'un des intéressés, au cours d'une enquête, que faisait, alors, un de mes meilleurs amis.

toute autre profession obligée d'avoir recours à la
géométrie descriptive.

Ici, il est bon de faire une petite remarque qui
a son importance, au point de vue de l'éducation professionnelle. Surtout en ce qui concerne les professeurs de menuiserie et de trait, convaincu qu'ils
seront de notre avis, après qu'ils auront un instant
réfléchi. Ceux-là diront, avec raison, aux élèves :
qu'il est plus facile de faire le plan et le tracé d'un
escalier, que le tracé et l'exécution d'une porte quelconque ; fusse même d'une porte à grand ou petit
cadre.

Sans doute, cette manière d'établir une comparaison, entre le tracé d'un escalier et l'exécution
d'une porte à petit cadre, est susceptible de rencontrer beaucoup d'incrédules ?

Nous allons donc prouver, par le raisonnement,
que cette comparaison n'a rien de métaphorique,
malgré sa forme paradoxale [1]. En ce sens que le
tracé d'un escalier oblige à une tension constante de
l'esprit, alors qu'on joue avec le tracé et l'exécution d'une porte ou même d'une simple croisée !

On se croit tellement sûr de soi, dans ces simples
travaux, que l'on ne prête à leur tracé qu'une
médiocre attention, tellement l'exécution en est
courante. De là des erreurs de mesures souvent,
très souvent.

Combien avons-nous été témoin de pareilles
erreurs, commises par suite d'inattention !

Donc notre comparaison, au fond, est des plus

1. Voir à ce sujet l'important ouvrage, l'*Enseignement Professionnel du Menuisier*, par Léon Jamin.

exactes. Cette petite dissertation faite, revenons au dualisme professionnel qui fait l'objet de ce rapport, et dont les causes, nous l'avons dit, se multiplient à l'infini. Entre autres celle-ci : que les vrais pionniers, les vrais travailleurs de l'art et de la science professionnelle, ne recherchent pas les privilèges. Ils se donnent entièrement à la tâche du travail qui ennobli ! Ils placent donc, au premier plan des cours professionnels, les escaliers, tellement ceci leur paraît logique.

Evidemment la fausse situation qu'occupe dans l'actuelle société l'*Art professionnel* ne peut prendre fin que lorsqu'il sera donné à tous : savants, artistes, artisans, manuels ou intellectuels, d'exercer, sans contrainte aucune, le libre jeu de leurs facultés géniales, afin que s'épanouissent toutes leurs virtualités.

D'autre part, notre indépendance d'esprit nous oblige, après ces diverses constatations, à dire que, tant qu'existera la défectueuse organisation sociale de l'ordre capitaliste actuel, il est fort à craindre qu'il n'y ait guère à espérer de voir les élèves des cours patronaux et gouvernementaux arriver à épurer leur cerveau de toutes les scories, tant il est dirigé vers l'obéissance servile !...

Quand, au contraire, pour faire des hommes, dans toute l'acception du terme, on devrait s'appliquer à diriger leur esprit, leur pensée, vers des horizons plus élevés, plus larges ; afin d'arriver, par le simple jeu du raisonnement et d'analyse, à définir l'exactitude de la science et de l'art professionnel dans toute son ampleur. Et, de la sorte, se mettre d'accord avec Tolstoï, lorsque ce dernier parle en ces termes du travail manuel :

« *De tout temps, dit-il, l'humanité, dans sa marche en avant ne s'est occupée que de la définition du Bien et du Beau ! et il y a plusieurs milliers d'années qu'ils ont été définis* ».

C'est cet enseignement professionnel et social qui a, je le réitère, le don d'exaspérer le patronat, même jusque dans les milieux officiels, constatant qu'ils ne peuvent de moins en moins, malgré leurs capitaux damer le pion à l'enseignement des syndicats ouvriers qui, eux, obtiennent, avec le peu de moyens dont ils disposent, des résultats surprenants.

Voilà pourquoi nous soutenons qu'à côté de l'étude purement professionnelle, il soit fait, à l'élément essentiellement ouvrier, une large application de l'enseignement social, rationnel et philosophique; afin que cesse de se produire un dualisme, dans les cours d'ordre purement corporatif, qui a déjà trop duré.

Comme, pour l'observateur, il ne peut y avoir « d'effets sans causes », il était de notre mission de rechercher précisément « les causes » à qui pouvaient incomber la responsabilité d'un tel dualisme professionnel, lequel devient si funeste aux élèves et, partout, se répercute sur la classe ouvrière tout entière en créant dans son propre sein : animosités, jalousies, rivalités de toutes sortes ! Tel était l'état d'esprit de Petit-Pierre, qui continue :

C'est pourquoi il appartient à qui fait fonction de professeur ou d'éducateur civique, dans les milieux ouvriers, de faire tout son possible pour que cessent ces rivalités entre travailleurs, en créant pareilles zizanies. C'est là mon plus grand désir, ajoute-t-il en terminant la deuxième partie de ce travail.

16

TROISIÈME ET DERNIÈRE PARTIE

Laissant de côté, du moins pour l'instant, le thème spéculatif de doctrines et de théories philosophiques, Petit-Pierre aborde celui ayant plus particulièrement trait au travail professionnel ; lequel est, en effet, plus terre à terre. Il commence donc cette troisième partie, qui formera la conclusion de ce rapport, en ces termes :

Ainsi que les camarades ont pu, aisément, s'en rendre compte au cours de ce travail, il y a dualisme sur toute la ligne. De quelque côté que l'on se retourne, il y a antagonisme d'intérêt, partout où il y a exploitation ! De là, divergence de vue de la part du patronat, celui-ci prétendant limiter le mode d'enseignement professionel à la seule exécution de façonner la matière brute !

Donc Dualisme entre les deux éléments, alors qu'ils devraient arriver, par un raisonnement sain et réfléchi, à faire de mutuelles concessions, et permettre à la classe ouvrière d'atteindre à un peu plus de mieux-être dans ses revendications professionnelles et sociales, et aussi afin de conserver la dignité à laquelle elle a droit !

Car la croyance aux « hommes providentiels » que, longtemps, on a considéré comme les seuls et véritables éducateurs des masses, des peuples et des individus, n'est plus de saison. Parce que des hommes plus éclairés se sont aperçus qu'en réalité ils ne sont — ces hommes soi-disant « providentiels » que de fieffés gredins ! dont l'éducation a toujours été pour la gloire et pour le profit exclusif de de l'exploitation de l'homme par l'homme.

Et quoi de plus terrifiant, effectivement, que de voir l'exploitation « des faibles » si effrénée dans la production de chacun ? Celle-ci étant la source vraiment sociale de la Richesse des nations et des peuples.

Malgré cela, nous craignons fort que cette exploitation de la richesse sociale, laquelle pourrait être, *par une intelligente organisation scientifique du travail, quintuplée*. Elle serait, ainsi, la résultante de plus de bonheur, de plus de mieux-être, parce que : patrimoine de tant de générations.

Nous craignons, disons-nous, que cette exploitation de l'homme par lui-même ne dure malheureusement longtemps encore si les producteurs, organisés en *syndicats économiques*, n'y mettent bon ordre.

C'est pourquoi nous les devons aider, en employant toutes nos forces, sans trève ni repos, à leur affranchissement intégral ! Cela nous le pouvons. En ce sens que, comme le fait remarquer Ernest Cœurderoy : « Il y a plus fort que tous les hommes ! c'est un homme libre ». Cet homme libre est le penseur, au cœur droit et généreux !

Pour lui, il est révoltant, en effet, d'avoir à constater avec quel cynisme la société — soi-disant démocratique — jette des millions et même des milliards pour entretenir des parasites de tous ordres, y compris ceux qui, grassement rétribués. représentent tant de rouages inutiles ! Entre autres, le plus terrible, le plus redoutable fléau des nations et des peuples : le militarisme !...

Je n'ignore pas, ajoute Petit-Pierre, qu'en attaquant cette institution caduque et nuisible au genre humain, je soulèverai la réprobation de nombre de nos congénères qui n'ont pu évoluer jusqu'aux hauteurs d'une harmonieuse et sereine humanité faite de paix et d'amour !

C'est pourquoi on voit tant de millions gaspillés, d'un cœur léger, pour fêter et aduler des potentats, que je qualifierai de bandits couronnés, alors qu'on laisse indifféremment crever de faim, comme des chiens, de vieux ouvriers fourbus, qui se sont usés au service de ce même « veau d'or ».

Ceci est une honte pour la civilisation, nous ne saurions trop le crier.

Un pareil contraste, un tel état de choses, ne peuvent prendre fin que par la *Révolution rationnellement économique*, seul moyen pour que cessent ces luttes intestines. En ce sens que l'intérêt personnel, entreteneur et éterniseur, est la cause directe de ces querelles divisionnistes entre tous les hommes, particulièrement entre les travailleurs. Ce qui fait dire à un écrivain que « *la science sociale sera l'œuvre de l'harmonie parfaite.* » Et il a raison..

Aussi, avant de terminer, souvenons-nous, dit Petit-Pierre, de la déplorable façon de messieurs les patrons dont l'enseignement professionnel « quasi officiel » est l'une des causes, et non la moindre, de ce dualisme entre les cours ouvriers et patronaux.

Voilà pourquoi nous devons avoir, nous, ouvriers, au nom de la justice et de l'égalité sociale, le courage de proclamer que les élèves des cours patronaux et officiels, les jeunes particulièrement, dont le cerveau est assez maléable, lorsqu'ils en sortent portent l'empreinte indélébile de l'enseignegnement disciplinaire qu'ils ont reçu, tel qu'il convient au *conservatisme* de nos adversaires, qui dressent à merveille leurs élèves pour l'emploi de vulgaires « valets » ou « d'espions » envers leurs camarades de la veille, auprès desquels ils deviennent très arrogants et très durs — sauf exception — quand ils arrivent, après platitudes sur platitudes, à décrocher la timbale les sacrant : « Contre-Coup », autrement dit « garde-chiourmes ».

Est-ce là de l'éducation ? Alors que, d'une manière générale, les élèves sortant des cours professionnels ouvriers et *indépendants* de toute attache patronale sont, eux, dressés, ainsi que nous croyons l'avoir démontré, pour acquérir d'abord suffisamment des notions techniques; ensuite, par une éducation sociale leur permettant de conserver par devers eux leur dignité d'hommes libres. De façon que, placés à la tête d'une industrie importante ou même secondaire, ils gardent assez d'indépendance d'esprit et de solidarité envers leurs camarades qui pourraient être appelés à travailler sous leurs ordres ; sans pour cela nuire aux intérêts — dans la mesure du relatif — de chacune des parties en présence.

Cette manière de voir de Petit-Pierre paraîtra peut-être, à beaucoup de lecteurs, un raisonnement paradoxal !...

Cela semble, effectivement, à première vue, incompatible avec la fonction d'un camarade devenant « contremaître ».

Petit-Pierre savait bien que ce n'est pas toujours facile. En tout cas nous sommes d'accord avec lui sur ce point, car nous savons, par expérience, que ce n'est pas absolument impossible avec des patrons

16.

tant soit peu intelligents. Et il s'en trouve dans le
nombre de « ces oiseaux rares ! »

D'autre part, nous savons qu'il y a, dans les rangs
des travailleurs, de ces caractères, de ces hommes
intègres qui, une fois arrivés, ne vendent jamais
leur conscience, pas plus qu'ils ne s'aplatissent
devant aucune puissance patronale, dont les connaissances techniques et professionnelles sont,
hélas, bien souvent factices.

Voilà pourquoi nous proclamons, dit Petit-Pierre,
qu'à côté de l'enseignement purement corporatif,
celui-ci doit-être triplé d'un enseignement *civique,
social et philosophique !* Cela pour éveiller, dans le
cerveau de chaque élève, sa propre énergie intellectuelle, par le libre examen de ce que lui enseigne
un professeur assez indépendant. Nous voulons
dire : par la démonstration rationnelle et expérimentale des objets et des choses qui, en l'occurence,
ne sont que des modèles à l'appui des leçons données !

Or, disait-il aux producteurs en terminant, vous
êtes le nombre. Cela est indéniable ! Donc vous
n'avez qu'à « vouloir », et vouloir, c'est avoir chance
de succès !

Aussi, camarades, terminerai-je ce mémoire en
criant de toute la force de mon être : Vivre le communisme philosophique, libertaire et scientifique,
qui seul créera l'harmonie entrevue par les penseurs, rêvée par des poètes, en permettant à tous
la liberté et le savoir, avec la conscience des droits
et des devoirs réciproques que se doivent entre eux
chaque citoyen à quelque rang ou situation sociale
ils appartiennent ! C'est-à-dire par le *rationalisme*

entrè les parties en cause, quels que soient les motifs qui les puissent diviser. Ce qui serait, certes, préférable à ces luttes intestines que l'on voit dans chaque profession ! Nous persistons donc à penser que, si les hommes étaient moins égoïstes, il leur serait facile de se tendre une main fraternelle ! C'est là notre plus grand désir pour le bien de tous pour tous !... Seul moyen pour arriver à constituer la mise en pratique de ce beau rêve qui est inscrit en tête de la démocratie : *Liberté, Egalité, Fraternité*, qui avec le mot *Solidarité* forment un joli quatuor. Dans un avenir prochain, on verra briller, sur tous les fronticipices de nos monuments, ces mots étincelants : Paix ! Lumière !! Concorde !!! entre tous les hommes.

XV

COMMENT PETIT-PIERRE CONÇOIT
L'APPRENTISSAGE

> Un ouvrier peu instruit est le frein du progrès
> industriel.
>
> BUYSE.

> Les vrais savants nous diront que la science
> veut garder son indépendance et sa liberté.
>
> ANATOLE FRANCE.

Quelques mois s'étaient écoulés depuis la dernière causerie de Petit-Pierre. Mais il n'avait pas oublié le travail, dont son ami, l'administrateur des cours professionnels de la Butte, l'avait entretenu le soir même de la conférence qui eût lieu à l'Aube Sociale !

Car c'est lui qui venait d'adresser à Petit-Pierre un long questionnaire sur l'apprentissage, afin de savoir ce que pensait sur ce sujet son ancien professeur de trait, comme lui menuisier. Et Petit-Pierre de se mettre aussitôt à réunir ses notes qu'il avait, au hasard de la Pensée, jetées sur son carnet.

Ce que je pense sur l'apprentissage en général et sur l'Ecole professionnelle que vous avez l'honneur de diriger? répondit-il à son interlocuteur : Je considère d'abord que l'Ecole professionnelle doit, dans le Présent, et surtout dans l'Avenir, ne pas être seulement une école d'enseignement corporatif purement officielle, c'est-à-dire à programme bourgeois, mais une école supérieure d'apprentissage et d'éducation sociale, c'est-à-dire démocratique.

C'est pourquoi je vais essayer de répondre à toutes les questions posées sur votre questionnaire, en commençant par la *première*, bien que vous sachiez déjà ce que je pense sur tous ces points, en ayant assez longuement discuté ensemble, sans, pourtant, être arrivé à nous mettre d'accord sur tous.

Je vous réitère donc que je considère que l'apprentissage, au point de vue professionnel, doit être, en même temps, un enseignement d'éducation civique, c'est-à-dire un enseignement de *droit moral* et de *devoir social*! Autrement dit, de respect que chaque enfant ou apprenti se doit à lui-même et à autrui, auquel on devra s'efforcer de le rendre utile, lorsque l'enfant sera arrivé à l'âge adulte. Alors que dans toutes, ou presque toutes les corporations, l'apprentissage, surtout dans les grands centres industriels, est souvent, sinon toujours, une source de honteuse exploitation de l'enfance, de la part de leurs employeurs ou usiniers. Voyez ce qui se passe dans les mines !...

Quant à la *deuxième* question je ne pourrais que répéter ce que je viens d'émettre ci-dessus ! Cependant, je puis ajouter que le moyen, à mon avis, de former de bons et loyaux apprentis, serait, précisément, de ne pas faire de l'enfance une cause *d'exploitation capitaliste*?... Bien au contraire. L'employeur devrait les entourer d'égards dictés par la logique et l'implacable raison, dûs à leur jeune âge.

En un mot, éviter de les traiter en petits garçons de chantiers, en vrais parias !.. Ce qui est une honte pour la civilisation du xx⁰ siècle !

Pour la *troisième* question, je me contenterai de répondre : Non, le travail, seul, dans les ateliers, envers les apprentis, ne peut suffire pour former de bons et habiles ouvriers. Cela pour les mêmes raison exposées plus haut !

A la *quatrième* question, je répondrai que : lorsque j'étais, moi-même, apprenti, mon patron avait soin de me laisser libre d'accomplir la tâche des travaux professionnels, c'est-à-dire livré à mes propres inspirations que me suggéraient le désir d'apprendre, par moi-même, les difficultés de mon métier !

Malheureusement, quoique bienveillant, mon patron était ignorant des principes les plus élémentaires de la géométrie descriptive, des plans et du dessin linéaire. Dans ces conditions, je ne pouvais donc faire de progrès aussi rapidement que l'eût désiré mon esprit.

Ce n'est que plus tard, beaucoup plus tard, en voyageant ! par l'étude, dans les livres, et par la pratique dans l'exécution de travaux assez importants, que je suis arrivé à me perfectionner dans ma profession.

C'est pourquoi je soutiendrai toujours, qu'en ce qui concerne les connaissances techniques, soumises à l'apprentissage, je recommanderai d'une manière générale, à la classe ouvrière, de ne cesser de faire des efforts personnels pour, de ce fait, acquérir les aptitudes professionnelles susceptibles de la conduire dans la voie de son intégrale émancipation.

Pour la *cinquième* question posée, je répondrai :
qu'effectivement, pour un enfant, à l'apprentissage,
une journée prolongée de travail assidu à la production est trop. Elle dépasserait les limites permises à
sa constitution physiologique, s'il est de santé
malingre surtout, comme c'est, souvent, le cas pour
certains enfants, mis trop tôt à l'apprentissage, à
qui on fait faire ordinairement beaucoup trop de
courses, entre autres de traîner la voiture à bras,
ce qui, forcément, est un véritable obstacle au progrès de son métier.

Il est donc bien évident que, pour faire de grands
et substantiels progrès professionnels, l'apprenti
devrait recevoir quelques leçons de dessin concernant sa technique, cela en dehors des heures du travail productif ; lesquelles, ainsi que je l'ai dit plus
haut, sont généralement beaucoup trop longues,
parce que trop absorbantes.

Or, un enfant mis à l'apprentissage ne devrait
être astreint, je le répète, à ne faire que quatre
heures, au plus, de travail productif, ensuite trois
heures d'études, soit dans le dessin suivit d'application démonstrative, soit dans le modelage à la main,
à l'établi ou à l'étau !

Nous voici maintenant à la *sixième* question, qui
semble assez délicate. Cependant, malgré sa complexité, sur ce point, comme sur les autres, je suis
convaincu qu'il importe peu, il me semble, à l'apprenti, comme du reste à tout ouvrier studieux, que
le repos se fasse le dimanche plutôt qu'un autre
jour de la semaine !

Ce qui importe surtout, c'est de ne pas exiger de
production au-dessus des forces physiques de l'en-

fance, ce qui est loin d'être observer à l'heure actuelle.

Pour la *septième* question, il est bien évident que le machinisme réduit, plus ou moins, à l'état de manœuvre, non seulement l'apprenti, mais encore l'ouvrier formé, quelles que soient les aptitudes techniques développées! Pourquoi?... C'est que ce même machinisme, qui devrait être, pour toutes les forces humaines, un allègement, une source nouvelle de bien-être, est, au contraire, une cause de souffrance et de misère; mais, il y a un *mais* significatif?..

Seulement, voilà, ce *mais* tient simplement à l'organisation défectueuse du régime économique et social, créé par le régime déprimant dû à cet esprit esclavagiste du monde moderne, c'est-à-dire à l'organisation de la société capitaliste et bourgeoise, que la classe productrice a la faiblesse de supporter encore, alors qu'il lui serait si facile de s'entendre pour tenter la production en commun.

Or, on le voit donc, j'avais raison de dire en commençant : que cette question du machinisme était, selon moi, une question ardue, complexe autant que délicate. Et elle devient, de ce fait, une question économique et sociale d'une importance capitale!...

Mais il faudrait plusieurs chapitres, et peut-être plusieurs volumes, pour exposer clairement tous les développements que comporte cette question du machinisme, qui a déjà fait couler tant d'encre et noirci tant de papier. Et pourtant je le réitère, elle est loin d'être épuisé!

Quant à la durée de l'apprentissage, dont il est parlé à la *huitième* question, je considère que sa durée est chose fort variable. Cela dépend de la profession ou technique que désire embrasser un enfant. Puis aussi des aptitudes et facultés physiques et intellectuelles de celui-ci ?...

Cependant, en ce qui concerne la profession du menuisier, j'estime que deux années, deux années et demie, au plus, peuvent suffire à un enfant, normalement constitué, pour apprendre cette profession, à la condition qu'il reçoive, en même temps, des leçons de dessin.

Pour la *neuvième* question, la réponse est plus facile encore. Oui ! je suis d'avis de créer partout, et dans toutes les professions, des cours gratuits, voire même des écoles professionnelles de jour, où les apprentis devraient être envoyés gracieusement par leurs patrons.

Du reste, si ces derniers comprenaient bien leur intérêt, ainsi que l'intérêt moral et professionnel de leurs apprentis, ils créeraient des cours théoriquement pratiques et démonstratifs dans leurs propres ateliers. De cette façon, moins de temps perdu, en allée et venue inutiles !...

Je sais une petite localité, près de Paris, où un patron menuisier avait installé, dans son atelier, des cours professionnels. C'est lui-même qui les faisait à ses ouvriers. Ce patron montrait, par là, de l'intelligence.

Il est vrai qu'à Paris un autre patron, président de la Chambre Syndicale des entrepreneurs de menuiserie, a également fait preuve d'intelligence, en établissant, lui aussi, dans son usine, des cours professionnels. Mais combien sont-ils de patrons aussi avisés ? On peut les compter ! Ils sont devenus bien rares à notre époque.

Et cependant, ce serait là un bon moyen, peut-être, de faire renaître, sinon un accord parfait, un rapprochement entre le patron intelligent et ses ouvriers.

Il va sans dire que ces cours devraient être dirigés en tout et partout par des techniciens éprouvés, ayant un acquis théorique et pratique professionnel suffisant, afin de laisser, à ceux-ci, pleine et entière liberté dans leur méthode d'enseignement. C'est-à-dire sans qu'il soit besoin d'imposer programme ou règlement; lesquels sont un obstacle à l'enseignement rationaliste professionnel, et pour cause !... Ignorance de ceux qui les veulent imposer.

Pour la *dixième* question portée au questionnaire, laquelle a trait à la fréquentation de ces cours, Petit-Pierre pense que cette fréquentation doit être libre et non obligatoire pour l'apprenti, aussi bien que pour l'ouvrier ! [1]

C'est à ceux, effectivement, qui les occupent, comme à ceux qui les doivent enseigner, de faire comprendre tout le bien-fondé et l'intérêt que les apprentis peuvent avoir à suivre, régulièrement, ces cours professionnels, où ils acquièreront plus d'habileté. Cela par une bonne et franche camaraderie, sans espoir de récompense, autre que l'estime de tous : ouvriers et patrons.

Pour ce qui est de la *onzième* et dernière question posée au questionnaire officiel qu'il avait reçu, Petit-Pierre laissa la réponse en blanc. Car, dit-il à son correspondant, ce serait trop long à décrire le

---

1. Voir la brochure de l'auteur : *La Lutte pour les Huit heures*.

meilleur mode à appliquer, pour le bon fonctionnement et l'administration de ce genre d'écoles d'ap-
prentissages!...

Du reste, par les réponses au questionnaire ci-
dessus, il est facile, ajoute-t-il, de voir comment
devrait procéder une administration intelligente et
équitable.

En tout cas, dit-il, en terminant, sur ce point, ce
serait à discuter avec les intéressés les plus compé-
tents, et sans parti-pris, avec ceux qui, déjà, ont
organisé, administré et enseigné longtemps. Ceux-là,
certainement, doivent avoir une compétence indis-
cutable et assez étendue pour donner un avis utile
et désintéressé.

Pour me résumer, voici, en qualité de technicien
pratique, comment devrait fonctionner, ou plutôt
sur quelles bases devraient être installées les écoles
dites : *Ecoles Professionnelles pratiques et théoriques d'apprentissage,* mais surtout essentiellement pratiques. Ce qui est loin d'être à l'heure
actuelle !...

Définissons tout d'abord, ce que, à notre avis, doit
être l'Apprentissage ?...

L'Apprentissage, en raison de l'introduction, dans
l'industrie, de l'outillage mécanique, doit subir, de
ce fait, de grandes modifications : L'*Enseignement
Professionnel* à donner aux élèves, doit, avant
tout, être gradué selon l'âge des apprentis; puis
aussi, selon les aptitudes de chacun d'eux.

Cette graduation devra être divisée en trois caté-
gories principales :

1º Ceux de 12 à 13 ans devront recevoir, outre
l'enseignement professionnel proprement dit, un

complément d'enseignement primaire par des leçons de choses de la vie économique.

2° Ceux de 13 à 15 ans devront être astreints à suivre des cours de dessin théoriques et pratiques ayant trait à leur profession respective, particulièrement ceux qui, par vocation, se destinent à l'industrie du bois, entre autres les menuisiers, les ébénistes, les charpentiers, etc., etc.

3° Ceux âgés de 15 à 17 ans devront, parallèlement aux cours de dessin théoriques et pratiques, passer dans des ateliers où des praticiens éprouvés leur enseigneront le maniement des outils à la main, puisque ceux-ci existent encore ; ainsi que la façon pratique d'en obtenir, eux-mêmes et le tracé et l'exécution : tel, par exemple, l'Affutage primordial comprenant : 1° la Varlope : 2° la demi-Varlope ou Riflard ; 3° le Rabot !

Ensuite ces mêmes élèves, alors âgés de 17 à 18 ans, devront en même temps apprendre le *maniement pratique* de l'outillage mécanique, afin d'éviter, ou, du moins, atténuer, le plus possible, les causes d'accidents que l'on constate trop souvent dans l'usine, faute de connaissances approfondies et pratiques du nouvel outillage mécanique; lequel, à notre avis, est l'outillage de l'Avenir dans toutes les branches de l'activité de la production humaine, qui constitue, ainsi, le fond même de la richesse économique et sociale des peuples, des nations, quelque soit la ou les professions où sont employés ces engins !...

Voilà les phases que, successivement, doit traverser cet enseignement rationnel, ou plutôt cet apprentissage réellement pratique, lequel doit chercher à développer le cerveau des apprentis, dans les principes de *franchise*, de *droiture* et de *loyauté* toujours et partout. Autrement dit l'enseignement professionnel doit être un moyen d'éducation civique qui doit, avant tout, être purement *professionnel* et non *confessionnel*, c'est-à-dire dirigé dans la pratique de l'*Altruisme* par l'*Entraide* !..

En d'autres termes, l'Enseignement professionnel, en vue de former de bons et loyaux ouvriers, doit être considéré comme un *immense laboratoire d'études*, comme un vaste *atelier d'observation*, *morale* et *d'expérience pratique*. Nous voulons dire une école modèle dans ce genre, où tous, professeurs et élèves, rivaliseront à l'envie de travailler à qui mieux mieux, pour le bien de *tous* pour *tous* !..

Ainsi compris, l'apprentissage aura beaucoup de chances de donner des résultats satisfaisants à la collectivité. Il évitera, également, que les enfants, comme on le voit hélas trop souvent, ne soient contaminés, moralement, par la promiscuité du ruisseau.

C'est pourquoi, d'accord avec Erasme, l'auteur de l'*Eloge de la Folie*, nous répéterons : « Je ferai non ce que méditent mes adversaires, mais ce qui est digne de moi ».

Voilà donc la façon dont Petit-Pierre concevait l'apprentissage ; laquelle n'est peut-être pas conforme à celle généralement admise par les officieux ou officiels; mais ne peut en rien changer la sienne ; sachant que celle-ci est susceptible de résultats assez sérieux au point de vue strictement professionnel, sans parler du point de vue social !

Il convient de dire que Petit-Pierre suivait très

attentivement, sur les journaux, la polémique engagée sur la crise de l'apprentissage, qui, à un moment de sa vie de militant, eut son écho à la Chambre des Députés !

Aussi écrivit-il, au président du *Groupe Républicain des Réformes sociales* à la Chambre, la lettre suivante :

Monsieur le Président,

Permettez à un simple artisan de venir dire son mot sur cette subtile et délicate question qu'est l'apprentissage :

Il va sans dire qu'en France les aptitudes professionnelles et les connaissances techniques, voire même le goût et l'habileté artistiques, se font, chaque jour, de plus en plus rares.

La cause en est, d'après mes observations acquises au travail, à l'introduction du machinisme, d'abord, lequel envahit la plupart des corporations. Celle du bois entre autres.

La seconde, soit dit en passant, est due plus particulièrement à l'institution qui donne le droit à un homme de dépasser les forces humaines de la classe ouvrière, au delà des forces physiologiques de notre espèce. Forces qui, normalement employées, seraient d'un rendement supérieur à la moyenne comme production. D'où il résulte pour cet homme que l'apprentissage lui importe peu, j'ai désigné le Patronat en général. A part, bien entendu, quelques rares exceptions.

A vrai dire, je n'en connais guère qui, dans ma profession, soient susceptibles de concevoir l'apprentissage en dehors des courses et de la voiture à traîner ! Cela par manque d'égards, puis aussi de connaissances peu étendues, sur la profession que, soit-disant, ils exercent.

J'en connais un certain nombre qui, portant le nom d'entrepreneurs de menuiserie, ne savent même pas mettre un Rabot en fût !

Il est une troisième cause, Monsieur le Président, et non des moindres, à l'arrêt du bon fonctionnement de l'apprentissage. Cette cause je l'attribue à une Direction souvent défectueuse, lorsqu'on voit à la tête de l'administration des Ecoles dites Professionnelles pratiques des incapacités notoires, professionnellement parlant ...

En ce sens qu'au lieu de directeurs ayant acquis de sérieuses connaissances de métier, permettant de former de bons et habiles apprentis, on confie ce poste à un personnel qui, souvent, ne connaît rien à la pratique. Seuls les titulaires sont des universitaires ! et non des praticiens !

C'est ici le cas de rappeler la phrase de Beaumarchais : « C'était un calculateur qu'il fallait, ce fut un danseur qui l'obtint. »

Avant de terminer, laissez-moi, Monsieur le Président, vous faire encore une importante remarque : En raison des transformations incessantes qui s'accomplissent dans toutes industries, par l'introduction du machinisme, ainsi que je le disais en commençant, je crois qu'il en doit être de même dans l'apprentissage, lequel doit suivre, pas à pas, ces successives transformations, autrement dit la loi de l'évolution.

Oui ! étant donné les progrès croissants du machinisme, qui deviendra la planche de salut de l'humanité en marche ! ce sont de nouvelles professions à créer. Si la France veut se maintenir, industriellement et commercialement parlant, au niveau des nations voisines, citées par M. le Rapporteur.

Prenons, par exemle, pcelle de la menuiserie. C'est le menuisier-mécanicien que, tôt ou tard, il faudra arriver à former, dès l'apprentissage. C'est-à-dire le familiariser avec le maniement de ce nouvel outillage, si l'on veut éviter les causes nombreuses d'accidents, lesquels sont imputables à l'ignorance des organes d'une machine, et non à l'imprévoyance ! non plus à l'ébriété des ouvriers, ainsi que les patrons et leurs chiens de garde, souvent, se plaisent à le laisser supposer, à l'af-

firmer même, lorsque les ouvriers se blessent dans le cours de leur travail !

Agréez, Monsieur le Président, mes salutations démocratiques et sociales.

PETIT-PIERRE.

Il va sans dire que cette lettre ne reçut aucune réponse.

Il est donc de toute évidence, cela saute aux yeux des moins prévenus, que Petit-Pierre était dans le vrai, dans ses déductions; car cette question de l'apprentissage est grosse de conséquences.

— Elle est intimement liée, disait-il parfois, à celle de la vie économique, sociale, internationale même; tant ces questions ont de rapport et de connexité entre elles.

C'est pourquoi, au point de vue de la production, il avait raison de dire que l'apprenti ne devait dépasser sept à huit heures, en tout, soit au travail purement manuel, soit à l'étude du dessin. Celui-ci doit être suivi de démonstrations expérimentales autant que faire se peut, puis, aussi, de démonstrations rationnelles des objets et des choses environnants.

C'est également l'avis de l'auteur. Seul moyen efficace à employer, si l'on veut voir renaître, dans le milieu travailleur de la classe ouvrière et, partant, productrice de toute richesse, le goût et les aptitudes artistiques qui, dans toutes les professions, tendent à disparaître.

Cette décadence de la Beauté esthétique est due, il faut avoir le courage de le dire, à la mentalité des employeurs; laquelle mentalité n'est pas à la hauteur de leur *tâche initiale*, foncièrement éducatrice et bienveillante. N'ayant, comme unique souci et principal objectif, que l'âpreté de leurs bénéfices personnellement égoïstes, tant leur avide préocupation va du bout de leur nez au gonflement de leur coffre-fort.

— C'est là, dit Petit-Pierre, où généralement s'arrête la mentalité Patronale! Cela le mettait en colère lorsqu'il y réfléchissait. Il ne pouvait le digérer.

Pour lui, il savait que les questions sociales, sont en elles-mêmes, extrêmement complexes. C'est pourquoi il recommandait à tous les exploités. à quelques rangs ou situations sociales ils appartinssent. *Aussi bien ceux de la plume, du burin, du pinceau, ou du crayon; que ceux de l'étau, de la lime, de l'établi ou du rabot,* de faire converger leurs efforts sur la moralité consciente qui semble se former chez les peuples et chez les individus, qui les peut conduire à la *Fraternité égalitaire* qui sera la *véritable morale rationnelle* et *évolutionniste de l'avenir!*...

La conclusion de Petit-Pierre sur ce sujet de l'apprentissage serait enfin : que l'enfant arrivant au terme de sa carrière « d'attrape-science » et devenu jeune homme adulte, il cherche, lui-même, une *orientation nouvelle,* qu'il ne peut découvrir qu'en s'éduquant socialement et philosophiquement, parallèlement à sa technique.

Nous allons donc tenter, disait-il souvent, lorsqu'il parlait de l'apprentissage à créer, de lui donner quelques utiles et précieux conseils! Bien que de nature complexe et délicate.

D'abord, fuir le cabaret, afin d'éviter de tomber

dans l'alcoolisme, et l'entraînement au jeu, qui éloigneront, ainsi, le cerveau de ceux que l'attraction du plaisir peut attirer ; et que le studieux trouve dans l'étude des connaissances acquises à l'humanité, Seule façon qu'a la jeunesse d'arriver à meubler dignement sa mentalité, par une nourriture abondante et nutritive, en choisissant des lectures saines, fortes et puissantes, qui font penser !

En donnant ces sages conseils, Petit-Pierre n'ignorait pas qu'il risquait, une fois de plus, d'être traité de visionnaire, de rêveur et même de fou. Que lui importait ces épithètes blessantes ou ironiques.

Ceux qui lançaient pareilles injures lui faisaient pitié, tant ils paraissaient petits. Par conséquent ne pouvaient le détourner de son chemin que, volontairement, il poursuivait avec calme, persévérance, et ténacité !

Oui ! disait-il, ce sont de grands visionnaires, de beaux rêveurs, ceux qui ne se *laissent pas enliser par la veulerie du capitalisme*. Fous, soit, mais fous d'idées sublimes, empreintes de justice, de logique et de vérité, en faveur de l'amélioration du genre humain tout entier, sans distinction de couleur, de race et de croyance !

C'est, en effet, le crime de bien des penseurs, que l'ignorance ou la mauvaise foi d'adversaires irréductibles, qualifient d'utopistes. Lesquels penseurs n'ont qu'un tort, à leur avis, celui de devancer les idées préconçues de leurs contemporains.

Car, pour eux, ce ne sont que de vulgaires canailles que ces penseurs clairvoyants, nés beaucoup trop tôt pour assister à la réalisation de rêves aussi grandioses : l'homme libre et heureux, dans une humanité libre et heureuse à tout jamais !..

Oui ! ce sont d'affreuses canailles, ces penseurs qui ont l'audace de proclamer tout haut, ce que nombre de travailleurs pensent tout bas !..

Revenant au jeune adolescent, qui a fini son apprentissage, Petit-Pierre ne se lassera pas de lui conseiller de fuir les cabarets pour diriger ses pas vers les bibliothèques. Ainsi faisant, la classe ouvrière agira sainement, en allant, également, visiter les édifices civils et religieux qui marquent l'empreinte du génie humain ; puis, aussi, les musées, où tant d'*œuvres d'arts* sont enfermés, afin d'arriver à se former, par comparaison, le goût du beau ?...

De même que le jeune homme doit consulter, le plus souvent possible, le grand livre de la Nature, ainsi qu'il l'a dit à la fin du douzième chapitre, dans lequel il apprendra à se mieux connaître par la réflexion rationnelle des choses ambiantes auxquelles il sera soumis, et modifiera, ainsi, en le formant, son caractère susceptible de le rendre agréable et sociable avec autrui.

Agissant ainsi, il arrivera, enfin, à pénétrer, de plus en plus, les secrets de cette grande Magicienne, qu'elle tient encore cachés dans son sein mystérieux !

Or, on le voit, un jeune homme a tout intérêt à ne pas oublier non plus, de fréquenter les lieux de réunions où se font d'intéressantes conférences, comme celles qui se donnent gratuitement au collège de France, à la Sorbonne, par d'éminents professeur, comme à l'école des Chartes, à l'école d'antropologie à Paris, etc., etc.

Les conseils de Petit-Pierre, on le voit, s'adressent à tous les jeunes gens en général qui, ayant terminé leur apprentissage — quelle que soit la profession qu'ils embrassent, — se disposent à accomplir ce qu'on nomme communément : « Le Tour de France ! »

C'est évidemment le plus sûr moyen, pour atteindre, nous le répétons, au complet épanouissement de toutes conceptions internes, en un mot les facultés morales, philosophiques, sociales et intellectuelles des individus. Et Petit-Pierre avait raison de penser de cette façon.

Car, c'est ainsi que, pour son propre compte, il était arrivé à franchir, un à un, mille et mille obstacles sur sa longue et tortueuse route, comme on le verra dans l'épilogue qui va suivre.

ÉPILOGUE

Ce sont presque toujours de bons sentiments
mal dirigés qui font faire aux enfants le
premier pas vers le mal.

J.-J. ROUSSEAU.

Atome, nous dépendons de la terre et de la société,
comme dirait Anatole France ! En effet, c'est en
cherchant à pénétrer les causes initiales du pourquoi de cette dépendance que les hommes, et, en
particulier, les travailleurs, arriveront à découvrir
le ou les moyens de la rendre plus facile ! C'est-à-
dire plus agréable et en même temps plus douce !...

C'est pourquoi « *la modestie personnelle et l'esprit de sacrifice à la Vérité et à l'Humanité sont,
par excellence, des vertus scientifiques.* » Qui dit
cela ! c'est l'illustre savant Marcelin Berthelot. Et il
a raison, ce savant doublé d'un philosophe à convic-
tions sincères et ardentes. C'est, en effet, le seul et
unique moyen, à notre avis, de se rendre utile à la
cause économique et sociale de tout ce qui peine et
souffre sans savoir le pourquoi !...

C'est là que s'arrêtent les notes à nous confiées, par
notre jeune ami, et sur lesquelles conclura l'auteur :
en disant que, par son assiduité au travail et à l'étude
constante, Petit-Pierre est arrivé à posséder à fond
l'Art du Trait, et, en même temps, a acquis certaines

connaissances assez étendues sur toutes choses susceptibles d'éclairer son intellectualité.

C'est ainsi que, graduellement, il a été amené a traiter toutes les questions se rattachant aux rapports que peuvent avoir, entre eux, les êtres ; en ce sens que, pour lui, le but principal de *tout cerveau affranchi* doit-être, évidemment, d'atteindre au libre et complet développement de toutes les facultés adéquates ; notamment les questions professionnelles, artistiques, sociales, philosophiques, matérielles et morales !...

Or, Petit-Pierre s'était donné, comme tâche, comme mission de sa vie, de se faire *l'éducateur civique* de ses autres camarades. C'est là que nous allons l'abandonner, convaincu qu'il saura continuer la route que, lui-même, s'est librement tracé, et dont le résumé de toute sa vie peut se transcrire en ces termes : Arrivé à l'âge de 18 ans à Paris, ne connaissant rien, où presque rien du dessin, mais sa curiosité, et son besoin d'étudier aidant, il acheta quelques bons livres ayant trait à sa profesion, librement choisie, de menuisier en bâtiment !... Et, à force de persévérance et de volonté opiniâtre, est arrivé, sans le concours de professeur, à apprendre, par lui-même, la géométrie descriptive pratique ! Science si nécessaire à son métier manuel.

Cela est si vrai que, vers sa trente-cinquième année, on le peut voir à la tête d'une importante manufacture, comme Directeur technique, dans l'art d'œuvrer le bois de toutes industries relatives à sa technique ; se faisant estimer de tous ceux qui se trouvaient sous sa direction. Ayant, disait-il, à

ceux qui l'approchaient, le grand désir de jouer le
beau et magnifique rôle de « Luc Froment », personnage si merveilleusement décrit par Emile Zola,
dans son immortel chef-d'œuvre de philosophie
sociale intitulé « Travail ».

Or, étant donné cet état d'esprit d'apostolat, Petit-
Pierre, à l'exemple de Luc Froment, s'emploie de
son mieux, cela dans l'intérêt de tous ses commet-
tants, à faire fructifier d'importants capitaux, à lui
confiés. C'était là le résultat de son acharnement à
l'étude, poussé qu'il était par un projet bien arrêté,
de vouloir, comme idée dernière, transformer l'usine
qu'il avait l'honneur de diriger en un vaste *Pha-
lanstère*, d'après les données de Charles Fourrier;
avec cette différence qu'il tiendrait compte de l'évolution accomplie, depuis, dans le domaine du progrès industriel, économique et social.

D'autre part, Petit-Pierre n'ayant jamais subi
aucune influence éducative : politique ou religieuse,
autre que la sienne propre, résultant de ses observations des choses et du milieu ambiant, avec lequel
il s'est trouvé en contact constamment, cela dès sa
plus tendre enfance. Nous sommes donc obligé de
constater que ce milieu, où il a grandi, où il a évolué, est, évidemment, le meilleur, puisque celui-ci
est le résultat de l'observation et de l'expérience
fondamentale et bien personnelle que, l'homme
sérieux et réfléchi acquiert à l'école du Travail !...

* *

Comme conclusion morale se dégageant de ce petit
volume, il ne nous paraît pas inutile de citer les

simples et naïves réflexions d'un enfant de douze
ans, qui, se destinant à la profession de serrurier,
après avoir lu « *Histoire et Souvenir d'un
apprenti* », s'écria :

— Dis donc papa, si j'ai bien compris, Petit-
Pierre, quand il était à mon âge, voulait, lui aussi,
être mis en apprentissage suivant ses goûts ?...

— Evidemment oui ! C'est du reste le devoir des
parents de ne pas contraindre leurs enfants à
apprendre tel ou tel métier, si les aptitudes n'y
répondaient pas !

— Mais alors, comment se fait-il, continua
l'enfant, qu'il avait des idées de Bonté, de Justice
et d'Humanité si grandes ?

— C'est bien simple, mon enfant, lui répond son
père, Petit-Pierre avait, sans doute, été comme toi
éduqué dans des sentiments généreux et altruistes,
comme ton père peut en professer, mais qu'il n'est
pas toujours bon de faire connaître dans la société
actuelle !

— C'est donc pour ça que l'on me dit : Ton père a
des idées trop avancées ?...

— Oui, mon cher enfant, c'est ça avoir des idées
trop avancées, quand on pratique celles de la générosité, de la noble probité. C'est-à-dire être loyal en
tout et partout !... »

— Alors, moi aussi, je veux, comme Petit-
Pierre, devenir un citoyen digne, éclairé, affranchi !

— Tu auras raison de travailler comme le héros
dont tu viens de lire l'histoire, qui se rapproche de
l'émancipation intégrale du Travail qui, lui aussi,
veut sa part au Soleil de la Liberté !...

— Eh bien! papa, s'il en est ainsi, je te promets que moi aussi, lorsque je vais être en apprentissage, je travaillerai ferme à devenir meilleur, et m'efforcerai de faire le bien envers ceux qui se trouveront en rapport direct avec moi, si, à l'exemple de Petit-Pierre, je deviens directeur, ou simplement contre-maître dans ma profession, que, moi aussi, je choisis librement.

— C'est parfait! Ce sera, du reste, ainsi que je viens de te le dire il y a un instant, ton devoir strict de bon citoyen!

— Oui! je comprends maintenant, papa, qu'on est jamais trop bon. Aussi je te jure que je m'efforcerai de profiter de tes bonnes leçons!

— Merci, mon enfant! c'est ainsi que tous les enfants de ton âge devraient raisonner et se conduire.

— Encore une fois, je te jure que je te ferai honneur, je ferai mon devoir envers autrui! Car, moi aussi, je veux être Altruiste!...

FIN DE PETIT-PIERRE

Paris 29 juin 1910.

L. JAMIN.

Imprimerie Moderne, rue du Faubourg-Saint-Léger, Évreux

EXTRAIT DU CATALOGUE DE LA LIBRAIRIE AUDOT

Le Bon Cuisinier illustré, par Léon SOUCHAY, chef de cuisine. Ouvrage complet, recommandé aux personnes qui se destinent à l'art culinaire. Joli vol. in-8° de 800 pages, avec 300 figures dans le texte. Broché . . . . 10 fr.
Cartonné . . . . 11 fr.

La Pâtissière de la Campagne et de la Ville. Ouvrage complet, par Pierre QUENTIN. 6° édition. Un volume in-18. 110 figures. . . . . 3 fr. 50

Art de la conservation des substances alimentaires, par P. QUENTIN et BARBIER-DUVAL. Ouvrage orné de gravures. Un vol. in-18 jésus. 180 pages. . . 2 fr.

Le Livre de la grosse et fine charcuterie, par CAUDERLIER, chef de cuisine. Un vol. in-18, 240 pages . . . . 2 fr.

Supplément à la Cuisinière de la Campagne et de la Ville. *Service de Table* à la française et à la russe, l'*Art de plier les serviettes,* par AUDOT-GRANDI et MOTTON. Un volume, *franco.* . . . . 2 fr. 25

La Laiterie. Art de traiter le lait, de fabriquer le beurre et les principaux fromages français et étrangers, par A.-F. POURIAU, docteur ès-sciences. Médaille d'or, 1865 ; grande médaille d'or, 1888 ; 5° édition. 900 pages, 423 figures et 4 plans de laiterie. Broché. . 7 fr. 50
Cartonné. . . . . 8 fr.

Traité des aliments, leurs qualités, leurs effets, etc., par M. A. GAUTHIER, docteur en médecine, 2° édition, revue et augmentée, par M. CHAPUSOT, docteur en médecine. In-12. 2 fr.

Les Pigeons de volière, de colombier, messagers, etc., sport colombophile, etc., par A. GOBIN. In-18, 260 pages, 46 figures . . . . 3 fr.

Précis élémentaire de sériculture pratique, mûriers et vers à soie, par A. GOBIN. Médaille d'or, 1875. In-18 avec figures . . . . 3 fr. 50

Traité des oiseaux de basse-cour, d'agrément et de produit, par A. GOBIN. 3° édition. Un vol. in-18, 446 pages, 95 figures . . . . 3 fr. 50

Précis pratique de l'élevage des lapins, lièvres, léporides en garenne et clapier, par A. GOBIN. 3° édition. Un vol. in-18 avec figures. 2 fr.

L'Art du Taupier, ou méthode amusante pour prendre les taupes, par M. DRALET. Ouvrage publié par ordre du gouvernement. 17° édition. Un vol. in-18 avec figures . . . . 1 fr. 50

Méthode certaine et simplifiée de soigner les abeilles pour les conserver et en tirer un bénéfice assuré, par M. FÉBURIER. 2° édition. Un volume avec figures . . . . 1 fr. 25

Le Vignole de poche. *Mémorial des Artistes,* des propriétaires et des ouvriers, par THIERRY, architecte-graveur. 55 planches-gravures sur acier, par Hibon. 6° édition. Un vol. grand in-16 . . . . 3 fr.

Le Jardinier de la maison de campagne. Ouvrage pratique, utile aux propriétaires et amateurs, par MM. E.-L.-A. et G. LEBROC, membre de la Société nationale d'horticulture de France. 3° édition. Un vol. de 540 pages, avec 252 figures dans le texte . . . . 3 fr. 50

Imp. Moderne, rue du Faubourg-Saint-Léger, Évreux